DENISE RUDBERG

DER STOCKHOLM-CODE

atb aufbau taschenbuch

DENISE RUDBERG, 1971 in Stockholm geboren, studierte Filmwissenschaft und Dramaturgie in New York. Zusammen mit Camilla Läckberg moderierte sie im schwedischen Fernsehen eine Kultur- und Literatursendung. In Schweden ist sie eine Bestsellerautorin.

Signe, Elisabeth und Iris könnten unterschiedlicher nicht sein, doch alle drei müssen versuchen, sich in Stockholm ein neues Leben aufzubauen. Signe kehrt ihrer Familie nach dem Tod ihrer Schwester den Rücken. Elisabeth hat genug von den Übergriffen ihrer männlichen Kollegen und kündigt ihre Stelle als Sekretärin. Und Iris gelangt mit ihren zwei Kindern in die Stadt, nachdem ihr jüdischer Mann auf der Flucht aus Estland verschwunden ist. Die Bedrohung durch die Nazis wird immer größer, doch Schweden ist noch nicht ins Kriegsgeschehen verwickelt. Als der Professor, in dessen Haushalt Signe angestellt ist, ihr Talent für Zahlen bemerkt, lässt er sie an einem Test teilnehmen, für den auch Elisabeth und Iris rekrutiert werden. Sie sollen die verschlüsselten Nachrichten der Nazis nach versteckten Botschaften durchsuchen. Doch jede der drei Frauen birgt ein Geheimnis, das ihre Aufgabe gefährden und ihre Freundschaft auf die Probe stellen könnte.

DENISE RUDBERG

DER STOCKHOLM CODE

DIE ERSTE BEGEGNUNG

Aus dem Schwedischen
von Hanna Granz

aufbau taschenbuch

Die Originalausgabe mit dem Titel
Kontrahenterna. Det första chiffret
erschien 2019 bei Forum Editions, Stockholm.

MIX
Papier aus verantwortungsvollen Quellen
FSC® C083411
www.fsc.org

ISBN 978-3-7466-3709-9

Aufbau Taschenbuch ist eine Marke
der Aufbau Verlag GmbH & Co. KG

1. Auflage 2020

Published by Arrangement with LENNART SANE AGENCY AB
and Thomas Schlück GmbH
Umschlaggestaltung www.buerosued.de, München
unter Verwendung von Motiven von © Arcangel / Laura Kate Bradley und
Mauritius Images / pictures Now / Alamy
Gesetzt aus der Sabon durch die LVD GmbH, Berlin
Druck und Binden CPI books GmbH, Leck, Germany
Printed in Germany

www.aufbau-verlag.de

»Nicht mit Gewalt überwindet man den Hass,
und die Rache ist nicht
der beste Balsam für Kränkungen.«
Aus Jane Eyre (Charlotte Brontë)

PROLOG

Pärnu, Rigaischer Meerbusen
Samstag, den 6. August 1938

Iris blickte auf die Ostsee hinaus, wo die Sonne sich anschickte, hinter dem Horizont zu verschwinden. Nichts deutete an diesem Sommerabend darauf hin, was dieses Meer, das sie so sehr liebte, schon bald für sie bedeuten sollte. Dass es für den Rest ihres Lebens nur mehr Tod und tiefsten Kummer symbolisieren würde.

Sie legte sich die Halskette um und warf einen Blick auf die Uhr. Es wurde Zeit.

Sie lief die Treppe zum Salon hinunter, wo ihr Mann und ihr ältester Sohn sich konzentriert über das Schachbrett beugten.

»Bist du fertig, Rudolf? Karl-Fredrik mag es nicht, wenn man zu spät zu seiner Party kommt.«

Wie aus tiefem Schlaf gerissen, blickte Rudolf auf.

»Entschuldige, Liebes, wir sind mitten in einem Zug.«

Iris trat zu ihm und legte ihm die Hand auf die Schulter. Dabei warf sie ihrem Sohn, der noch immer auf seine Dame und seinen König starrte, einen strengen Blick zu. »Papa und ich müssen los, Josef. Onkel Ritter kann es nicht leiden, wenn etwas nicht so läuft, wie er es geplant hat.«

Josef antwortete nicht, sondern runzelte nur die Stirn, den Blick weiterhin auf das Schachbrett gesenkt.

Rudolf klatschte in die Hände und stand auf.

»Komm, Josef, deine Mutter hat recht. Ein kluger Spieler weiß, dass er seinen nächsten Zug nie überstürzen sollte. Morgen ist auch noch ein Tag. Und übermorgen, und überübermorgen.«

Josef warf seiner Mutter einen finsteren Blick zu, schluckte seinen Ärger jedoch hinunter. Im selben Moment sprang die Haustür auf, und Jan stürmte herein, die Hände voller Murmeln.

»Mama, Mama, ich habe gewonnen, das ganze Turnier habe ich gewonnen!«

Josef schnaubte verächtlich.

»Turnier? Ihr habt doch bloß Murmeln gespielt.«

Jan beachtete ihn nicht weiter, sondern zeigte stolz die Murmeln vor, die er ergattert hatte. Iris küsste ihn auf die Wange.

»Geh in die Küche, und lass dir von Unni ein Marmeladenglas geben, dann kannst du sie darin aufbewahren. Papa und ich müssen los, damit wir rechtzeitig zu Onkel Ritters Sommerfest kommen.«

Jan blinzelte.

»Ich dachte, er ist krank? Du hast doch gesagt, ihm geht es nicht so gut.«

Seine Mutter legte einen Finger auf die Lippen.

»Darüber spricht man nicht so laut. Ich meinte es auch eher im übertragenen Sinne. Er ist diesen Sommer nicht ganz er selbst gewesen.«

Doch Jan interessierte sich nicht für weitere Erklärungen, er war schon unterwegs in die Küche, um sich ein Glas geben zu lassen.

Im weißen Leinenanzug kehrte Rudolf kurz darauf in den Salon zurück und küsste seine Frau.

»Müssen wir wirklich?«, fragte er. »Ich habe so ein ungutes Gefühl dabei.«

Iris sah ihn bittend an. Sie freute sich schon seit Tagen darauf, Karl-Fredrik zu sehen.

»Also gut. Du siehst übrigens bezaubernd aus. Kaum zu glauben, dass ausgerechnet ich mit der schönsten Frau Estlands verheiratet sein darf.«

Iris verdrehte lächelnd die Augen. Er grinste.

»Wahrscheinlich nur deshalb, weil du noch dazu ganz schön was auf dem Kasten hast.«

Iris gab ihrem Mann, der nach Rasierwasser duftete, einen Klaps. Sie verabschiedeten sich von ihren Söhnen und versprachen ihnen, dass sie am nächsten Morgen alle zusammen am Strand frühstücken würden.

Karl-Fredrik Ritters Haus lag direkt am Meer. Die meisten Gäste schienen bereits eingetroffen zu sein, und so beeilten Iris und Rudolf sich, zu ihnen zu stoßen.

Schon von Weitem rief eine Stimme aus dem Garten: »Mein Schwesterherz!«, und Kati lief mit ausgebreiteten Armen auf sie zu. Sie umarmte erst Iris und küsste sie auf die Wange, dann warf sie Rudolf einen Luftkuss zu. Er nickte kurz. Iris sah ihm an, dass er nicht damit gerechnet hatte, Kati hier zu begegnen. Noch ehe er etwas erwidern konnte, entdeckte Kati jemand Neues und wandte sich ab.

»Euer Exzellenz Botschafter Stenström«, hörten sie sie rufen. »Wie schön, Sie hier zu sehen. Mein Henry hat erzählt, dass Sie künftig in Berlin stationiert sein werden.«

»Warum ist sie hier?«, fragte Rudolf leise. »Ich wusste nicht einmal, dass sie in Pärnu ist. Wollte sie nicht bis Weihnachten in Berlin bleiben?«

Iris verzog das Gesicht.

»Anscheinend nicht. Außerdem ist sie ebenfalls mit Karl-Fredrik aufgewachsen, genau wie ich.«

»Normalerweise hält sie sich von Veranstaltungen fern, auf denen wir erwartet werden. Oder zumindest von solchen, bei denen ich auftauchen könnte.«

Iris musste sich zurückhalten, um nicht die Partei ihrer Schwester zu ergreifen. Rudolf war dagegen gewesen, als Kati verkündet hatte, den Deutschen Heinrich heiraten zu wollen. In der Folge hatte sie ihn ihren Unmut darüber deutlich spüren lassen. Iris selbst wusste nicht, was sie von der ganzen Sache halten sollte. Ihre jüngere Schwester war zwar sehr impulsiv, vielleicht verfolgte sie aber auch einen ganz bestimmten Plan mit ihrer Partnerwahl, von dem sie ihnen nur noch nichts erzählt hatte.

Iris stellte sich auf die Zehenspitzen und küsste Rudolf.

»Wir werden es überleben. Immerhin ist sie meine Schwester. Sie wird sich schon nicht unnötig aufspielen. Die Leute hier sind doch vor allem unsere Freunde.«

Rudolf drückte sie an sich.

»Gut, dass du meine Frau bist, du machst mich zu einem besseren Menschen.«

Iris zog ihn hinter sich her zum Haus und zu den anderen weißgekleideten Gästen.

Mit dem alljährlichen gemeinsamen Essen feierte man das Ende des Sommers. Alle Anwohner entlang des schönen Strandes waren eingeladen und mussten sich für den Abend weiß kleiden. Der schwedische Gastgeber, Karl-Fredrik Ritter, stand mitten im Garten seines Sommerhauses und hieß die Neuankömmlinge mit ausgebreiteten Armen willkommen. Sein weißer Leinenanzug bildete einen schönen Kontrast zu der tiefen Sommerbräune, die dank der vielen freien Zeit auf dem Meer seine Haut überzog. Iris hatte bemerkt, dass die anderen Männer ihm sein Holzboot neideten, das am größten Steg des Strandes vertäut lag.

»Iris! Rudolf!«

Karl-Fredrik Ritter küsste Iris auf die Wangen und klopfte Rudolf freundschaftlich auf den Rücken.

»Es tut mir leid, dass wir uns diesen Sommer so selten gesehen haben. Und jetzt wird es bald schon wieder Zeit, nach Hause zu fahren.«

Melancholisch blickte er über den Garten und aufs Meer hinaus.

Iris zuckte die Achseln.

»So ist es eben. Das Leben wird schwieriger.«

Karl-Fredrik musterte sie, bevor er antwortete. Zwischen seinen blauen Augen hatte sich eine Falte gebildet.

»Ich weiß, dass die Situation hier in Estland deutlich kritischer ist, aber auch für Schweden sind schwere Zeiten angebrochen, genau wie für den Rest Europas. Ich erkenne meine Landsleute manchmal kaum wieder.«

Rudolf nickte.

»Das Klima ist rauer geworden. Aber wie laufen denn die Geschäfte?«

Karl-Fredrik hob die Schultern.

»Das hört sich jetzt bestimmt seltsam an, aber ich hatte tatsächlich ein Rekordjahr. Noch nie haben so viele wohlhabende Menschen so viel teure Kunst gekauft. Darüber müsste ich mich eigentlich freuen, aber ehrlich gesagt bin ich mir noch nicht sicher, was ich von dieser Entwicklung halten soll.«

Iris nahm einen Schluck von ihrem Drink.

»Welcher Entwicklung?«

»Nun ja, dass die Leute, die richtig Geld haben, die Chance nutzen, um zu investieren, während es der Mittelklasse immer schlechter geht. Ich glaube, das führt zu nichts Gutem. Eine demokratische Gesellschaft verträgt es nicht, allzu tief gespalten zu werden.«

Rudolf blinzelte.

»Hierzulande hat man ja schon häufig Strukturen zusammenbrechen sehen, und leider stets verbunden mit Blutvergießen«, sagte er dann. »Es erstaunt mich jedoch, dass Sie diese Tendenz jetzt auch in Schweden bemerken. Ich dachte immer, Sie blieben dort vom Schlimmsten verschont.«

»Noch ist es ja auch so. Allerdings werden immer mehr Stimmen laut, die begrüßen, was gerade in Deutschland passiert. Hermann Göring hat einen Großteil des Sommers im Ferienhaus seiner Frau verbracht und sich mit diversen einflussreichen Mitgliedern der höheren Gesellschaft getroffen, unter anderem mit meinem Cousin, dem Piloten. Ihr seid ihm hier schon ein paarmal begegnet. Im letzten Jahr war ich mehrfach gezwungen, mit diesen Leuten zu verkehren, und ich muss sagen, ich bin es wirklich leid, mich mit solchen wie ihnen abgeben zu müssen. Umso mehr genieße ich es, heute mit euch zusammen zu sein, meinen Freunden. Aber jetzt setzen wir uns lieber mal, Kerstin wirft mir schon böse Blicke zu. Darf ich dich zu Tisch führen, Iris?«

Die Tafel auf der Veranda war wie immer reich gedeckt, im Hintergrund glitzerte das Meer. Kerstin Larsson war die schwedische Haushälterin, die Karl-Fredrik überallhin begleitete. Iris hatte den Eindruck, als wären es diesmal noch mehr Gäste als sonst. An die vierzig Personen waren um den Tisch versammelt. Sie lächelte Karl-Fredrik dankbar zu, auch, weil er sie zu seiner Tischdame erkoren hatte. Ihre Freundschaft reichte weit in die Vergangenheit zurück. Schon ihre Mütter hatten als Kinder zusammen gespielt, hier und in Schweden.

Karl-Fredrik legte seine Hand auf ihre und wurde plötzlich ernst.

»Versprich mir, Iris, dass du niemals Schlechtes von mir denkst. Ich gebe dir mein Ehrenwort, dass du mir vertrauen kannst, egal, was passiert.«

Bevor sie ihn fragen konnte, was er damit meinte, stand er auf und erhob sein Glas.

»Liebe Gäste, ein Jahr ist vergangen, und ihr gebt mir erneut die Ehre. Ich glaube, nirgendwo sonst ist die Süße des Sommers so spürbar wie hier in Pärnu. Mit dem Meer als ständiger Gesellschaft und der Sonne, die stets über uns scheint. Stoßen wir an, auf dieses Paradies auf Erden.«

Die ganze Gesellschaft prostete dem hochgewachsenen Kunsthändler zu. Seinen Strohhut trug er wie immer mit Finesse, und er duftete vertraut nach Tabak und Sandelholz. Kurz setzte er sich wieder hin, aber nur, um Iris zuzuflüstern: »Entschuldige, ich habe meine Zigarren auf dem Boot vergessen. Ich bin gleich wieder zurück.«

Etwas in seinem Gesicht hätte sie möglicherweise warnen können, doch sooft sie später auch versuchte, sich seine Worte wieder ins Gedächtnis zu rufen, vermochte sie nie zu sagen, was ihr hätte auffallen sollen. Vielleicht der plötzliche Glanz in seinen ernsten Augen. Vielleicht sein Händedruck, bevor er aufstand und über die Sanddünen zum Wasser hinuntereilte.

Sie erinnerte sich an ihre Überraschung und die plötzliche Unruhe, als sein Motorboot startete und aufs Meer hinaussteuerte. Wie sie sich zu Rudolf umdrehte und seinem fragenden Blick begegnete. Dann die Explosion. Der Feuerball, der vom Motorboot in den Himmel aufstieg, brannte sich für immer in ihre Netzhaut ein. Das Paradies verwandelte sich in eine Hölle.

Sie konnte nicht ahnen, dass das nur der Anfang war.

SIGNE

Juni 1940

Signe Jansson knöpfte sich den Mantel zu und sah sich noch einmal in der kleinen Kammer um, ob sie auch nichts vergessen hatte.

»Bitte, Mama, bleib. Bleib bei mir.«

Signe ging neben Erik in die Hocke. Seine Augen schwammen in Tränen.

»Ich muss leider fort.«

Er schüttelte heftig den Kopf.

»Nein, du sollst bei mir bleiben.«

Signe zwang sich zu einem Lächeln und strich ihm über die weiche Wange und das blonde Haar.

»Dein Papa bleibt doch bei dir. Und Großvater und Großmutter. Sie sind ebenso deine Familie.«

»*Du* bist meine Familie. Wann kommst du zurück?«

Signe blinzelte eine Träne weg. Dann schüttelte sie den Kopf.

»Ich weiß es nicht, Erik. Du musst jetzt tapfer sein.«

Plötzlich trat Stig aus dem Dunkeln und zog seinen Sohn an sich.

»Ich glaube, es ist besser, wenn Signe jetzt geht. Wir wollen doch nicht, dass sie den Bus verpasst, oder, Erik?«

»Doch!«, brüllte er. »Ich will nicht, dass Mama fährt.«

»Signe ist nicht deine Mutter, und sie muss weg. Wir

kommen sehr gut alleine zurecht, du und ich. Du wirst mir helfen, nicht wahr?«

Erik schluchzte und schlug ihm mit seinen kleinen Fäusten gegen die Brust. Stig warf Signe einen wütenden Blick zu und bedeutete ihr mit einem Winken zu gehen.

Sie nahm Eriks Hand und hielt sie fest, schaute ihm in die blauen Augen. Sie liebte den Jungen mehr als alles auf der Welt.

»Mag sein, dass ich nicht deine Mutter bin, aber ich liebe dich, als wäre ich es. Der Postbote wird dir jede Woche einen Brief von mir bringen. Ich werde immer für dich da sein, immer für dich beten. Mein lieber, kleiner Erik.«

Ihre Stimme versagte, sie nahm ihren Koffer und ging hinaus. Hinter ihr schluchzte Erik noch immer, und sie hörte, wie Stig versuchte, den verstörten Vierjährigen zu beruhigen.

Mühsam schleppte Signe den schweren Reisekoffer über den Hof. Sie wünschte sich, sie hätte ein Paar Handschuhe gehabt, denn es war noch immer empfindlich kalt. Von ihren Geschwistern, die noch auf dem Hof lebten, war niemand zu sehen. Sie verstanden und akzeptierten ihre Entscheidung nicht. Noch enttäuschter waren wahrscheinlich ihre Eltern, die in den letzten Tagen kaum noch ein Wort mit ihr geredet hatten. Sie kamen nicht einmal, um sich von ihr zu verabschieden.

An der Hauptstraße fuhr ein großer, mit Kiefernzweigen beladener Wagen an ihr vorbei, kurz darauf kam planmäßig ihr Bus. Signe lauschte auf das Fauchen der Bremsen und zwang sich, sich nicht umzusehen.

Der Fahrer wischte sich den Schweiß von der Stirn und nickte ihr zu.

»Wohin?«

Signe räusperte sich und hielt ihm ihr Zweikronenstück hin.

»Åkersberga.«

Der Fahrer riss einen Fahrschein ab und schob ihr das Wechselgeld hin. Der Bus war nur zur Hälfte besetzt, und sie ließ sich auf einer der mittleren Bänke nieder, um Platz für ihr Gepäck zu haben. Schützend legte sie eine Hand auf den Koffer, immerhin enthielt er alles, was sie jetzt noch besaß.

Der Bus fuhr los, durch das offene Fenster drang eine Abgaswolke herein. Immer schneller sausten die Birken an ihr vorüber, und Signe bemühte sich, das Bild von Erik zu verdrängen, der ihr hinterherwollte, und nicht an Stig zu denken, der sich bis zuletzt geweigert hatte, ihr noch einmal in die Augen zu sehen.

Auf Höhe der Roslags-Kulla-Kirche hielt der Bus, und zwei ältere Damen lösten ebenfalls einen Fahrschein nach Åkersberga. Wahrscheinlich wollten sie zum Markt. Signe starrte aus dem Fenster. Sie hatte kein Bedürfnis, irgendwelchen Bekannten zu begegnen. Stattdessen versuchte sie, sich Stockholm vorzustellen. Es war zehn Jahre her, seit sie die Hauptstadt besucht hatte, und damals war sie im Grunde nur auf der Durchreise gewesen. Die kurze

Zeit hatte kaum genügt, um sich einen Überblick über die Stadt zu verschaffen.

Sie tastete nach dem Brief in ihrer rechten Tasche, um sich zu vergewissern, dass er noch da war. Als der Briefträger ihn vor einer Woche gebracht hatte, hatte sie keine großen Erwartungen gehabt oder gar zu hoffen gewagt, dass er ihr irgendeine Art von Sicherheit geben würde.

Das Einzige, was sie jetzt wusste, war, dass sie sich in vierundzwanzig Stunden bei einem Professor Svartström einfinden sollte.

* * *

Der Zug ratterte auf den Schmalspurgleisen der sogenannten Roslagsbana durch den Park Lill-Jansskogen und weiter durch eine fabrikähnlich anmutende Gegend, in der Bahnarbeiter mit Schweißgeräten und schwerem Werkzeug schwitzend ihrer Tätigkeit nachgingen. Beinahe taten ihr die Männer leid, die vor Schmutz und Staub beinahe so schwarz waren wie Schornsteinfeger. Signe fand, sie sahen unheimlich aus.

Immer langsamer fuhr der Zug, die Bremsen quietschten, dass es in den Ohren wehtat. Behände schwang sich der Schaffner auf die kurze Leiter und fuhr die letzten hundert Meter an der Außenwand des Zuges mit. Er zog seine Schaffnermütze und grüßte mit übertriebener Geste einen Kollegen auf der anderen Seite der Gleise. Zuvor hatte er Signe zugezwinkert, als sie ihre Fahrkarte löste, und sie gefragt, ob sie in die Stadt wolle, um sich zu amüsieren. Sie hatte zu Boden geschaut und sich schnell einen Sitzplatz gesucht.

Während der Fahrt hatte unter den Reisenden eine beinahe familiäre Stimmung geherrscht. Man plauderte über die neuesten Lebensmittelrationierungen sowie über die Koalition, die vor einem halben Jahr mit Per Albin Hansson als Staatsminister an die Regierung gekommen war und die nach allgemeiner Übereinkunft trotz allen Elends gar nicht so übel war. Signe hatte sich zu Hause bemüht, die Tageszeitungen zu lesen, wann immer sich die Gelegenheit dazu bot. Seit jedoch im April die Spannungen in Norwegen gewachsen waren, hatten Stig und ihre Eltern beschlossen, dass es genügte, die Rundfunknachrichten im Radio zu hören.

Die Reisenden stellten sich an den Türen an, und allmählich leerte sich der Zug. Signe schluckte und hielt ihren Koffer ganz fest. Zum hundertsten Mal prüfte sie, ob der Brief noch in ihrer Manteltasche steckte. Draußen auf dem Bahnsteig unterhielt sich der zu Späßen aufgelegte Schaffner mit zwei Polizisten. Sie lachten herzlich, und Signe fühlte sich ruhiger. Auch wenn Stockholm mit seinen vielen Menschen sie überforderte, gab es hier doch auch mehr Polizisten und Ordnungshüter.

Ihre Cousine, die bereits mit fünfzehn als Dienstmädchen nach Stockholm gezogen war, hatte ihr geholfen, eine Übernachtungsmöglichkeit zu finden. Sie putzte im Hauptquartier der Heilsarmee, wohnte aber mit Mann und Kindern draußen auf Kungsholmen zur Miete bei einer älteren Frau. Dort war Besuch streng verboten, deshalb hatte die Cousine Signe erklärt, es gebe Übernachtungsplätze bei der Heilsarmee. Allerdings dürfe sie erst nach dem Abendessen dort auftauchen. Es war erst vier Uhr, und Signe rechnete mit etwa einer guten halben Stunde Fußweg bis zur Greve Turegatan. Das bedeutete, dass sie mindestens zwei Stunden totschlagen musste.

Das Restaurant an der Östra Station war acht Jahr zuvor mit viel Tamtam eröffnet worden. Signes Vater und ihr Nachbar waren damals in die Hauptstadt gefahren, um zur Bank zu gehen, und hatten sich ordentlich herausgeputzt. Es war das einzige Mal gewesen, dass sie ihren Vater, abgesehen von Hochzeiten und Beerdigungen, im Anzug gesehen hatte. Nach dem Banktermin hatten die beiden an der Östra Station zu Mittag gegessen, und ihr Vater hatte noch lange davon erzählt, wie schlecht das Fleisch dort gebraten gewesen sei. Es sei noch völlig rot und zäh gewesen, und so sei ihm nichts anderes übriggeblieben, als es in seine Serviette einzuschlagen und es für die Katze mitzunehmen.

Signe griff nach dem schweren Koffer und betrat zögernd den Bahnhof, wo sich im ersten Stock das Restaurant befand. Das Gebäude verfügte über einen Wartesaal, der wie ein Atrium wirkte. Eine Frau mit großem Busen in gestärkter weißer Bluse und eng anliegendem Rock sah sie freundlich an.

»Sind Sie allein, gnädiges Fräulein? Kann ich Ihnen helfen?«

Signe räusperte sich und nickte.

»Ich würde gern eine Kleinigkeit essen. Aber ich habe leider diesen großen Koffer dabei.«

Die Frau lächelte.

»Das sind wir hier am Bahnhof gewöhnt. Ich stelle ihn in die Garderobe. Wollen Sie am Fenster sitzen oder lieber auf die Züge hinunterschauen? Sie haben freie Platzwahl, der Mittagsansturm ist schon vorüber.«

»Gerne am Fenster, wenn es geht.«

Die Frau half ihr aus dem Mantel, den Hut behielt sie jedoch auf. Fest umklammerte sie die Handtasche, als sie der Frau zu einem Tisch mit Blick auf den Ziegelpalast der Königlich Technischen Hochschule und auf den dichten Verkehr auf dem Valhallavägen folgte.

»Möchten Sie vor dem Essen noch etwas trinken?«

»Nein, danke, Wasser genügt.«

Signe irritierte die Frage. Vor dem Essen trank man doch nicht?

»Das Tagesgericht ist gebratener Salzhering mit Zwiebelsoße, aber ich würde Ihnen Kartoffelpuffer empfehlen. Von denen kann ich nicht genug bekommen, wie man leider sieht.«

Die Frau klatschte sich mit der Hand auf die Hüfte. Signe lächelte.

»Dann nehme ich Kartoffelpuffer. Und dazu ein Glas Milch, wenn es Ihnen keine Umstände macht.«

Kurz darauf kehrte die Kellnerin mit einer Wasserkaraffe und einem Glas Milch zurück. Dazu gab es ein Körbchen mit Knäckebrot und ein Schälchen Butter. Signe fand, wenn sie schon teuer bezahlte, konnte sie sich auch ruhig daran bedienen. Sie hatte dreihundertzwanzig Kronen in ihrem Portemonnaie, das waren ihre gesamten Ersparnisse. Da konnte man es sich nicht leisten, oft in Lokale wie dieses hier zu gehen.

Der Kartoffelpuffer wurde mit Speck und Preiselbeeren serviert und war genauso köstlich, wie die Kellnerin versprochen hatte. Signe aß alles auf und lehnte sich dann auf dem Stuhl zurück. Nach der Anspannung des Tages begann sie sich erschöpft zu fühlen.

Auch Erik hatte wohl inzwischen zu Abend gegessen, vielleicht die Reste vom Vortag, die sie in die Kühlkammer gestellt hatte. Sie hoffte, dass der Napfkuchen, den sie tags zuvor gebacken hatte, ihn ein bisschen über seinen Kummer hinweggetröstet hatte. Erik liebte ihren Napfkuchen.

Signe zwang sich, nicht an ihren Neffen zu denken, sie wollte nicht schon wieder weinen. Eine einzelne Träne war bereits ihre Wange hinuntergerollt, verstohlen wischte sie sie ab.

Die Kellnerin trat noch einmal zu ihr.

»Entschuldigung, dass ich Sie so kurz nach dem Essen störe, aber wir hatten eine Fehlbestellung, und jetzt haben wir einen Nachtisch übrig. Dürfen wir Sie dazu einladen? Es ist so schade, in Zeiten wie diesen Essen wegzuwerfen. Vielleicht mögen Sie auch noch einen Kaffee dazu?«

Signe starrte die freundliche Frau verwirrt an und nickte

dann dankbar. Sie hoffte, das Dessert wäre nicht allzu mächtig, denn inzwischen war sie ziemlich satt.

Ihre Augen füllten sich erneut mit Tränen, als der Nachtisch vor ihr stand. Eingelegte Birnen mit Schlagsahne, noch nie hatte sie etwas so Köstliches gegessen.

Sie fühlte sich beinahe wie ein Filmstar, wie sie da am Bahnhof saß und hervorragendes Essen in einem Restaurant aß. Sie, die unscheinbare Signe Jansson aus Roslags-Kulla.

ELISABETH

Elisabeth Herrman stürmte zur Tür hinaus und wurde vom hellen Sonnenlicht über der Birger Jarlsgatan geblendet. Fahrradfahrer sausten an ihr vorbei, fast so schnell wie die Straßenbahn, und sie musste ausweichen, sonst wäre sie von einem Kurier erfasst worden. Gullan hatte am Abend vorher extra noch mal angerufen, um sie zu bitten, heute auf jeden Fall pünktlich zu sein. Elisabeth verzog das Gesicht. Sie war bereits vier Minuten später dran als vereinbart.

Plötzlich packte jemand sie am rechten Arm und zischte ihr ins Ohr: »Ich hab doch gesagt, du sollst pünktlich sein.«

Gullan lachte, und Elisabeth schüttelte den Kopf.

»Du spinnst ja. Was machst du überhaupt hier, wir wollten uns doch an der Sturegatan treffen.«

Gullan verdrehte die Augen.

»Ach, Betty, ich wusste doch, worauf ich mich einlasse, als wir verabredet haben, einmal in der Woche zusammen zur Arbeit zu gehen. Meine Mutter wäre jedenfalls froh, wenn sie das wüsste, sie findet es gut, wenn wir ein bisschen an der frischen Luft sind, bevor wir uns im Büro verbarrikadieren.«

»Glaubt sie immer noch, bei dir seien Hopfen und Malz verloren, bloß weil du eine Arbeit angenommen hast?«

Gullan seufzte, während sie zügig die Sturegatan hinaufgingen, vorbei am Humlegården-Park, der in sommerlichem Grün leuchtete.

»Ja, sie fragt ständig, wozu das gut sein soll. Ich glaube, ihr fällt es vor allem schwer, zu verstehen, warum wir ausgerechnet einen Job beim Luftwaffenstab angenommen haben. Wahrscheinlich hat sie Angst, sie schicken uns in den Krieg.«

»Und mein lieber Bruder, was sagt der dazu? Zu Hause war er ganz schön eingeschnappt, weil ich mich ›zum Militärdienst habe einberufen lassen‹, wie er es ausdrückt.«

»Zu mir hat er noch nichts gesagt. Allerdings sind wir ja auch nicht verlobt, deshalb hat er mir ohnehin nichts zu sagen.«

»Das ist nur eine Frage der Zeit, das weißt du doch. Er küsst den Boden, auf dem du gehst. Und wenn er nicht bald in die Puschen kommt, dreh ich ihm den Arm um.«

Etwas gemächlicher gingen sie weiter Richtung Karlavägen und bogen rechts zum Karlaplan ab. Der Springbrunnen war wieder in Betrieb genommen worden, und ein paar kleine Jungs versuchten eifrig, ihre Rindenboote zum Schwimmen zu bringen. Als sie den Valhallavägen Richtung Banérgatan überquerten, wo der ziegelrote Neubau stand, stellte Elisabeth überrascht fest, dass sie ganze zehn Minuten zu früh waren.

»Komm, wir setzen uns ein bisschen in die Sonne, bevor wir reingehen, ich fühle mich so blass.«

»Blass? Du hast das ganze Gesicht voller Sommersprossen.«

Elisabeth gab ihrer Freundin einen Klaps auf den Arm, dann ließ sie sich auf die Bank neben dem Eingang fallen. Genüsslich legte sie den Kopf zurück und blinzelte in die Sonne.

»Wenn ihr heiratet, du und Arne, dann bist du seine Ehefrau. Das werde ich wohl nie werden.«

Gullan lachte.

»Ist ja auch besser, wenn du gar nicht erst darüber nachdenkst, deinen Bruder zu heiraten.«

»Quatsch, ich meine doch, überhaupt eine Ehefrau.«

»Das kann man nie wissen. Ehe du dich versiehst, taucht er plötzlich auf, dein Traumprinz.«

Elisabeth schüttelte den Kopf.

»Nein, das ist nichts für mich. Ich glaube einfach nicht, dass es zu mir passt. Jemanden lieben möchte ich schon, aber ich weiß nicht, ob ich jemandes Frau werden will.«

Gullan schnaubte.

»Ach, was redest du denn da!«

Anschließend schwiegen sie, bis es Zeit wurde, hineinzugehen. Der Wachmann lächelte breit, als er ihnen die Schranke öffnete, und zwinkerte Elisabeth zu.

»Die stabseigene Rita Hayworth! Wann habe ich wohl endlich die Ehre, das Fräulein zum Tanz auszuführen?«

Elisabeth hob die Augenbraue.

»An dem Tag, an dem Sie sich Cary Grant nennen dürfen.«

SIGNE

Signe gelang es, ihren Aufbruch noch um eine gute Stunde hinauszuzögern, doch dann war es an der Zeit, das Restaurant zu verlassen. Am Zeitungsständer im Erdgeschoss hielt sie inne und fuhr mit der Hand über die leuchtend bunten Zeitschriften, bis sie sich schließlich für eine Frauenzeitschrift mit Sickan Carlsson auf dem Titelblatt entschied. Sie konnte der Schauspielerin einfach nicht widerstehen, wie sie in einer grünen, glänzenden Bluse vor Pelargonien in die Kamera lächelte. Signe war sich ihrer eigenen Makel bewusst, niemand käme auf die Idee, sie eine Schönheit zu nennen. Aber wenn sie träumen durfte, wünschte sie sich, ein bisschen wie Sickan auszusehen, die für ihre aufrichtige Freundlichkeit bekannt war.

Signe setzte sich auf eine der Bänke ganz hinten in der Wartehalle, ein wenig beschämt darüber, sich die Zeit so sinnlos zu vertreiben. Das Interview mit der Schauspielerin war ziemlich sensationslüstern. Sie hatte zu Beginn des Kriegs 1939 geheiratet und die Hochzeit tatsächlich selbst bezahlt. Hundertzwanzig Hochzeitsgäste waren auf dem traditionsreichen Hasselbacken draußen in Djurgården zusammengekommen, doch von Sickans eigener Familie hatte kaum jemand teilgenommen.

Signes Kehle schnürte sich zusammen. Sie fühlte sich der Schauspielerin, die auf ihre Verwandten offenbar genauso wenig zählen konnte wie sie selbst, mit einem Mal viel näher. Sie las konzentriert weiter und war beinahe enttäuscht, als der Artikel zu Ende war. Zerstreut blätterte sie den Rest der Zeitschrift durch: seitenweise Haushaltstipps und Leserbriefe, in denen gefragt wurde, wie man am besten einen Sonntagsbraten zubereitete oder seine schrundigen Fersen pflegte.

Nachdem Signe die Zeitschrift noch einmal von vorn bis hinten durchgeblättert hatte, war eine weitere Stunde verstrichen. Nun konnte sie sich endlich aufmachen. Ihre Cousine hatte ihr eine detaillierte Wegbeschreibung gegeben, laut der sie auf Höhe des Stureparks rechts in die Östermalmsgatan einbiegen sollte. Dann waren es nur noch zwei Häuserblocks bis zu ihrem Ziel.

Der Verkehr auf dem Valhallavägen war so laut, dass Signe schon bald die Ohren schmerzten. Weiß gekleidete Krankenschwestern schoben alte Menschen im Rollstuhl zur Pforte des Krankenhausgeländes. Signe, die selbst im Altersheim gearbeitet hatte, wurde beim Anblick der gebrechlichen Herren mit Wolldecke über den Knien ganz warm ums Herz. Am Stadion marschierten Wehrpflichtige in strengen Reihen auf und ab, und Signe hielt sich abseits, um ihre Ordnung nicht zu stören. Von der Sturegatan bog sie rechts ab und gelangte zum Sturepark. Ein paar Jungen spielten auf dem Kiesweg Murmeln, und daneben sprangen zwei Mädchen Seil. Von der Östermalmgatan bog Signe nach links ab und entdeckte gleich das Haus, zu dem sie wollte. Es war alt, und vor der Tür standen ein paar junge Frauen und rauchten. Sie trugen Kopftücher und hatten Lippenstift aufgelegt.

Signe nickte höflich.

»Ist das hier das Heim der Heilsarmee?«

Eine Frau mit kurzen Haaren grinste sie an.

»Jawohl, gnädiges Fräulein, hierher schickt man die gefallenen Mädchen in der Hoffnung auf Besserung und Heilung.«

Die anderen lachten, und die Kurzhaarige nickte zum Haus hin.

»Die Vorsteherin sitzt drinnen, wenn du dich aufnehmen lassen willst. In welchem Monat bist du?«

Signe starrte sie an. »Was meinen Sie damit?«

»Wie lange bist du schon schwanger?«

»Schwanger? Ich bin doch nicht schwanger!«

Das Mädchen runzelte die Stirn.

»Warum bist du dann hier? Hierher schickt man nur solche wie uns.«

Signe schnappte nach Luft und verfluchte innerlich ihre Cousine, die es nicht für nötig gehalten hatte, ihr zu erklären, was das hier für ein Ort war.

Das Mädchen schnippte den brennenden Zigarettenstummel fort.

»Keine Angst, ich komme mit rein. Soll ich dir mit dem Koffer helfen?«

Signe schüttelte den Kopf und folgte dem Mädchen, das

lange Hosen und eine in der Taille geknotete Bluse trug. Jetzt drehte es sich um und lächelte.

»Wir sind netter, als wir aussehen. Wer hat dich denn hergeschickt?«

»Ich möchte nur für eine Nacht bleiben, morgen habe ich ein Vorstellungsgespräch in der Nähe. Meine Cousine hat gesagt, ich könne hierherkommen, Lena Emilsson, sie putzt für die Heilsarmee.«

Signe hielt ihre Handtasche fest umklammert. Sollte sie wirklich über Nacht hierbleiben?

»Ach, die kenne ich – sehr energisch. Manchmal ein bisschen muffelig, aber wer ist das nicht?«

Sie kamen zu einem winzigen Zimmer, das fast gänzlich von einem Schreibtisch ausgefüllt wurde. Dahinter saß eine Frau um die fünfzig mit strengem Dutt und kleiner runder Brille, die sie so weit unten auf der Nasenspitze balancierte, dass sie jeden Moment herunterzufallen drohte.

»Frau Johansson, Sie haben Besuch.«

Signe trat einen Schritt vor.

»Signe Jansson. Meine Cousine, Lena Emilsson, schickt mich. Ich würde gern hier übernachten, weil ich mich morgen als Dienstmädchen bei einem Professor Svartström in der Linnégatan vorstellen soll.«

Die Frau blickte auf und sagte freundlich: »Wie schön, Sie kennenzulernen. Lena hat mir viel Gutes von Ihnen erzählt. Ich hatte fast schon gehofft, Sie würden hier bei uns bleiben. Wir haben eine Stelle als Weblehrerin frei.«

Signe lächelte nervös.

»Vielen Dank. Ich komme gerne darauf zurück, wenn der Professor mich nicht für geeignet hält. Ich bin eigentlich nur seinetwegen hier.«

Die Frau schob ihre Brille hoch.

»Dann warten wir das Ergebnis Ihres Treffens morgen ab. Sie machen einen sehr patenten Eindruck. Als Lenas Cousine werden Sie wohl kein Problem damit haben, die Ärmel hochzukrempeln und anzupacken. Gut, dann bitte ich das Fräulein Ekman hier, Sie zu Ihrem Schlafplatz zu begleiten. Das Abendessen ist schon vorbei, aber gegen acht gibt es noch mal Kaffee und Zwieback. Fräulein Ekman, sorgen Sie bitte dafür, dass Signe sich heimisch fühlt.«

Fräulein Ekman nickte ihr zu, dann griff sie resolut nach dem Koffer und ging Richtung Treppe.

»Kommen Sie mit.«

Signe knickste und bedankte sich, dann beeilte sie sich, der jungen Frau zu folgen. Oben angekommen beugte diese sich ängstlich zu ihr hinüber und flüsterte: »Sie versprechen mir doch, Frau Johansson nicht zu erzählen, dass ich vorhin so unverschämt zu Ihnen war? Das war keine Absicht.«

Vielleicht war es ja doch gar nicht so gefährlich hier. Signe grinste vorsichtig.

»Was meinen Sie denn mit unverschämt? Ich kann mich an nichts erinnern.«

Fräulein Ekman lächelte dankbar und führte sie in ein

großes Zimmer, in dem insgesamt acht penibel gemachte Betten standen. An jedem Fußende war ein Namensschild angebracht.

»Wie nett Sie es hier haben«, sagte Signe. »So ordentlich.«

»Danke. Wir räumen jeden Morgen auf, nach dem Frühstück wird kontrolliert.«

Den Kaffee gab es in der großen Küche. Signe bedankte sich, als ihr ein Teller mit Zwieback angeboten wurde, die mit Margarine bestrichen waren. Sie setzten sich um den großen Holztisch und schlürften ihren dünnen Kaffee. Manche Frauen tranken aus der Untertasse, andere tauchten ihren Zwieback ein.

»Wusstet ihr, dass Signe sich bei einem Professor beworben hat?«, fragte Fräulein Ekman. »Sie wird ein eigenes Zimmer bekommen.«

Die anderen hörten aufmerksam zu und sahen Signe mit großen Augen an. Signe hatte sich so schrecklich einsam gefühlt, seit sie aufgebrochen war, dass es schön war, ein wenig mit anderen plaudern zu können.

»Ich habe gerade mein Elternhaus verlassen, wo ich mein bisheriges Leben verbracht habe. Ich habe keine Ahnung, ob ich das hier schaffe. Weit weg von meiner Familie und alles. Ich kenne niemanden hier in der Stadt, außer meiner Cousine Lena, aber die wohnt mit ihrer Familie auf Kungsholmen.«

Fräulein Ekman beugte sich vor.

»Das wird schon gut gehen, warten Sie's ab! Und sonst

können Sie jederzeit zu uns kommen. Wir bleiben wahrscheinlich noch mindestens ein Jahr, bis wir uns eine neue Stelle suchen können.«

Die jungen Mädchen waren wirklich rührend, wie sie da saßen und Signe ihre Hilfe anboten. Sie lächelte.

»Darauf komme ich vielleicht tatsächlich zurück. Ein bisschen Angst habe ich schon vor der Großstadt.«

Die Mädchen kicherten und erzählten, wie sie selbst zum ersten Mal hierhergekommen waren. Einige waren in Stockholm geboren, aber mindestens ebenso viele schienen aus allen Ecken und Enden des Landes zu kommen. Die einen, um ihr Glück zu finden, die anderen der Liebe wegen, aus der dann doch nichts geworden war. Das Leben in Stockholm war nicht leicht, wenn man nicht schnell seinen Platz fand. Signe traute sich nicht zu fragen, hatte aber begriffen, dass die meisten hier am Tisch Kinder bekommen hatten, die sie anschließend ins Heim geben mussten, weil sie nicht in der Lage waren, sich um sie zu kümmern. Signe konnte sich den Schmerz vorstellen, den sie durchlebt hatten, die ständige Sorge, mit der sie leben mussten, und die Frage, ob ihre Kinder es gut hatten. Die Sehnsucht …

Im Schlafsaal ging es hoch her, nachdem alle sich umgezogen hatten. Die Mädchen wirkten auf Signe alle viel zu jung, noch gar nicht erwachsen genug, um mit dem zurechtzukommen, was ihnen widerfahren war. Kurz darauf kam die Vorsteherin herein und ermahnte alle, leise zu sein. Sie bat um besonders gutes Benehmen, weil sie an diesem Abend einen Gast hatten.

Signe kroch auf die einfache Pritsche und lauschte dem Flüstern der Mädchen. Deren hartes Schicksal machte ihr bewusst, wie viel mehr Sicherheit und Geborgenheit sie trotz allem in ihrem eigenen Leben erfahren hatte. Auch wenn die Zukunft ungewiss schien, spürte sie doch eine eigenartige Zuversicht. Sie fühlte, dass sie bisher doch insgesamt Glück gehabt hatte.

ELISABETH

»Sind Sie bitte so freundlich, noch mal zu mir reinzukommen, wenn Sie hier fertig sind, Elisabeth?«

Elisabeth blickte von ihrer Schreibmaschine auf.

»Selbstverständlich, Herr Oberst.«

Der Oberst nickte und entfernte sich rasch über den Flur. Elisabeth warf Gullan einen Blick zu.

»Glaubst du, er hat gemerkt, dass wir Freitag früher Schluss gemacht haben?«, flüsterte die Freundin besorgt von ihrem Schreibtisch aus.

Elisabeth schüttelte den Kopf, zog das fertige Dokument aus der Schreibmaschine und ließ es auf den Stapel mit der internen Ausgangspost fallen.

»Nein, ich glaube nicht. Wir waren die Letzten, die noch hier waren, und ich habe den Oberst anschließend mehrfach getroffen, ohne dass er es irgendwie kommentiert hätte. Es geht bestimmt um etwas anderes.«

Gullan schien nach wie vor skeptisch.

»Aber was? Sie werden dich doch nicht feuern? Stell dir vor, wir fliegen alle raus, vielleicht haben sie beschlossen, dass wir nicht mehr gebraucht werden.«

Elisabeth hob die Augenbraue.

»Nicht mehr gebraucht? Der Luftwaffenstab hat fähiges Personal ja wohl noch nie so dringend benötigt wie jetzt.

Die Verteidigungskräfte werden mit jedem weiteren Kriegsmonat aufgestockt, und innerhalb kürzester Zeit wird es keinen einzigen arbeitstauglichen Mann mehr in der Stadt geben. Bestimmt geht es um etwas völlig Belangloses wie Essensmarken, die ich mal wieder vergessen habe abzugeben, oder dass ich gestern verschlafen habe. Rausfliegen werde ich deshalb nicht. Und du auch nicht.«

Sie überließ Gullan ihren Sorgen und begab sich zum Büro des Obersts. Sie drückte die Klinke herunter, als der Oberst sie hereinrief. Es war ein großzügiges Eckzimmer mit Blick auf den prächtigen Stadtteil Gärdet und auf den Värtavägen hinaus. In ihrer Schlichtheit wirkten die Neubauten draußen wie delikate Zuckerwürfel.

»Bitte, setzen Sie sich, Fräulein Herrman.«

Er deutete auf einen Stuhl ihm gegenüber, und sie nahm vorsichtig Platz.

Der Oberst lächelte, und für einen kurzen Moment hatte sie das Gefühl, er wäre ein bisschen verlegen. Dann legte er die Fingerspitzen aneinander und räusperte sich.

»Nun, Fräulein Herrman, Folgendes: Wir sind viele Leute in dieser Abteilung, und wir müssen irgendwie miteinander auskommen. Allein auf dieser Etage sitzen an die hundert Personen. Und zwei Büros von Ihnen entfernt arbeiten, wie Sie sicher wissen, ein paar neu eingestellte Ingenieure, die unseren künftigen Bedarf berechnen sollen. Denn leider müssen wir davon ausgehen, dass wir uns noch einige weitere Jahre in Bereitschaft befinden werden.«

Elisabeth schluckte.

»Nun gibt es da also ein kleines Problem. Wie es aussieht, fällt es einem der Ingenieure schwer, sich zu konzentrieren, wenn das Fräulein Herrman in der Nähe ist. Grund ist Ihr auffällig langes rotes Haar. Wir haben deshalb beschlossen, dass es das Einfachste wären, wenn Sie sich eine etwas kürzere und praktischere Frisur zulegen würden. Damit wäre das Problem ganz einfach gelöst.«

Der Oberst legte die Handflächen auf den Tisch und lächelte. Elisabeth wartete kurz, ob er noch etwas sagen wollte. Nach mehreren Sekunden des Schweigens begriff sie, dass es alles gewesen war.

»Der Herr Oberst verlangt also, dass ich mir die Haare schneide, weil einer der Ingenieure sich sonst nicht konzentrieren kann. Ist das richtig?«

»Ja, das ist korrekt. Sicherlich könnten wir uns darauf einigen, dass wir Ihnen die Friseurkosten erstatten, wenn Sie das wünschen. Ich habe gehört, der Salon hier um die Ecke soll ganz anständig sein.«

Elisabeth atmete tief durch. Wieder meinte sie einen Anflug von Verlegenheit im Gesicht des Obersts zu erkennen.

»Ich respektiere vollkommen, dass wir alle etwas zum allgemeinen Wohlbefinden beitragen müssen«, sagte sie schließlich und blickte den Oberst dabei fest an. »Und dass wir alle unser Bestes geben müssen, damit die Streitkräfte in dieser angespannten Lage konzentriert arbeiten können. Deshalb finde ich aber auch, dass wir diesem sogenannten

Dilemma einmal wirklich auf den Grund gehen sollten. Lassen Sie mich also klarstellen, dass der Ingenieur, von dem Sie sprechen, wie auch seine Kollegen, in den letzten Monaten mehrmals falsche und nachlässige Analysen gestellt haben, die ich die Herren bitten musste zu korrigieren. Leider muss ich darüber hinaus melden, dass es sich dabei nicht nur um Flüchtigkeitsfehler, sondern um völlig idiotische Rechenfehler handelte, die diesen Personen trotz ihrer akademischen Ausbildung unterlaufen sind. Ich verspreche Ihnen, Herr Oberst, dass ein normalbegabter Gymnasiast nach ein paar Jahren Mathematikunterricht diese Aufgaben besser hätte lösen können. Wenn es tatsächlich so sein sollte, dass einer dieser unfähigen Herren sich über meine Haare beschwert hat, so wäre ich bereit, während der Bürozeiten einen straffen Dutt zu tragen. Was Sie allerdings von mir verlangen, steht meiner Meinung nach einer Demokratie wie Schweden nicht gut zu Gesicht.«

Betroffen sah der Oberst zu, wie sie von ihrem Stuhl aufstand. Ohne seine Antwort abzuwarten, ging Elisabeth zur Tür. Dort drehte sie sich noch einmal kurz um.

»Oder nein, warten Sie. Ich habe angefangen, Protokoll über die Fehler zu führen, die die Herren Ingenieure verbockt haben. Dieses Dokument werde ich Ihnen noch heute zur Untersuchung vorlegen. Anschließend packe ich meine Sachen und kündige mit sofortiger Wirkung. Denn wie Sie sicherlich wissen, haben wir Frauen derzeit kein Problem, eine neue Anstellung zu finden.«

Sie ließ den verblüfften Oberst an seinem Schreibtisch

zurück und knallte die Tür von außen zu. Die Stille im Flur sprach Bände, das übrige Personal hatte alles mitbekommen. Elisabeths Absätze knallten auf den Kunststoffboden, und sie merkte, wie ihre Hand zitterte, als sie wieder an ihrem Platz war.

Gullan schüttelte den Kopf, in ihren Augen standen Tränen. Sie flüsterte: »Ach Betty, kannst du nicht bitte einfach tun, was er sagt? Es spielt doch keine Rolle, das wächst doch wieder nach.«

Elisabeth runzelte die Stirn.

»Nie im Leben! Was soll das denn? Mich zu einem Haarschnitt zwingen zu wollen, nur weil irgendein Typ im Nachbarzimmer sich nicht unter Kontrolle hat. Das ist doch unglaublich! Ich jedenfalls habe keine Lust, hier noch länger zu arbeiten.«

Sie riss das Dokument mit dem Fehlerprotokoll aus ihrer Schublade und legte es in einen Papphefter, auf den sie mit großen Buchstaben *DEM OBERST ZU HÄNDEN* schrieb. Anschließend räumte sie ihre persönlichen Dinge vom Schreibtisch und sortierte den Rest auf zwei ordentliche Stapel. Zu Gullan sagte sie: »Hör auf zu weinen. Wir gehen doch heute Abend zusammen tanzen.«

Dann nahm sie ihren Mantel vom Haken, legte ihn sich über den Arm und lief mit der Mappe zum Büro des Obersts zurück.

Sie warf der noch immer schreckstarren Gullan eine Kusshand zu und holte tief Luft, um sich für das abschließende Zusammentreffen mit dem Oberst zu wappnen.

Er war mitten in einem Telefonat, als sie ohne anzuklopfen die Tür öffnete. Sie wartete keine Reaktion ab, knallte ihm die Mappe auf den Tisch und verließ das Büro.

Erst in der Eingangshalle, als ihr die frische Luft von draußen entgegenschlug, holten die Gefühle sie ein. Sie blinzelte die hartnäckigen Tränen weg. Eben hatte sie ihre erste und einzige Arbeitsstelle gekündigt, für die sie so hart gekämpft hatte. Das war Wasser auf die Mühlen ihrer Eltern, die von vorneherein der Meinung gewesen waren, eine Frau habe in einem Büro nichts zu suchen. Am allerwenigsten in einem derart unpassenden Bereich wie dem Militär.

IRIS

Angespannt wartete Iris mit ihren zwei Söhnen auf dem Flur. Nie hätte sie gedacht, dass sie einmal so weit weg von zu Hause und ohne Rudolf ausharren müsste.

Ihr Name wurde aufgerufen, und Josef und Jan sahen sie ängstlich an. Die Männer, die in dem Flüchtlingslager arbeiteten, hatten den Neuankömmlingen eingeschärft, dass sie sie nicht als Wachleute betrachten sollten, sondern als Helfer. Dennoch war es ihre Aufgabe, dafür zu sorgen, dass niemand weglief und untertauchte.

Seit sie in Schweden gelandet waren, hatte Iris versucht, an nichts anderes als an ihre Söhne zu denken. Tröstend nahm sie ihre Hände und flüsterte ihnen zu, sie sollten sich keine Sorgen machen. Dann stand sie auf und ging in den angrenzenden Raum.

In dem quadratischen Zimmer saßen ein Mann und eine Frau. Die Frau hatte Iris noch nie gesehen. Beide lächelten freundlich und zeigten auf den freien Stuhl. Iris streckte den Rücken durch und setzte sich ihnen gegenüber.

»Guten Tag, Frau Lepik. Sie sprechen doch Schwedisch?«

»Guten Tag«, sagte Iris und machte eine entschuldigende Geste. »Meine Mutter ist Schwedin, aber ich verstehe nicht immer alles.«

»Das macht nichts. Wenn Sie etwas nicht verstehen, sagen Sie einfach Bescheid. Dürfen wir Iris zu Ihnen sagen?«

Sie nickte kurz.

»Wie Sie vielleicht wissen, sind wir hier in Trasthagen auf Lidingö außerhalb von Stockholm. Ganz in der Nähe befindet sich ein großes Gebäude, das von den Schwedischen Streitkräften genutzt wird. Dieses Gelände darf eigentlich nicht von Personen betreten werden, die keine schwedische Staatsbürgerschaft besitzen. Da aber zurzeit großer Arbeitskräftemangel herrscht, hat man uns dennoch um Unterstützung gebeten. Das Gebäude muss jeden Tag gereinigt werden, und wir sollen dafür ein paar Freiwillige auswählen. Die Arbeit wird zwar nicht bezahlt, dafür können wir Ihnen und Ihren Söhnen ein eigenes Zimmer anbieten, so dass Sie nicht mehr mit den anderen gemeinsam im großen Schlafsaal schlafen müssten.«

Iris spürte, wie der Druck auf ihrer Brust nachließ, bemühte sich jedoch, diesem Gefühl nicht nachzugeben. Sie würde zu einem Häufchen Elend zusammenfallen, wenn sie sich nicht zusammenriss. Eigentlich klang es nach einer guten Nachricht, aber in Zeiten wie diesen konnte man nie richtig wissen. Seit sie hier angekommen waren, hatten die Jungen unruhig geschlafen, und sie hatte ständig über sie gewacht, voller Sorge, dass sie die anderen stören könnten. Die Gewissheit, dass die, die störten, eher riskierten, wieder zurückgeschickt zu werden, hing wie eine unausgesprochene Drohung über dem Lager. Iris wartete nur darauf, dass jemand sich über ihre Söhne beschwerte und sie wieder über die Ostsee zurückmussten.

Die Frau lächelte erneut. »Glauben Sie, das wäre etwas für Sie?«

Iris nickte und hielt den Atem an.

»Ja, ich glaube, das würde sehr gut passen.«

Der Mann schob ihr ein Blatt Papier hin.

»Wir können Ihnen nichts versprechen, aber wir glauben, dass es dadurch auch einfacher für Sie werden wird, längerfristig in Schweden zu bleiben. Wir haben die Streitkräfte gebeten, sich über Ihren Hintergrund zu informieren, und ihnen mitgeteilt, dass Sie schwedische Wurzeln haben. Wir hoffen, dass Ihnen das zugutekommt.«

Iris ging wieder zu Josef und Jan hinaus. Es klang beinahe zu schön, um wahr zu sein. Sie wagte kaum, die Jungen ihre Erleichterung spüren zu lassen, doch allmählich keimte wieder Hoffnung in ihr.

SIGNE

Beinahe ehrfürchtig war Signe durch den prunkvollen Hauseingang getreten und hatte sich umgeschaut. Jetzt stand sie vor Professor Svartström und fühlte sich wie ein kleines Mädchen.

»Fräulein Signe, Sie haben also fünf Jahre in einem Altersheim gearbeitet?«

»Ja, Professor Svartström.«

Signe knickste vorsichtig. Noch immer fiel es ihr schwer, nicht ungeniert all die schönen Dinge anzustarren, die sie umgaben. Professor Svartströms Wohnung war noch viel vornehmer, als sie sich früher immer die Herrenhöfe vorgestellt hatte. Es gab prächtige Ölgemälde und antike Möbel, Bücherregale, die vom Boden bis zur Decke reichten. Weiche Teppiche zierten das elegante Parkett, das sie kaum zu betreten wagte.

»Und davor haben Sie als Magd auf einem Hof gearbeitet. Wie lange?«

»Fast zwölf Jahre.«

»Darf man fragen, wie alt Sie jetzt sind?«

»Ich bin siebenundzwanzig.«

»Wie alt waren Sie denn, als Sie angefangen haben zu arbeiten?«

»Elf.«

»Das ist früh. Und seitdem sind Sie nicht mehr zur Schule gegangen?«

»Nein, Professor Svartström.«

»Sie wurden vom Militär einberufen, um sich um die Freiwilligen zu kümmern. Worum ging es da genau?«

»Arbeitsfähige Frauen auf den Höfen um Kapellskär wurden dazu aufgerufen, Wäsche und Flickarbeiten für die Soldaten zu übernehmen, die beschlossen hatten, den finnischen Offizier Mannerheim zu unterstützen. Finnlands Sache ist ja auch unsere.«

»Da bin ich ganz Ihrer Meinung, und ich finde es bewundernswert, wenn Freiwillige sich melden. Egal, ob es darum geht, Wäsche zu waschen oder auf dem Feld für das Gute zu kämpfen. Mannerheim ist ein Vorbild für uns alle.«

Nils Svartström schwieg, den Blick geradeaus gerichtet. Sie überlegte, ob er wohl zwischen Licht und Schatten unterscheiden konnte oder ob es hinter den ausdruckslosen Augen komplett dunkel war. In der Anzeige hatte bereits gestanden, er sei blind. Plötzlich drehte er ihr das Gesicht zu, als könne er sie sehen.

»Wie kommt es, dass Sie so gut schreiben, Fräulein Signe? Für jemanden, der ab dem elften Lebensjahr nicht mehr zur Schule gegangen ist und nach der Volksschule keine weitere Ausbildung genossen hat, haben Sie ein bemerkenswertes Sprachgefühl.«

Signe räusperte sich und richtete sich ein wenig auf. Dann antwortete sie: »Ich lese sehr gern, gnädiger Herr.

Als ich klein war, haben wir zu Hause abends immer in der Bibel gelesen, und ich habe versucht, mir beizubringen, was man in den höheren Klassen lernt. Einer meiner Brüder hat länger die Schule besucht.«

»Aha. Hat er Ihnen geholfen?«

»Nein, aber ich durfte mir seine Bücher ausleihen.«

»Was haben Sie in den letzten Jahren gemacht?«

Signe schluckte und hoffte, die Stimme möge ihr nicht versagen. So ruhig sie konnte, antwortete sie: »Meine Schwester Gotty starb vor vier Jahren im Kindbett, und ich musste mich um ihren kleinen Sohn kümmern. Mein Schwager arbeitet mit meinen Eltern zusammen auf dem Hof, und da musste ich einspringen.«

Nils Svartström runzelte die Stirn.

»Und jetzt kommt der Junge allein zurecht?«

Signe zwang sich, kurz die Augen zu schließen und durchzuatmen. Es war besser, von Anfang an ehrlich zu sein.

»Mein Schwager wollte, dass ich ihn heirate.«

Svartström schwieg kurz.

»Aber wenn ich das richtig deute, wollten Sie das nicht?«, fragte er dann.

»Nein, ich fand es keine gute Idee, den Mann meiner Schwester zu heiraten. Ich liebe den kleinen Erik, als wäre er mein eigener Sohn, aber eine Hochzeit konnte ich mir einfach nicht vorstellen.«

»Und jetzt sind Sie hier und suchen eine Stelle als Haushälterin. Hätten Sie nicht trotzdem auf dem Hof Ihrer

Eltern bleiben und weiter für den kleinen Jungen sorgen können?«

»Leider nein. Mein Schwager wollte, dass ich gehe.«

»Und Ihre Eltern?«

Signe holte tief Luft.

»Sie fand, es sei unpassend, wenn ich auf dem Hof bliebe, nachdem ich mich gegen die Heirat entschieden hatte. Sie haben sich sehr über meine Entscheidung geärgert. Ich habe mich quergestellt, da muss ich eben mit den Folgen leben.«

Nils Svartström drehte sich zu dem Tisch neben seinem Sessel um. Er tastete nach einem Blatt Papier und hob es hoch.

»Das ist die Liste mit Ihren Aufgaben. Wenn Sie bitte so freundlich wären, sie sich sorgfältig durchzulesen und zu schauen, ob Sie damit zurechtkommen würden? Ich weiß, dass es einiges zu bedenken gibt, angesichts meiner Behinderung. Wenn Sie die Stelle hier annehmen, bedeutet das sehr viel mehr, als nur die Arbeit einer Haushälterin. Sie müssten mir auch meine Augen ersetzen.«

»Ja, Herr Professor.«

Mit zitternden Fingern nahm Signe das Papier entgegen und begann die maschinengeschriebenen Zeilen zu lesen.

ELISABETH

Elisabeth nahm Anlauf, um auf die Straßenbahn aufzuspringen, und lächelte dem Schaffner zu.

»Einfache Fahrt Banérgatan/Valhallavägen, bitte. Typisch, dass ich ausgerechnet heute verschlafen musste.«

Der Schaffner nickte kurz und riss einen Fahrschein ab. Elisabeth stellte fest, dass sie noch elf Minuten hatte, um zum Hauptquartier des Luftwaffenstabs zu kommen und dort die drei Etagen in die Spezialabteilung der Generäle hinaufzulaufen. Seit am Vortag ein Telegramm in ihrem Elternhaus eingetroffen war mit der Bitte, sie möge sich um neun an diesem Morgen im Hauptquartier einfinden, war ihr Magen in Aufruhr. Sie ahnte, dass es mit ihrer überstürzten Kündigung und ihrer harschen Kritik gegenüber ihren Vorgesetzten zu tun hatte, hatte jedoch nicht damit gerechnet, dass es so weitreichende Konsequenzen haben würde. In der Regel führten lediglich Vergehen wie Desertion oder Gegenspionage zu einer Anklage. Nur zu solchen Anlässen versammelten sich normalerweise die Generäle im Kriegsbüro.

Die ganze Nacht hatte Elisabeth gegrübelt, was sie getan haben könnte, das einem so schweren Verbrechen gleichkäme. Nach nur zwei Stunden Schlaf war sie aufgewacht und musste feststellen, dass sie verschlafen hatte.

Sie hatte weder ihre Eltern um Rat gebeten noch ihren Bruder, obwohl sie sich ihm leichter anvertrauen konnte als ihren konservativen Eltern. Doch sie hatte, plötzlich erstaunlich gelassen, beschlossen, den versammelten Generälen des Luftwaffenstabs gegenüberzutreten und ihre Strafe anzunehmen. Diese inkompetenten Ingenieure sollten nicht das letzte Wort in dieser Angelegenheit behalten. Lieber nahm sie eine Arbeit im Leichenschauhaus an. Oder landete im Gefängnis.

Der Flur im dritten Stock war menschenleer, und das Klappern ihrer Absätze hallte wider. Beata, die Chefsekretärin der Generäle, wartete schon vor dem großen Konferenzzimmer, die Hände hinter dem Rücken verschränkt, und nickte kurz, als Elisabeth sich näherte. Beinahe geräuschlos öffnete sie die schwere Tür und verkündete: »Elisabeth Herrman.«

Auf den Anblick, der sich ihr bot, war Elisabeth nicht vorbereitet. Um den ovalen Tisch hatte sich das gesamte Personal des Luftwaffenstabs versammelt, bestehend aus Obersten und Generälen, und blickte ihr feierlich entgegen. Sie hatte gedacht, mithilfe ihrer üblichen Kaltschnäuzigkeit einen kühlen Kopf bewahren zu können, jetzt wurde ihr jedoch klar, dass es ernst war. Wilde Schreckensszenarien jagten ihr durch den Kopf, von eisigen Kerkerlöchern bis zur Erschießung auf Långholmen. Oder warum nicht auch eine Lobotomierung draußen in der Irrenanstalt Beckomberga?

Elisabeth war so betäubt, dass sie kaum merkte, wie

man sie auf einem Stuhl am Kopfende des etwa zwölf Meter langen Tisches platzierte. Der ältere Mann am anderen Ende musterte sie streng und ordnete den Stapel Papier vor sich, ehe er das Wort ergriff.

»So, Sie sind also Elisabeth Herrman, gelernte Telefonistin und seit knapp zwei Jahren hier beim Luftwaffenstab der Streitkräfte angestellt. In dieser Zeit haben Sie als Sekretärin gearbeitet, außerdem steht hier, dass Sie sowohl Englisch als auch Französisch und Deutsch mündlich wie schriftlich fließend beherrschen. Stimmt das?«

Elisabeth nickte.

»Ja, das stimmt. Ich war zwei Jahre in einem Schweizer Mädcheninternat. Meine Eltern dachten, das würde helfen.«

Um die Mundwinkel des Generals zuckte es verdächtig, doch er bemühte sich, sein Lächeln zu unterdrücken, und fuhr fort: »Sie gelten darüber hinaus als eine der Schnellsten im Haus, was Stenographie und Maschineschreiben angeht.«

Elisabeth schwieg und schaute auf den hellen Teppich, in dem sich ein Faden gelöst hatte.

Den Blick weiter auf seine Unterlagen gerichtet, sagte der General: »Wie mir berichtet wurde, haben Sie, Fräulein Herrman, große Unzufriedenheit mit der Delegation für externe Kriegsführung in Ihrer Abteilung ausgedrückt.«

»Wie bitte?«

»Entschuldigung, mit der Abteilung der Ingenieure, die auf derselben Etage arbeiten wie Sie.«

»Ja, das stimmt. Aber ich wusste nicht, dass ihre Aufgaben mit der externen Kriegsführung zu tun haben.«

»Das ist völlig in Ordnung, das war der Allgemeinheit nicht bekannt. Aber sind Sie denn auch Mathematikerin, Fräulein Herrman?«

»Nein.«

»Haben Sie einen höheren Schulabschluss?«

»Nein.«

»Haben Sie jemals irgendein akademisches oder ähnliches Studium absolviert?«

»Nein. Außer dem Mädcheninternat in der Schweiz und der Sekretärinnenschule habe ich keine weitere Ausbildung genossen. Ich verstehe, dass es Anstoß erregt, wenn jemand wie ich hochangesehene Persönlichkeiten wie diese Ingenieure kritisiert. Aber als diese hochnäsigen Kerle befanden, ich müsste mir die Haare schneiden, damit sie ihrer Arbeit besser nachgehen können, ist mir der Kragen geplatzt. Ich lasse mir doch nicht die Schuld daran geben, dass sie nicht rechnen können. Entschuldigen Sie, Herr General, aber so geht das nicht. Diese Herren haben verdammt noch mal lange genug geschludert.«

Ein unterdrücktes Räuspern machte die Runde, und der General schaute sich um, bevor er sich Elisabeth erneut zuwandte.

»Wir haben Ihr Protokoll zur Kenntnis genommen. Daraus geht eindeutig hervor, dass einer der Herren versucht hat, die schwedischen Streitkräfte hinters Licht zu führen. Was Ihnen da gelungen ist, Fräulein Herrman, ist nichts weniger als die Enttarnung eines gemeinen Spions. Mit falschen Angaben hatte er versucht, unsere Stellung als neutrale Nation in einem laufenden Krieg zu unterminieren.«

Elisabeth starrte ihn ungläubig an.

»Ich verstehe nicht … »

Der General schob ihr den Papierstapel herüber.

»Die kontinuierlichen Fehler, die Sie in den Protokollen dieser Herren festgestellt haben, beruhen darauf, dass einer von ihnen bewusst falsch gerechnet hat. Der Mann arbeitete im Auftrag Russlands und saß hier, um die aktuellen Entwicklungen zu verzögern, aber auch, um geheime Informationen an die russische Regierung weiterzugeben. Ein paar der Dokumente, in denen Sie Unrichtigkeiten entdeckt haben, zeigen, dass diese falschen Angaben etwas früher im Jahr vermutlich zu den großen Verlusten unseres Nachbarlands Finnland im Kampf gegen Russland geführt haben. Ihre Entdeckung könnte dazu beigetragen haben, dass es Schweden noch eine Weile gelingt, den Feind fernzuhalten.«

Er nickte ihr mit ernster Miene zu.

»Könnten Sie uns möglicherweise erklären, wie Sie die Fehlangaben entdeckt haben?«

Elisabeth richtete sich auf.

»Zunächst war es ein unpassender Kommentar eines der Herren, der mich geärgert hat. Das führte dazu, dass ich anfing, das, was sie ablieferten, genauer zu kontrollieren. Ich gebe zu, dass ich mir geradezu wünschte, einen

Fehler zu entdecken. Und so kam es dann ja auch. Ich zeigte es meiner Kollegin, die in ihren Dokumenten dieselben Fehler feststellte. Anschließend begann ich eine Statistik über die Arbeit der Ingenieure zu führen, und was Sie jetzt vor sich haben, ist das Ergebnis.«

»Darf man fragen, wie der unpassende Kommentar lautete?«

Elisabeth holte tief Luft.

»Ich möchte ungern wiedergeben, was genau gesagt wurde, aber ich glaube, Sie haben alle genügend Phantasie, sich auszumalen, worauf er abzielte.«

Das Schweigen, das ihren harschen Worten folgte, war förmlich mit Händen zu greifen.

Der General nickte kurz und beugte sich vor.

»Wir hoffen, Sie können ermessen, wie unerhört dankbar wir für Ihre Entdeckung sind und welchen Respekt wir vor dieser Leistung empfinden.«

Elisabeth blickte sich verwirrt um.

»Dann werde ich also nicht hingerichtet, weil ich einem Oberst gegenüber aufmüpfig war?«

Das polternde Gelächter beruhigte sie. Anschließend machte der General wieder ernste Miene.

»Nein, Fräulein Herrman, Sie werden keineswegs hingerichtet. Allerdings werden wir Ihre Kündigung nicht akzeptieren. Wir möchten vielmehr etwas anderes mit Ihnen diskutieren. Eine Arbeit ganz anderer Art, aber wir sind überzeugt, dass Sie der richtige Mann für diese Aufgabe sind.«

SIGNE

»Dieses Zimmer ist für Sie«, sagte Professor Svartström und ging voraus. »Ihre Vorgängerin hat im letzten Jahr gar nicht mehr darin gewohnt, es ist also ordentlich durchgelüftet. Das Bett ist neu, das alte hatte ein Eisengestell und machte morgens schrecklichen Lärm. Ich bin ein bisschen geräuschempfindlich, vor allem wenn ich eigentlich schlafen möchte.«

Signe lächelte, errötete aber auch von ihren Gedanken, die in diesem Zusammenhang völlig unpassend waren. Sie hoffte, er würde ihr nichts anmerken, hatte aber längst begriffen, dass er als Blinder eine Art sechsten Sinn zu haben schien.

Svartström legte eine Hand auf die Kommode an einer Wand.

»Ich hoffe, Sie werden sich hier wohlfühlen.«

»Danke, Herr Professor, da bin ich mir ganz sicher.«

»Dann lasse ich Sie jetzt allein, damit Sie auspacken und sich einrichten können. Bettzeug und Handtücher finden Sie im Schrank. Und was das Abendessen angeht, habe ich Ihnen ja bereits einen Plan für alle Mahlzeiten gegeben.«

»Selbstverständlich. Es wird um sechs auf dem Tisch stehen, wie gewünscht.«

Svartström nickte förmlich, dann ging er hinaus und schloss vorsichtig die Tür.

Signe stieß den angehaltenen Atem aus und setzte sich auf das Bett. Sie war unglaublich erleichtert, dass er sie offenbar für geeignet befunden hatte und dass die Aufgaben zu bewältigen sein würden. Doch die Anstrengung und die Aufregungen des Tages brachten ihren Kopf beinahe zum Zerspringen. Sie hoffte, dass sie noch genügend Schmerzpulver hatte. Rasch hob sie den Koffer auf das Bett und wühlte im Innenfach. Zwei kleine Papiertütchen waren noch übrig, sie musste daran denken, so bald wie möglich eine Apotheke aufzusuchen. Im vergangenen Jahr hatte sich ihre Migräne noch verschlimmert und kehrte mehrmals im Monat wieder.

Neben dem Waschbecken stand eine Karaffe, und Signe schlich sich in die Küche, um sie mit Wasser zu füllen. Irgendwo in der Wohnung klingelte das Telefon, und sie hörte ihn den Hörer abnehmen. Vermutlich handelte es sich um den Apparat auf seinem Schreibtisch. So etwas hattes sie zuvor noch nie gesehen, zu Hause auf dem Hof hing das Telefon an der Wand.

Im Schrank entdeckte sie ein Wasserglas und eilte damit in ihr Zimmer. Mit zitternden Fingern schüttete sie das bittere Pulver hinein und wartete, bis es sich im Wasser aufgelöst hatte, dann stürzte sie es hinunter. Sie wollte ihren Koffer auspacken, doch bevor sie irgendetwas tun konnte, musste das Pulver seine Wirkung tun. Wenn sie den Kopfschmerz nicht unmittelbar in den Griff bekam, konnte er tagelang anhalten. Es war gerade erst zwei Uhr, das Abendessen würde sie in drei Stunden zubereiten. Sie packte ihren Wecker aus und stellte ihn auf fünfundvierzig Minuten später. Dann zog sie dankbar die Vorhänge zu und rollte sich auf dem Bett zusammen, ihre braune Strickjacke über dem Kopf, um das unbarmherzige Licht auszuschließen. In dem Maße, wie der bittere Geschmack in ihrer Kehle nachließ, wurden auch der Schmerz und die Blitze in ihrem Kopf immer weniger.

Als der Wecker schrillte, stellte Signe erleichtert fest, dass der Anfall vorüber war. Langsam setzte sie sich auf und steckte eine Haarnadel fest, die sich gelöst hatte. Endlich konnte sie sich mit ihrem neuen Zuhause vertraut machen und sich in der kleinen Kammer umsehen. Sie war nicht viel größer als ihr Zimmer zu Hause, aber die Fensternische war wie ein kleines Extrazimmer. Signe schob die Vorhänge beiseite und schaute in den Innenhof, in dessen Mitte eine riesige Blutbuche neben zwei kleinen Kirschbäumen thronte. Signe lächelte. Es kam ihr vor, als hätte sie einen eigenen kleinen Balkon. Sie öffnete das Fenster einen Spaltbreit und ließ die kühle Luft herein.

Dann drehte sie sich rasch um und packte ihre Habseligkeiten aus. Das zweite Kleid, das sie besaß, hängte sie in den Schrank, Unterwäsche und Strümpfe landeten sorgfältig gefaltet in der Kommode. Die Binden, die sie im letzten Herbst gehäkelt hatte, mussten erneuert werden, und sie nahm sich vor, diesmal bei der Auswahl des Garns besser aufzupassen. Signe seufzte und hoffte, die heftigen Blutungen, die sie seit einer Weile hatte, würden weniger werden. Als sie zuletzt beim Arzt gewesen war, hatte er gemeint, es sei wahrscheinlich etwas Vorübergehendes und sie solle dem nicht allzu viel Bedeutung beimessen.

Das Foto von sich und Erik, das an seinem zweiten Geburtstag aufgenommen worden war, stellte sie auf die Kommode. Das Bild ihrer Schwester dagegen vergrub sie zwischen ihren Strümpfen. Es tat immer noch zu weh, an den gemeinsamen warmen Sommertag zu denken, als sie zum Gisen-See gefahren waren, um zu baden. Braun gebrannt und mit Sommersprossen über das ganze Gesicht. Während der Radtour hatten sie vor Lachen zweimal am Straßenrand anhalten müssen. Niemand würde sie je wieder so zum Lachen bringen wie Gotty.

Der Professor hatte ihr zwar gesagt, sie könne sich Bettwäsche aus dem Schrank nehmen, doch sie benutzte lieber ihre eigene, in die sie in jenem kalten Winter, als man wegen des Schnees den Hof kaum verlassen konnte, zusammen mit Gotty ihre Initialen gestickt hatte. Das Bettzeug war frisch gemangelt, und sie steckte die Zipfel geschickt unter der Matratze fest. Am Fußende des Bettes lag eine Wolldecke, die sie im Sommer jedoch nicht brauchen würde. In eine Ecke des Kopfkissenbezugs hatte sie eine Rose gestickt.

Als alles an seinem Platz war, kam das Zimmer ihr immer noch ein wenig unpersönlich vor. Vielleicht konnte sie versuchen, ein rundes Deckchen für die Kommode zu häkeln und ein paar Blumen pflücken, um sie in eine Vase zu stellen. Um Weihnachten herum, wenn sie genügend Geld gespart hatte, konnte sie sich vielleicht eine Wanduhr kaufen. Wobei ein Paar neue Schuhe und ein zusätzliches Kleid wichtiger waren, es war ihr doch etwas unangenehm, mit so zerschlissenen Kleidern in der Großstadt herumzulaufen.

Signe band sich ihre Schürze um und ging in die Küche. Sie freute sich darauf, sich nützlich zu machen. Dabei hoffte sie, Professor Svartström wäre nicht allzu wählerisch mit dem Essen, denn sie hatte keinerlei Erfahrung mit der Zubereitung extravaganter Gerichte. Sie nahm sich auf jeden Fall schon mal vor, einen Teig für süßes Brot anzusetzen. Sie hatte gesehen, dass in der Vorratskammer alles Nötige vorhanden war. Ihre Vorgängerin hatte anscheinend nicht viel fürs Backen übriggehabt.

* * *

Behutsam stellte Signe die Schüssel mit den dampfenden Kartoffeln auf den Tisch. Nils Svartström hob erstaunt den Kopf, als er mit der Gabel hineinstach.

»Ich hatte gar nicht damit gerechnet, dass Sie die Kartoffeln schälen würden.«

Signe war überrascht, dass er es bemerkte, indem er lediglich die Gabel hineinstach.

»Bevorzugen Sie ungeschälte Kartoffeln?«

Nils Svartström schüttelte den Kopf und hielt ihr seinen Teller hin.

»Nein, gar nicht. Ich bin nur solchen Luxus nicht mehr

gewöhnt. Meine vorherige Haushälterin fand es wahrscheinlich einfacher, die Schale dranzulassen.«

Er lächelte, und Signe tat ihm zwei Kartoffeln auf. Vorsichtig legte sie die dünnen Scheiben Rinderbraten auf seinen Teller.

»Wünschen Sie Vogelbeerengelee dazu?«

»Gern.«

Nils Svartström griff nach seinem Besteck und ließ es sich schmecken. Signe wartete noch einen Augenblick, dann zog sie sich in die Küche zurück. Ihre erste Mahlzeit als Professor Svartströms Haushälterin war geglückt. Das war für sie nicht selbstverständlich, sie neigte zum Beispiel dazu, das Fleisch anbrennen zu lassen. Soßen dagegen gelangen ihr eigentlich immer. Schlimmer war es mit Fisch, da versagte sie fast jedes Mal. Nur das Ausnehmen, das konnte sie gut.

Zum Nachtisch hatte sie Reis à la Malta vorbereitet. Sie hoffte, der Professor würde es nicht als Weihnachtsessen betrachten, sie selbst mochte dieses Gericht sehr.

Nachdem sie den Abwasch erledigt hatte und gerade den letzten Topf abtrocknete, hörte sie Schritte vor der Schwingtür zur Küche. Ein vorsichtiges Räuspern, gefolgt von einem Klopfen. Signe stieß die Tür auf.

»Wünschen Sie noch etwas, Herr Professor? Ich wollte gleich mit dem Kaffee kommen.«

»Ich nehme gern einen kleinen Cognac zum Kaffee, und ich würde mich freuen, wenn Sie mir Gesellschaft leisten würden, Fräulein Signe.«

»Vielen Dank, aber ich trinke keinen Cognac.«

»Es reicht vollkommen, wenn Sie sich einfach nur dazusetzen. Ich möchte gern noch ein paar Dinge mit Ihnen besprechen, bei denen ich in den nächsten Tagen Ihre Hilfe brauche und die möglicherweise über Ihre normalen Arbeitsaufgaben hinausgehen.«

Signe merkte, wie sie sich verspannte und auf etwas Unangenehmes gefasst machte. Doch sie beeilte sich zu erwidern: »Selbstverständlich, ich richte nur eben das Tablett, dann komme ich zu Ihnen in den Salon.«

Nils Svartström ging. Signe stellte fest, dass er sich fast geräuschlos bewegte.

Fünf Minuten später balancierte sie ein Tablett in den Salon und stellte es auf den kleinen Tisch vor dem Kamin. Da es trotz der fortgeschrittenen Jahreszeit immer noch kühl war, legte sie ein paar Holzscheite hinein und brachte sie zum Brennen. Kalte Luft tat niemandem gut, das hatte ihr Vater in ihrer Kindheit immer gesagt. Nils Svartström saß mit geschlossenen Augen zurückgelehnt in einem der beiden Sessel, und sie räusperte sich, um seine Aufmerksamkeit auf sich zu lenken.

»Möchten Sie, dass ich Ihnen die Kaffeetasse reiche?«

»Das kann ich schon selbst. Aber ich hätte gern, dass Sie zum Bücherregal gehen. Im dritten Fach von links müsste ein Buch von Charlotte Brontë stehen. Und dann hoffe ich, dass Sie sich zu mir setzen und mir vorlesen.«

Signe erstarrte. »Wie bitte?«

Nils Svartström hob die Schultern.

»Ich kann verstehen, wenn Ihnen das unpassend vorkommt, aber ich habe keine Möglichkeit mehr, die Literatur zu genießen, die ich früher so geschätzt habe. Ich hoffe, es ist nicht zu viel verlangt. Sie brauchen nicht nervös zu sein, Sie werden keinen dankbareren Zuhörer finden als mich.«

Signe trat langsam zu der Wand, die von oben bis unten von einem Bücherregal eingenommen wurde. Nie zuvor hatte sie so viele Bücher auf einmal gesehen. Auch wenn sie gewusst hatte, dass ihr neuer Arbeitgeber ein gebildeter Mann war, der Unmengen gelesen hatte, glaubte sie doch, dass diese Büchersammlung etwas Besonderes war. Sie zählte die Regalbretter ab und fuhr mit dem Finger an den Rücken entlang, um keinen Titel auszulassen. Etwa in der Mitte der Reihe fand sie es. Charlotte Brontës *Jane Eyre*. Sie zog es heraus und lächelte, als sie den prächtigen Einband sah. Ruhig ging sie zu dem offenen Kamin zurück und setzte sich auf den Sessel.

Mit zitternden Fingern öffnete sie das Buch und blätterte bis zur ersten Textseite. Dann räusperte sie sich.

»Möchten Sie, dass ich diese Dinge ganz am Anfang auch vorlese?«

»Sie meinen Titel, Autor und wer es übersetzt hat?«

»Ja.«

Svartström lächelte.

»Gern. Fangen wir ganz von vorn an.«

Signe setzte sich in ihrer Kammer auf das Bett. Der Abend hatte all ihre Erwartungen übertroffen, und sie stellte fest, dass sie sich gern in Gesellschaft des Professors aufhielt. Es schien, als wäre er jemand, der ihre Bemühungen zu schätzen wusste. Sie hatte Angst gehabt, er könnte ein launischer Hausherr sein, bei dem man stets auf Zehenspitzen gehen musste.

Sie zog ihr Briefpapier heraus und den Stift, den Gotty ihr zum letzten Weihnachtsfest geschenkt hatte. Sie wollte das Versprechen einhalten, das sie am vorherigen Morgen abgegeben hatte.

Lieber Erik! Schweren Herzens musste ich Dich zurücklassen, aber wie ich Dir erklärt habe, bin ich dennoch immer bei Dir. Jede Minute denke ich an Dich und hoffe, dass es Dir gutgeht. Genau wie es Deine Mama tut, wenn sie vom Himmel auf Dich herabschaut. Der Unterschied ist, dass ich hier auf der Erde und nur wenige Hundert Kilometer von Dir entfernt bin. Ich hoffe, ich kann Dich bald besuchen. Hier in Stockholm ist alles sehr aufregend. Der Verkehr ist laut, die ganze Zeit fahren Busse und Autos hin und her. Straßenbahnen tauchen plötzlich auf, und Fahrradkuriere flitzen durch die Gegend. Alles kommt mir so viel schneller vor als daheim, und ich habe tatsächlich ein bisschen Angst, dass ich bei dem Tempo nicht mitkomme.

Ich arbeite jetzt als Haushälterin für Professor Nils Svartström und habe ein eigenes kleines Zimmer, wo ich sitze und Dir diesen Brief schreibe. Es gibt ein Bett und eine Kommode mit einem Spiegel darüber. Von meinem

Fenster aus schaue ich auf einen Hof, wo ein schöner großer Baum steht. Heute Abend habe ich für den Professor Rinderbraten gekocht. Ich glaube, es hat ihm geschmeckt, es sah jedenfalls so aus. Das Haus, in dem wir wohnen, ist sehr elegant, ich hatte erst beinahe Angst hineinzugehen. Es gibt sogar einen Fahrstuhl, aber ich habe mich nicht getraut, ihn zu benutzen. Stell dir vor, er wäre steckengeblieben!

Ach, lieber Erik, ich vermisse Dich sehr, und ich wünschte, ich wäre bei Dir und könnte Dich gut zudecken. Aber jeden Abend, wenn Du zum lieben Gott betest, sitze ich hier in meiner Kammer und bete ebenfalls. Und ich weiß, dass Deine Mama oben im Himmel sitzt und uns zusieht.

Innige Grüße von Deiner Signe

Sie legte den Stift beiseite, faltete den Brief und steckte ihn in den Umschlag. Sorgfältig leckte sie die Briefmarke an und nahm sich vor, so bald wie möglich neue zu kaufen. Sie legte den Brief auf die Kommode und begann dann ihr Kleid aufzuknöpfen. Sie vermisste ihre Schwester unendlich und wünschte sich so sehr, noch einmal mit ihr reden zu können, nur ein allerletztes Mal. Um ihr von ihrem kleinen Sohn zu berichten, was für ein feiner Kerl er geworden war. Und um über Stig zu lästern und über alle anderen auf dem Hof. Vielleicht würde sie sogar zugeben, wie traurig sie darüber war, dass die Eltern so wütend und enttäuscht von ihr waren. Sie hätte sich gewünscht, Gotty zu erklären, warum sie nicht Stigs Frau werden konnte, obwohl es bedeutet hätte, bei Erik bleiben zu können. Ihr fehlte ihre geliebte Schwester und beste Freundin.

Als Signe später das Licht löschte, merkte sie, dass ihre Gedanken unermüdlich um das Buch kreisten, aus dem sie dem Professor vorgelesen hatte. Die einsame junge Frau, die von ihrer Familie mehr oder weniger verstoßen worden war und sich später im Haushalt eines alleinstehenden, eigensinnigen Herrn draußen auf dem Land als Gouvernante um dessen Mündel kümmern sollte. Signe lag wach und dachte darüber nach, wie es sein konnte, dass ein so gebildeter Herr wie Professor Svartström Gefallen daran fand, etwas über die alltäglichen Gedanken und Verrichtungen einer jungen Frau zu erfahren. Nichtsdestotrotz war sie dankbar, dass er ausgerechnet ein Buch gewählt hatte, bei dem sie sich jetzt schon darauf freute, weiter daraus vorlesen zu dürfen.

IRIS

Iris faltete das Blatt Papier auseinander, auf dem ausführlich stand, in welcher Reihenfolge die Räume gereinigt und welche Putzgerätschaften eingesetzt werden sollten. Die steifen Handschuhe, die sie bekommen hatte, fühlten sich innen rau an und rochen intensiv nach irgendeinem Mittel. Laut der Liste sollte sie mit dem Raum ganz am Ende des Flurs beginnen und sich dann nach und nach vorarbeiten. Sie schleppte den Eimer, den sie mit heißem Wasser und Seife gefüllt hatte, vorsichtig, um nicht zu tropfen. An solche Arbeit war sie von zu Hause nicht gewöhnt.

Die Lampen waren bereits eingeschaltet, und sie blickte sich rasch um, um dann noch einmal die Liste zu kontrollieren. Staubwischen mit einem feuchten Lappen, anschließend den Boden wischen. Falls ein Fenster offen stand, sollte sie es schließen und von innen verriegeln.

Iris wischte die Wandleisten ab und machte mit den Türrahmen weiter. Sie überlegte, ob ihre Söhne schon wach waren. Wahrscheinlich nicht. Es war noch nicht einmal sechs, und allzu früh standen sie normalerweise nicht auf. Sie hatte ihnen erklärt, dass sie alleine frühstücken gehen und sich vor allem anständig benehmen müssten. Sie schienen sich ein bisschen davor zu fürchten, dennoch traute Iris ihnen zu, das zu schaffen.

Sie tauchte den grauen Lappen ins Wasser und wrang ihn sorgfältig aus. Die Seife roch nach Fichtennadeln. Nachdem sie jeden Quadratzentimeter gewischt hatte, ging sie weiter zum nächsten Raum. An der einen Wand hing eine schwarze Schultafel, und auf der Ablage darunter lag weiße Kreide. Jemand hatte *Bitte stehenlassen!* unten auf die Tafel geschrieben, aber sonst stand nichts darauf. Iris unterdrückte den Impuls, einen Kommentar zu hinterlassen; es wäre unpassend gewesen.

Auf einem Katheder lagen Stapel von Papier, und Iris las neugierig die erste Seite. *Abschlussprüfung. Bestniveau.* Sie hätte gern weitergeblättert, doch stattdessen ging sie mit dem Staublappen auf die Wandleisten los. Jedes Mal, wenn sie an dem Pult vorbeikam, musste sie hinsehen. Schließlich warf sie den Wischlappen in den Wassereimer und trocknete sich sorgfältig die Hände ab. Im Nu stand sie neben dem Katheder und blickte sich noch einmal vorsichtig um.

Die erste Aufgabe war eine binomische Gleichung, die Iris schnell im Kopf ausrechnete. Wider besseres Wissen blätterte sie weiter. Die zweite Aufgabe bestand aus einer diophantischen Gleichung und war so anspruchsvoll, dass sie sie nicht mehr im Kopf lösen konnte. Sie warf einen Blick zum Flur, sah aber keine Menschenseele und griff nach einem Stück Kreide. Dann schrieb sie die Gleichung an die Tafel und lächelte, weil sie merkte, dass sie doch nicht so anspruchsvoll war, wie sie gedacht hatte. Auf der dritten und letzten Seite fand sie die schwierigste Aufgabe:

eine partielle Differenzialgleichung, auf die sie bisher noch nie gestoßen war. Sie runzelte die Stirn und dachte nach, bis sie auch hier schließlich die Lösung erkannte. Als sie sie gerade an die Tafel geschrieben hatte, waren plötzlich Schritte auf dem Gang zu hören. Sie warf das Stück Kreide weg und wollte den Staublappen holen, um ihre Berechnungen wegzuwischen. Doch da stand auch schon ein Uniformierter in der Tür. Iris senkte den Kopf, den Lappen noch in der Hand.

»Guten Morgen«, sagte der Mann. »Ich wollte Sie nicht stören, aber ich muss die Arbeiten für heute abholen.«

Er beugte sich über den Schreibtisch. Iris wagte kaum von ihrem Wischmopp aufzublicken. Plötzlich hielt der Mann inne.

»Wer hat an die Tafel geschrieben?«

Iris zuckte zusammen.

»Entschuldigung, ich bin gerade erst reingekommen.«

Der Mann musterte sie mit gerunzelter Stirn und schaute dann wieder zur Tafel.

»Das glaube ich Ihnen nicht. Wer sind Sie, und warum haben Sie an meine Tafel geschrieben?«

Schweiß lief ihr den Rücken hinunter. Sie klammerte sich an ihrem Wischmopp fest.

»Entschuldigung, ich werde es nie wieder tun. Bitte, sagen Sie nichts. Zu niemandem. Meine Söhne …«

Er schüttelte den Kopf und unterbrach sie.

»Ich muss das hier unbedingt melden. Wie war bitte Ihr Name?«

SIGNE

Signe ließ den Finger über die Seiten wandern und hielt bei jedem Kringel inne, den sie mit Bleistift eingezeichnet hatte. Zum fünften Mal ging sie alles durch und kam schon wieder zum selben Ergebnis. Die Abrechnungen stimmten nicht. Sie klappte das Buch zu und legte es weg. Es stand ihr nicht zu, die Schlampereien eines anderen Menschen aufzudecken. Wobei Signe eigentlich keinen Moment glaubte, dass es sich tatsächlich um Schlamperei handelte. Im Gegenteil. Da schien eine sehr geschickte Betrügerin am Werk gewesen zu sein.

Sie erhob sich vom Küchentisch und strich sich mit der Hand über die Schürze. Dann atmete sie tief durch und begab sich zum Arbeitszimmer. So behutsam wie möglich klopfte sie an die holzverkleidete Tür.

»Ja?«

»Es tut mir leid, Sie stören zu müssen, Herr Professor, aber ich habe etwas entdeckt, das Sie wissen sollten.«

»Bitte, kommen Sie rein.«

Signe trat einen Schritt über die Schwelle. Es war der einzige Raum, den sie bisher noch nie betreten hatte. Die Wände waren von oben bis unten mit Bücherregalen zugestellt, und überall lagen Papier und Kisten in ordentlichen Stapeln. Mit großen Augen blickte sie sich um.

»Erzählen Sie, was Sie auf dem Herzen haben.«

Sie nahm sich zusammen und umklammerte das kleine Buch mit beiden Händen.

»Es tut mir sehr leid, Sie mit etwas so Banalem zu behelligen, Herr Professor, aber ich habe Fehler in Ihren Abrechnungen entdeckt.«

»Wie bitte?«

»Ja, ich bin Ihr Kassenbuch durchgegangen, um einen Überblick über Ihre Ausgaben in den letzten Jahren zu bekommen. Nur um mir einen Eindruck zu verschaffen, ich hoffe, Sie verstehen das nicht falsch. Ich wollte nicht herumschnüffeln, aber ich habe jetzt alles kontrolliert, was Ihre frühere Haushälterin aufgeführt hat, und etwas stimmt da nicht.«

Nils Svartström runzelte die Stirn.

»Wie meinen Sie das, Fräulein Signe?«

»Die Zahlen stimmen nicht.«

Sie trat einen Schritt vor und hielt das Buch hoch.

»In diesem Buch werden regelmäßig Summen aufgeführt, die nicht stimmen. Ungefähr jeden dritten Tag, manchmal auch öfter. Doch die endgültige Summe beläuft sich nach meinen Berechnungen auf etwa fünfzig Kronen pro Monat.«

Nils Svartström blinzelte in ihre Richtung, und Signe fragte sich zum wiederholten Male, ob er Konturen erkennen konnte oder sich einfach nur an den Geräuschen in seiner Umgebung orientierte.

»Sie meinen also, in meinem Haushalt sind monatlich fünfzig Kronen falsch abgebucht worden?«

Signe holte tief Luft. »Ja.«

»Wissen Sie, wie lange das so ging?«

»Seit Februar 1936«, sagte sie leise.

Nils Svartström nickte langsam. Dann seufzte er.

»Ich fürchte, ich kann Ihre Auskunft nur bestätigen. Was auch der Grund für den kurzfristigen Rauswurf Ihrer Vorgängerin war.«

Signe blickte überrascht auf.

»Sie wussten davon?«

Nils Svartström nickte erneut.

»Ja, leider. Ich kann nicht auf Einzelheiten eingehen, aber die private finanzielle Situation Ihrer Vorgängerin war wegen ihres nichtsnutzigen Ehemanns sehr brenzlig. Ich hätte mir gewünscht, dass sie sich an mich gewendet und mich um Hilfe gebeten hätte. Stattdessen kam es zu diesem unschönen Verhalten. Aber ich wüsste gerne, wie Sie es herausgefunden haben. Ich hatte lange den Verdacht, dass etwas nicht stimmte, weil mir die Ausgaben mit der Zeit unwahrscheinlich hoch vorkamen. Dennoch musste ich meinen Revisor um Hilfe bitten, um ihr System zu durchschauen.«

Signe räusperte sich.

»Ich wollte die Zahlen der letzten Monate durchrechnen und bemerkte, dass die Summen jeweils nicht stimmten. Und da bin ich noch weiter zurückgegangen.«

Nils Svartström lächelte.

»Offensichtlich haben Sie ein Auge für Zahlen, Fräulein Signe. Vielleicht können Sie mir ja auch bei dieser Aufgabe hier behilflich sein?«

Er reichte ihr das Blatt Papier, das er vor sich liegen hatte, und Signe nahm es vorsichtig entgegen. Die Aufgabe bestand aus Ziffern und Buchstaben, und sie musste sich anstrengen, um die Schrift zu entziffern. Der Professor benutzte Spezialpapier, in dem der Druck des Stiftes Vertiefungen hinterließ, die er mit den Fingerspitzen nachfahren konnte.

Sie las sich alles zweimal durch, dann nickte sie.

»Drei. Ich glaube, das Ergebnis ist drei.«

Nils Svartström schien sie schon wieder direkt anzusehen und antwortete erst nach einem kurzen Zögern.

»Das ist korrekt. Sie haben völlig recht, Signe. Wie sind Sie darauf gekommen?«

Sie schaute das Blatt Papier an und schluckte, schüttelte den Kopf.

»Es tut mir leid, aber ich habe keine Ahnung.«

Nils Svartström runzelte die Stirn und schrieb dann etwas auf, eine ähnliche Zahlenfolge, die er Signe hinhielt.

»Und das hier? Was kommt Ihrer Meinung nach dabei heraus?«

Signe blinzelte und wand sich. »Zwölf.«

»Und Sie können immer noch nicht erklären, wie Sie darauf kommen?«

Signe knetete ihre Finger und schüttelte den Kopf.

»Tut mir leid, ich habe nur geraten.«

Nils Svartström schrieb eine weitere Kombination auf.

»Zweiundsiebzig.«

Der Professor legte den Stift hin und räusperte sich.

»Nein, ich glaube nicht, dass Sie raten, Signe. Ich glaube, Sie haben eine angeborene mathematische Begabung. Vielleicht können Sie uns noch einmal sehr nützlich werden.«

IRIS

Josef wiegte sich auf dem schmalen Bett vor und zurück, und Iris versuchte, ihn in ihren Armen zu beruhigen. Auf dem Boden saß Jan und blickte ängstlich zu seinem Bruder auf.

»Es ist nichts Schlimmes, Jan«, sagte Iris. »Josef muss nur schlafen, dann geht es vorbei. Meinst du, du könntest eins von unseren Handtüchern nass machen, damit ich es ihm auf die Stirn legen kann? Das beruhigt ihn meistens.«

Jan sprang auf und lief los. Iris blinzelte die Tränen weg, die ihr in die Augen geschossen waren. Jan musste viel zu viel Verantwortung für seinen großen Bruder übernehmen. Diesmal hatte Josef seinen Anfall bekommen, als sie gerade kurz auf der Toilette gewesen war. Als sie zurückkam, versuchte Jan, Josef daran zu hindern, ihr Bettzeug aus dem Fenster zu werfen. Iris machte sich Vorwürfe. Sie hätte wissen müssen, dass die Veränderungen und die Anspannung der letzten Tage zu einem Anfall führen würden.

Dass sie vor ein paar Monaten plötzlich von einem Tag auf den anderen aus ihrer Heimat fliehen und Rudolf zurücklassen mussten, hatte es nicht besser gemacht. Sie wusste, dass nicht nur Josef nachts Alpträume von der Bootsfahrt auf dem stürmischen Meer hatte. Auch sie und

Jan schliefen unruhig, am schlimmsten aber war es für Josef.

Heute hatte er sicherlich auch ihre Anspannung gespürt, seit der Uniformierte sie an der Tafel erwischt hatte. Ihr erster Arbeitstag, und schon war alles schiefgelaufen.

Jan kehrte mit dem feuchten Handtuch zurück, und sie streichelte ihm über die Wange.

»Danke dir. Du kannst dich jetzt hinlegen und versuchen, zu schlafen. Wir müssen morgen wieder früh raus.«

»Es war unheimlich, heute nicht bei dir zu sein, Mama.« Jan flüsterte, um Josef nicht erneut aufzuregen.

»Ihr gewöhnt euch bestimmt daran. Heute Nacht schlafen wir alle gut, dann wird es morgen auch ein guter Tag. Ich glaube, Josef ist eingeschlafen. Komm, Jan, ich erzähle dir noch eine Geschichte.«

Vorsichtig bettete Iris den Kopf ihres zehnjährigen Sohnes auf das Kissen und zog dann Jan an sich. Sie war dankbar dafür, jede wache Minute mit ihren Söhnen verbringen zu können. Das machte es ihr ein wenig leichter, die schlimmsten Sorgen von sich fernzuhalten. Jan und Josef brauchten eine starke Mutter. Ohne Nachrichten von zu Hause, weder von ihrer Schwester noch von Rudolf, erschien ihr das manchmal wie eine nicht zu bewältigende Aufgabe.

Nachdem endlich beide Jungen eingeschlafen waren, stand sie leise auf. Sie fluchte, als sie beinahe über den Koffer stolperte. Ihre Schwester Kati hatte darauf bestanden, dass sie ihn mitnahm. Sie hatte behauptet, lauter Dinge hineingepackt zu haben, die sie später einmal benötigen werde, hatte sich aber gleichzeitig geweigert zu sagen, was genau darin war. Kati hatte sie zum Hafen begleitet und war in den letzten gemeinsamen Stunden die Einzige aus ihrer Familie gewesen, die ihnen noch hatte helfen können. Ohne Kati hätten sie niemals die Papiere bekommen, die sie brauchten, um nach Schweden zu fliehen. Das Letzte, was Kati gesagt hatte, war, dass Iris Familie Ritter aufsuchen solle, wenn sie Hilfe brauche. Nach Karl-Fredriks Tod war der Kontakt zwischen den Familien spärlicher geworden, dennoch meinte Kati, dass sie Iris bestimmt helfen würden, wenn sie zu ihnen käme.

Doch irgendetwas hielt Iris zurück. Vielleicht die letzten Worte, die Karl-Fredrik zu ihr gesagt hatte, bevor er an Bord gegangen war, etwas, das sie herausgehört zu haben glaubte.

Sie hatte Karl-Fredrik geliebt, dennoch fragte sie sich immer wieder, wie das alles zusammenhing. Es war ein Schock für sie gewesen, als sich herausstellte, dass er selbst die Explosion ausgelöst hatte, durch die er zu Tode kam. Was brachte einen so erfolgreichen Kunsthändler wie Karl-Fredrik dazu, sich das Leben zu nehmen? Er hatte nie den Anschein erweckt, psychisch krank oder auch nur niedergeschlagen zu sein. Aber wollte sie den Grund wirklich wissen? Nein, lieber nicht.

Verärgert schob sie den Koffer beiseite und überlegte, was sie damit anfangen sollte. Zwar wäre es vermutlich ein Leichtes, das Schloss aufzubrechen, wenn sie es darauf anlegte, doch unabhängig davon, was er enthielt, zweifelte sie daran, dass es ihr und ihren Söhnen helfen oder ihnen Rudolf näher bringen würde. Wenn es um ihre jüngere Schwester ging, kam immer irgendwann der Tag, an dem man seine Schuld begleichen musste. Nicht, weil sie es verlangte, sondern weil es nur so funktionierte. Bei Kati wusste man nie, aus welchen Motiven heraus sie handelte, und sie konnte von jetzt auf gleich ihre Pläne ändern.

Plötzlich überkam Iris das schlechte Gewissen. Hier stand sie in einem Land, dessen Sprache ihre Kinder nicht beherrschten, und erdreistete sich, ihre Schwester zu kritisieren, die ihnen geholfen hatte, lebend davonzukommen. Iris atmete tief durch und zwang sich, den Koffer mit freundlicheren Augen zu betrachten. Auch wenn Kati unberechenbar war und sich den Mann ausgesucht hatte, den sie nun mal hatte, hatte sie Iris nichts getan. Im Gegenteil. Es kam Iris nur seltsam vor, dass sie sich so gar nicht bei ihr meldete.

Sie machte sich Sorgen wegen des nächsten Tages. Iris hatte nichts mehr von dem Uniformierten gehört, seit sie ihm ihren Namen genannt hatte, und nun fürchtete sie, ihr könnte noch einmal der Boden unter den Füßen weggezogen werden.

ELISABETH

Elisabeth erwachte eine Stunde vor dem Weckerklingeln. Sie blieb liegen und blinzelte in das Licht, das durch die Vorhänge fiel. Draußen hörte sie ihre Eltern in der Küche rumoren, und der Duft nach frisch gebrühtem Kaffee drang bis in ihr Zimmer. Nachdem das Dienstmädchen seine Verlobung bekanntgegeben hatte, hatten sich Elisabeths Eltern gnädigerweise auf andere Arbeitszeiten für die junge Frau eingelassen, die jetzt bei ihrer neuen Familie wohnte. Elisabeth gefiel das neue Arrangement, denn es bedeutete, dass man morgens aufstand und sich selbst das Frühstück machte. Ihr war es immer etwas unangenehm gewesen, wenn Hilma todmüde dagestanden und eine klebrige Hafergrütze zusammengerührt hatte. Lieber schnitt Elisabeth sich ein paar Scheiben Brot ab, die sie großzügig mit Margarine bestrich. Noch geschah die Rationierung von Butter und Margarine auf freiwilliger Basis, das galt es zu nutzen. Für alle übrigen Haushaltsaufgaben sowie sämtliche anderen Mahlzeiten war Hilma nach wie vor zuständig.

Elisabeth schlich ins Badezimmer, um sich vor den Eltern nicht dafür rechtfertigen zu müssen, dass sie duschte. Elisabeth überprüfte den Knoten ihres Kopftuchs und zog ihn etwas fester, damit die Papilotten besser hielten, dann stellte sie sich in die Badewanne und brauste sich kalt ab. Der Frühsommer hatte noch keinerlei Wärme gebracht, dennoch wollte Elisabeth heute den dünnen Mantel anziehen. Sie hatte ihn zusammen mit dem passenden Kleid im Kaufhaus Nordiska Kompaniet nähen lassen, in der französischen Abteilung, und fand, dies sei ein geeigneter Tag, um ihn einzuweihen.

Gestern beim Abendessen war Arne zehn Minuten zu spät hereingeplatzt und hatte sich damit entschuldigt, dass er noch beim Juwelier gewesen sei, weil er vorhabe, um Gullans Hand anzuhalten. Die Eltern waren ganz aus dem Häuschen gewesen, und Elisabeth musste sich zusammenreißen, um nicht sofort bei ihrer Freundin anzurufen und ihr von dem bevorstehenden Antrag zu erzählen. Natürlich wollte sie Gullan die Überraschung nicht verderben. Elisabeth konnte sich keine bessere Schwägerin wünschen.

Mit raschen Bewegungen rubbelte sie sich trocken und zog anschließend eine Haarnadel nach der anderen heraus. Die Papilotten legte sie in einen Stoffbeutel und musterte dann das Ergebnis. Beinahe wünschte sie sich, dem üblen Landesverräter, der sich über sie beschwert hatte, an diesem besonderen Tag zu begegnen und noch einmal extra ihr Haar zu schwingen. Doch sie wollte sich nicht allzu sehr über ihn erheben, das brachte nur Unglück.

Im Morgenmantel trat sie in die Küche, bereit, die Vorwürfe wegen ihrer morgendlichen Dusche entgegenzunehmen. Entwaffnend lächelte sie ihre Eltern an.

»Guten Morgen! Wie gut du heute aussiehst, Mama. Und Paps, was für ein eleganter Schlips, ist der neu?«

Sie küsste ihren Vater auf die Wange, dann nahm sie sich eine Tasse, um sich Kaffee einzuschenken.

»Was hältst du denn von diesem seltsamen Vorhaben deines Bruders?«, fragte ihre Mutter.

Elisabeth nippte an dem starken Kaffee und hob verwundert die Augenbrauen.

»Du meinst, dass er Gullan heiraten will? Das ist doch phantastisch! Ihr habt euch doch auch darüber gefreut, oder habe ich irgendetwas verpasst?«

Die Mutter schaute ihren Mann an, der sich umständlich räusperte.

»Wir haben den Verdacht, dass es einen ganz bestimmten Grund gibt, warum er es plötzlich so eilig hat.«

Elisabeth prustete los und hätte beinahe den neuen Schlips ihres Vaters mit Kaffee befleckt.

»Ihr meint, Gullan hätte einen Braten in der Röhre? Nein, das kann ich euch versichern, auf gar keinen Fall! Wir waren erst neulich tanzen, und da war sie kein bisschen schwanger.«

Die Eltern sahen sich an, und Elisabeth schüttelte ungläubig den Kopf.

»Habt ihr wirklich die Köpfe zusammengesteckt und euch darüber aufgeregt? Und selbst wenn, wäre das so schlimm? Sie sind seit fünf Jahren zusammen.«

Elisabeth nahm einen Bissen von ihrem Brot.

»Trotzdem freue ich mich natürlich, dass ihr euch ausnahmsweise mal wegen Arne Sorgen macht und nicht immer nur wegen mir und meiner verrückten Einfälle.«

Ihr Vater seufzte und ließ sich schwer auf seinen Stuhl sinken.

»Ja, die drohen natürlich auch ständig und überall.«

Elisabeth gab ihm einen liebevollen Klaps auf die Schulter, dann strich sie sich noch ein Brot.

»Heute gehe ich jedenfalls zu einem streng geheimen Treffen beim Luftwaffenstab, aber das bleibt natürlich unter uns. Kein Wort zu Arne.«

Ihr Vater verdrehte die Augen und schob sich die Brille auf die Nase.

»Ja, uns ist durchaus klar, dass du auf deinem Sekretärinnenposten mit geheimen Dokumenten zu tun hast. Glücklicherweise können wir uns damit beruhigen, dass du nicht in operative Aufgaben eingebunden bist. Kaum vorstellbar, was es für ein nationales Sicherheitsrisiko wäre, einen Tollkopf wie dich im militärischen Bereich einzusetzen.«

Ihr Vater schlug die Zeitung auf und zeigte auf eine Schlagzeile.

»Schau mal hier, zum Beispiel. Schweden und Finnland sollten endlich begreifen, wie wichtig es ist, zusammenzuarbeiten, um Russland weiter die Stirn bieten zu können.«

Seine Frau blickte auf.

»Und die Deutschen? Sollten wir nicht eher vor denen zittern?«

Der Vater schüttelte den Kopf.

»Ich halte es für unwahrscheinlich, dass sie in Schweden einfallen, sie betrachten uns doch längst als Teil ihres Landes. Göring wird garantiert bemüht sein, die Heimat seiner Frau zu schützen. Mit den Russen ist es etwas anderes. Oder was sagst du dazu, Elisabeth? Wie wird das in den Korridoren der Macht beleuchtet?«

Er lächelte geringschätzig, denn er hielt es für ausgeschlossen, dass seine einundzwanzigjährige Tochter über Informationen dieses Kalibers verfügte. Elisabeth spürte, wie wütend sie die Ignoranz ihres Vaters machte, und war drauf und dran, ihm alles von dem Treffen neulich zu berichten. Stattdessen schenkte sie ihren Eltern freundlich Kaffee nach, bevor sie sich entschuldigte, um pünktlich zu ihrem Termin zu kommen.

SIGNE

Signe zog an ihren Locken und wünschte sich, wie so oft, ihr Haar ließe sich ein bisschen leichter bändigen. Gotty hatte sich vor ihrer Hochzeit einen Besuch im Friseursalon gegönnt, und Signe hoffte, dass sie irgendwann genug verdiente, um sich diesen Luxus ebenfalls einmal leisten zu können. Die Spitzen mit einer Küchenschere einigermaßen gerade zu schneiden, war ihr bisher noch nicht gelungen. Ihr einziges Sommerkleid hatte sie sorgfältig gebügelt, und wie zerschlissen der Kragen war, sah man hoffentlich nur, wenn man ganz genau hinsah. Die klobigen Schuhe hätten dringend zum Schuster gemusst, doch dazu hatte sie weder die Zeit noch das Geld, und so hatte sie ihr Bestes getan, um sie noch einmal auf Hochglanz zu bringen. Nils Svartströms wohlgefüllter Kleiderschrank ließ sie befürchten, dass sie bei ihrem Ausflug zu seiner neuen Arbeitsstelle neben ihm wohl eher einen schlechten Eindruck machen würde.

Auf Anweisung des Professors hatte Signe ein Taxi bestellt, das sie um zwanzig vor acht abholen sollte. Ansonsten hatte er ihr nichts weiter gesagt, außer, dass das bevorstehende Treffen streng geheim war und sie ein Papier würde unterschreiben müssen, in dem sie Stillschweigen gelobte. Wohin es gehen sollte, wusste sie ebenfalls nicht.

Das Thermometer vor dem Küchenfenster zeigte knapp zehn Grad an, und sie war froh, dass sie wenigstens noch heile Strümpfe gefunden hatte, die sie von ihrer Schwester geerbt hatte.

Behutsam führte Signe Nils Svartström zum Aufzug. Das Taxi war bereits eingetroffen, und neugierig stieg sie in das elegante Gefährt. Bisher war sie nur im Auto ihres Schwagers mitgefahren, und das konnte man kaum mit diesem vergleichen. Hier lagen kein schmutziges Werkzeug und kein Schrott auf den buckligen Sitzen herum. In diesem Taxi saß man so angenehm wie auf einem Ledersessel. Nils Svartström lächelte.

»Gehe ich recht in der Annahme, dass Ihnen das Transportmittel gefällt?«

Sie blickte ihn verblüfft an.

»Woher wissen Sie das?«

»Ich höre es an Ihrem Atem, wenn Ihnen etwas gefällt«, unterbrach er sie. »So etwas lernt man, wenn man nicht sehen kann.«

»Entschuldigung, es war wirklich nicht meine Absicht …«

»Kein Grund, um Verzeihung zu bitten, ich finde es schön.«

Signe merkte, wie sie errötete. Es war ihr unangenehm, dass ihr etwas so Einfaches wie ein Taxi derart imponierte. Doch der Professor lächelte immer noch, und nach einer Weile entspannte sie sich und genoss die bequeme Fahrt durch Stockholm.

IRIS

Iris blickte die beiden Männer, die sie freundlich anlächelten, verwirrt an.

»Ich weiß nicht, ob ich Sie richtig verstanden habe. Ich soll putzen. Den Boden wischen.«

Sie ahmte die Bewegung nach, aber die Männer schüttelten den Kopf.

»Wir möchten Sie dazu auffordern, an ein paar Tests teilzunehmen. Würden Sie bitte mitkommen? Es ist nichts Gefährliches, versprochen, wir müssen nur ein paar Dinge überprüfen.«

Iris wich zurück und schüttelte den Kopf. Sie deutete zu dem Zimmer, in dem ihre Söhne auf dem einfachen Bett saßen und zeichneten. Bei ihrer Ankunft in Schweden hatten sie Zeichenblöcke und Stifte bekommen.

»Nicht ohne meine Kinder.«

Die Männer blickten sich an und zuckten die Achseln.

»Das ist in Ordnung, Sie können sie mitnehmen. Solange Sie nicht das Gefühl haben, dass sie Ihre Konzentration stören.«

Wenn die Männer meinten, dass sie sich in Gegenwart ihrer Kinder nicht konzentrieren könnte, dann hatten sie wahrscheinlich selber keine. Alle Eltern wussten, dass man schlicht gezwungen war, das zu lernen. Sie unterdrückte ein irritiertes Schnauben und öffnete die Zimmertür.

Einer der Männer versuchte, mit den Jungen zu scherzen.

»Wir machen jetzt ein Spiel: Eure Mama muss einen Test schreiben. Ihr wisst doch, was ein Test ist? Bestimmt musstet ihr in der Schule auch schon welche schreiben.«

Jan und Josef starrten stumm zu Boden, und Iris stellte sich schützend vor sie hin.

»Meine Söhne verstehen nicht alles, was Sie sagen, Sie müssen ein bisschen Geduld mit ihnen haben.«

Anschließend beugte sie sich zu ihren Kindern hinunter.

»Versprecht mir bitte, ganz still zu sein, egal was passiert. Wenn ihr ein einziges Wort sagt, dürfen wir vielleicht nicht länger hierbleiben. Aber wenn es klappt, kaufe ich euch hinterher eine Tüte Bonbons, die ihr euch dann teilen dürft.«

Jan schnappte nach Luft.

»Hustenbonbons?«

Josef verdrehte die Augen.

»Doch keine Hustenbonbons, wir sind doch nicht krank. Veilchentabletten.«

Iris schmunzelte.

»Wenn ihr brav seid, bekommt ihr beides.«

Draußen wartete schon ein schwarzes Taxi.

Die beiden Jungen stiegen feierlich ein. Iris schwieg während der ganzen Fahrt, den Blick auf ihre Söhne gerichtet, und versuchte zu begreifen, was da gerade geschah. Sie ahnte, dass es mit ihren Berechnungen gestern an der Tafel zu tun hatte.

Hatten sie jetzt schlechtere Chancen, bleiben zu dürfen? Würden sie bald wieder in einem Boot sitzen, um an den Ort zurückzukehren, von dem sie geflohen waren?

Iris schluckte und hoffte, die Jungen würden ihr nichts anmerken. Sie wollte sie nicht unnötig beunruhigen.

Wie viel konnte ein Mensch ertragen? Sie merkte immer öfter, dass sie an die Grenzen ihrer Belastbarkeit kam.

Jan schaute mit großen Augen aus dem Taxifenster, während Josef auf sein Hosenbein starrte, wo sich eine Falte gebildet hatte.

»Ein sehr schönes Taxi jedenfalls, mit dem wir hier fahren dürfen«, sagte Iris schließlich, um sie abzulenken.

Jan nickte eifrig.

»Sind alle Taxis in Schweden so schön?«

Iris schüttelte den Kopf.

»Das glaube ich nicht.«

Wenigstens konnte sie ihren Söhnen mitten in all der Ungewissheit eine Ausfahrt mit dem Taxi bieten. In der Nacht hatte sie über die Begegnung mit dem Uniformierten nachgedacht, der sie nach ihrem Namen gefragt hatte. Alptraumartige Bilder hatten sich vor ihrem geistigen Auge abgespielt: dass sie und ihre Söhne getrennt würden. Dass sie getötet würde und ihre Söhne sich selbst überlassen wären. Dass sie alle drei hingerichtet würden. Sie wünschte, sie hätte jemanden, mit dem sie darüber reden könnte. Ihre Schwester oder ihre Eltern, jemanden, der ihre Sprache sprach. Die Angst wurde viel größer, wenn man allein mit ihr umgehen musste.

Das Auto fuhr durch ein hohes Tor, und Iris hielt verzweifelt nach Schildern Ausschau, die ihr darüber Auskunft geben könnten, wo sie sich befanden. Josef starrte auf die Torflügel und begann sich kaum merklich vor und zurück zu wiegen, und Iris nahm hastig seine Hand und streichelte sie vorsichtig.

»Es ist alles gut, Josef, wir werden nur ein paar nette Menschen treffen. Niemand wird uns etwas tun, versprochen.«

Sie wiederholte es wieder und wieder, am Ende ebenso sehr, um sich selbst zu überzeugen, wie um ihre vor Schreck erstarrten Söhne zu beruhigen. Das hier durfte nicht das Ende sein, nicht, nachdem sie es bis hierher geschafft hatten.

ELISABETH

Als sie auf die Birger Jarlsgatan trat, wartete das Taxi bereits vor der Tür. Ein Chauffeur mit Uniform und Schiebermütze nickte ihr zu und hielt ihr die hintere Wagentür auf.

»Wohin fahren wir?«

»Dazu kann ich nichts sagen. Befehl von ganz oben.«

»Aber wie weit ist es?«

»Die Fahrt wird voraussichtlich fünfzehn Minuten dauern.«

Elisabeth versuchte, sich auszurechnen, welche Orte da infrage kämen, doch ihr fiel kein plausibles Ziel ein. Sie vermutete die Gegend um die Stockholmer Hochschule, denn der Fahrer schlug den Weg durch Lill-Jansskogen ein. Elisabeth schaute auf die Kleingartensiedlung hinaus, wo die Gärten voller Blumen und Obstbäume waren. Auf jeder Seite des Kieswegs, der zu den Häuschen führte, prangte ein großes Schild: *Säe im Frühling, dann hast du im Herbst* stand auf dem einen, *Alle setzen Kartoffeln, nur nicht die Faulen* auf dem anderen. In diesen Krisenzeiten wurde dazu aufgerufen, alle Grünflächen der Stadt landwirtschaftlich zu nutzen, um der schlimmsten Not Herr zu werden.

Elisabeth dachte an das Landhaus ihrer Familie auf Resarö, wo sie immer Mittsommer feierten, um anschließend den Rest des Sommers dort zu bleiben. Ihr Vater und Arne pendelten dann immer zur Arbeit in die Stadt, sie selbst wusste noch nicht, wie sie es halten würde. Wenn sie sich ordentlich benahm, durfte sie vielleicht allein in der Stockholmer Wohnung bleiben. Doch wahrscheinlich machte sie sich vergebliche Hoffnungen. Was dieses Thema anging, hatten die Eltern kein allzu großes Vertrauen zu ihr. Elisabeth musste lächeln, als sie an die Feier dachte, die sie einmal für Freundinnen gegeben hatte. Mittendrin waren plötzlich ihre Eltern aufgetaucht. Das war vor fast zwei Jahren gewesen, als Elisabeth und ihre Freundinnen die Sekretärinnenausbildung abgeschlossen hatten, die ihnen vom Verteidigungsministerium und von der Kriminalpolizei in Stockholm vorgeschrieben worden war. Elisabeth war nicht so weit gegangen, auch junge Männer einzuladen, worüber sie noch immer erleichtert war.

Gullan, die ebenfalls an der Party teilgenommen hatte, hatte sich hinter einem Vorhang versteckt, so dass sie dem Zorn der künftigen Schwiegereltern entgangen war, während Elisabeth alles abbekommen hatte. Die Eltern waren vor allem darüber verärgert gewesen, dass sie die Alkoholvorräte des Vaters geplündert hatten. Zu recht, wie Elisabeth zugeben musste, aber jetzt minderte dieser Fehltritt leider ihre Chancen auf einen Sommer allein in der Stadt. Andererseits war es vielleicht auch gar nicht schlecht, ein paar Wochen auf dem Land zu verbringen und sich ordentlich satt zu essen. Sie hatte im Winter viel zu viel abgenommen. Die Höfe in der näheren Umgebung hatten bestimmt noch frische Sahne und andere Nahrungsmittel vorrätig, die in der Stadt ständig fehlten. Die Rationierungen wurden immer strenger, und Elisabeth hatte kaum noch Lust zu essen, wenn es so langweilig schmeckte.

Ein größeres herrschaftliches Gebäude türmte sich vor ihnen auf, umgeben von einem hohen Zaun mit imposanten Torflügeln, die sich öffneten, als sie näher kamen. Efeu wuchs an den Fassaden empor und verstärkte den geheimnisvollen Eindruck. Elisabeth blickte sich neugierig um und steckte den Kopf zwischen den Sitzen nach vorn. Dann lächelte sie den Fahrer an.

»Wir sind da, oder?«

Er schien kurz zu überlegen, dann nickte er. Das Taxi hielt auf einer frisch geharkten Einfahrt. Elisabeth konnte es nicht abwarten, bis der Chauffeur um das Auto herumgegangen war, um ihr die Tür zu öffnen, und hüpfte selbst hinaus. Ihre Absätze versanken sofort im weichen Kies und sie fluchte, bis es ihr gelang, das Gleichgewicht wiederzufinden.

Ein weiteres Taxi rollte heran, zwei Kindergesichter pressten sich hinten an die Scheiben. Der Blick des einen Jungen war so intensiv, dass Elisabeth dem Impuls nicht widerstehen konnte, ihm die Zunge herauszustrecken. Die Überraschung auf seinem Gesicht war so groß, dass sie laut auflachte. Die Fahrgäste warteten geduldig, bis ihnen die hinteren Türen geöffnet wurden. Als Erstes sah Elisabeth ein Paar zierlicher Fesseln, solche Schuhe hatte sie bisher nur in ausländischen Modemagazinen gesehen. Die

Absätze waren viel schmaler als ihre eigenen und mit einer goldenen Spange versehen. Der Rock, den die Frau trug, war eng und endete ein Stück unterhalb des Knies. Oben herum trug sie eine taillierte Jacke aus demselben Stoff. Ihr dunkles Haar glänzte und fiel ihr bis auf die Schultern. Als die Frau sich zu ihr umdrehte, erlebte Elisabeth eine Art Déjà-vu, obwohl sie sich sicher war, dass sie sich noch nie begegnet waren. Die blauen Augen der Frau bildeten einen scharfen Kontrast zum dunklen Haar und der sanft gebräunten Haut. Dicht hinter ihr drängten sich die beiden Jungen und blickten Elisabeth ernst an.

Sie hatte sie nicht erschrecken wollen und trat lächelnd einen Schritt auf sie zu, um sie zu begrüßen

»Hallo, ich heiße Elisabeth Herrman.«

Die Jungen wichen zurück und versteckten sich hinter der Mutter, die ihr zunickte.

»Entschuldigung, sie verstehen noch nicht so gut Schwedisch.«

Ihr Akzent war schwer einzuordnen, es klang wie eine Mischung aus Deutsch und Finnisch. Ehe Elisabeth den Namen der Frau erfragen konnte, bog ein drittes Taxi in die Einfahrt ein und hielt unmittelbar neben ihnen. Eine untersetzte junge Frau stieg aus, die Elisabeth kaum bis zur Schulter reichte. Sie trug klobige Schuhe, die nicht zur Jahreszeit passten, und ein Kleid, das ihrer Figur wahrlich nicht schmeichelte. Darüber einen Mantel, den sie offenbar von jemandem geerbt hatte, der längere Arme gehabt hatte als sie. Über ihre Frisur hätte Elisabeth am liebsten laut losgelacht, doch sie riss sich zusammen, als sie dem Blick der Frau begegnete. Offensichtlich war diese Person sich ihrer Mängel durchaus bewusst und hatte versucht, das Beste aus dem zu machen, was ihr zur Verfügung stand. Die Frau reichte einem elegant gekleideten Herrn, der vorsichtig aus dem Auto stieg, ihren Arm. Als er sich umdrehte, begriff Elisabeth, warum er beim Aussteigen Hilfe brauchte. Seine Augen blickten leer vor sich hin.

Die schwere Holztür des Gebäudes öffnete sich, und ein livrierter Herr trat heraus, der die Aufmerksamkeit der Gesellschaft auf sich zog, indem er eine kleine Glocke läutete.

»Der Oberbefehlshaber heißt Sie herzlich willkommen. Nach Ihnen, Professor Svartström.«

Der Professor ließ sich von seiner weiblichen Begleitung die Treppe hinaufführen, gefolgt von der Frau mit ihren zwei Söhnen. Elisabeth bildete das Schlusslicht und warf noch einen Blick auf die Taxis, die gerade die Einfahrt verließen. Noch immer wusste sie nicht, wo sie sich befand oder worum es hier eigentlich ging. Immerhin war sie nicht allein, dachte sie etwas beruhigt.

SIGNE

Hinter der Eingangstür standen zwei weibliche Bedienstete bereit, um ihre Mäntel entgegenzunehmen. Signe wäre lieber im Boden versunken, als ihren Mantel abzugeben, der so zerschlissen war, dass das Futter fast auseinanderfiel. Beschämt reichte sie ihn der einen Dame, flüsterte »Entschuldigung« und machte einen kleinen Knicks. Die beiden Damen sahen sie streng an, nickten ihr aber immerhin zu. Signe wagte kaum, die anderen anzusehen, die ebenfalls mit Taxis angekommen waren, schaute aber vorsichtig zu der Frau mit den beiden Jungen hinüber. Sie war dünn, ihre Taille so schmal, dass man sie fast mit beiden Händen umfassen könnte. Ganz anders als bei Signe mit ihren Kurven.

Die andere Frau war die größte, die Signe je gesehen hatte. Dennoch trug sie Schuhe mit Absätzen. Ihr Haar war kupferrot und fiel ihr bis auf den Rücken hinunter. Signe schätzte, dass sie mehrere Jahre jünger war als sie selbst, dennoch strahlte sie großes Selbstvertrauen aus.

Die Söhne der dünnen Frau sahen bezaubernd aus in ihren kurzen Hosen und identischen Hemden und Pullovern. Der ältere hielt den Blick gesenkt, der jüngere dagegen sah sich ängstlich um und behielt gleichzeitig seine Mutter im Auge. Beide hatten dunkle Haare, genau wie die Mutter, aber eher grünliche Augen. Signe lächelte ihnen zu, und der Jüngere lächelte zurück. Der Ältere musterte sie nur skeptisch.

Ein Mann in Uniform erschien. Er hatte mehrere goldene Streifen auf den Schultern, und auf seiner Brust glitzerten zahlreiche Orden.

»Guten Morgen! Wir sind sehr froh, dass wir diese dringliche Zusammenkunft innerhalb so kurzer Zeit arrangieren konnten. Lassen Sie mich Ihnen den Raum zeigen, wo Sie sitzen werden. Und ihr, meine jungen Herren, wartet am besten in der Küche. Ihr dürft euch zum Frühstück wünschen, was immer ihr wollt. Vielleicht eine Tasse heißen Kakao?«

Die Jungen blickten nervös ihre Mutter an, die sich zu ihnen herunterbeugte und leise etwas in einer Sprache sagte, die Signe nicht verstand. Dann richtete sie sich wieder auf und nickte dem Mann in Uniform zu.

»Verzeihung, meine Söhne sind sehr verunsichert. Bitte entschuldigen Sie.«

Der Mann machte eine beruhigende Geste.

»Ihr braucht keine Angst zu haben, wir wollen nur, dass eure Mutter das hier ungestört erledigen kann. Was meint ihr, ein Kakao würde euch doch bestimmt gut schmecken?«

Die Frau beugte sich noch einmal zu ihnen herab. Die Jungen nickten und verbeugten sich dann tief, woraufhin sie einer der Hausangestellten folgten.

Signe räusperte sich und fragte Nils Svartström flüsternd: »Möchten Sie, dass ich draußen warte, Herr Professor?

Oder brauchen Sie mich hier? Ich könnte auch mit in der Küche warten, dann bin ich Ihnen nicht im Weg.«

Nils Svartström schüttelte den Kopf.

»Nein, Sie kommen bitte mit und bleiben auch drinnen. Ich dachte, ich hätte Ihnen das bereits erklärt.«

Signe zog den Kopf ein, er klang plötzlich so streng.

»Verzeihung, natürlich bleibe ich bei Ihnen.«

Sie schämte sich in Grund und Boden, dass sie so vorlaut gewesen war. Das würde ihr eine Lehre sein, in Zukunft würde sie immer erst seine Anweisungen abwarten.

Der Uniformierte räusperte sich und sagte:

»Die übrigen Teilnehmerinnen des Auswahlverfahrens sitzen bereits auf ihren Plätzen. Gehen Sie also hinein und suchen Sie sich ebenfalls einen freien Stuhl.«

Die Rothaarige hob die Hand.

»Entschuldigung, was für ein Auswahlverfahren? Worum geht es hier eigentlich? Ich habe keinerlei Information bekommen. Wozu soll das gut sein?«

Der Mann nickte höflich.

»Sie sind zusammen mit einer Gruppe anderer Frauen ausgewählt worden, um einen besonderen Eignungstest zu durchlaufen. Es geht darum, herauszufinden, ob Sie geeignet sind, für die Interessen unseres Landes zu arbeiten. Die nationale Sicherheit steht auf dem Spiel. Mehr kann ich Ihnen dazu nicht sagen.«

»Und wenn ich mich weigere? Mir hat niemand gesagt, dass es um …«

»Wenn das Fräulein Herrman sich weigert, schlage ich

vor, dass Sie das mit dem Oberbefehlshaber besprechen, der später am Nachmittag zu uns stoßen wird.«

Fräulein Herrman schnaubte. Dann nickte sie kurz.

»Ich bin bereit, diesen Test zu machen. Aber wenn sich herausstellt, dass es sich um etwas Verwerfliches handelt, werde ich sofort gehen.«

Der Mann lächelte.

»Ich kann Ihnen garantieren, dass es sich hierbei um nichts Verwerfliches handelt. Also gehen Sie bitte rein, dann können wir anfangen.«

Signe warf Professor Svartström einen verzweifelten Blick zu. Sie hätte ihn gern am Ärmel gezupft, so wie Erik immer in den Sonntagsgottesdiensten, wenn ihm die Predigt zu lange dauerte. Doch der Professor verzog keine Miene und schien auf dem Wunsch zu bestehen, dass sie ihm folgte. Sie versuchte, den Rücken durchzustrecken, wäre mit ihren schief gelaufenen Absätzen dabei aber beinahe über die Schwelle gestürzt.

Fräulein Herrman griff nach ihrem Arm.

»Machen Sie sich keine Sorgen«, flüsterte sie freundlich.

Signe lächelte dankbar und folgte ihr hinein. Der Saal, den sie betraten, war vollbesetzt mit Frauen im Alter zwischen zwanzig und vierzig.

Drinnen nahm Professor Svartström Signes Hand von seinem Arm und sagte leise: »Setzen Sie sich, Signe. Und machen Sie sich keine Gedanken, alles wird gut.«

Signe blickte erschrocken auf ihren Arbeitgeber und dann auf die etwa dreißig Frauen, die jeweils mit einem

Stapel Papier vor sich an kleinen Tischen saßen. Was hatte das alles zu bedeuten? Sie war nicht einmal sechs Jahre zur Schule gegangen, wie sollte sie das hier schaffen? Und wenn sie versagte, was würde dann aus ihr werden? Signe versuchte, ruhig zu atmen, aber ärgerlicherweise schossen ihr die Tränen in die Augen.

Fräulein Herrman legte ihr eine Hand auf die Schulter. »Jetzt lassen wir es mal ganz ruhig angehen, das wird schon werden. Und wenn nicht, lade ich Sie hinterher zumindest auf eine Zigarette ein. Ich glaube, Sie sind klüger, als Sie denken.«

Signe versuchte, tapfer zu lächeln, bekam aber nur eine Grimasse zustande. Mitten im Raum waren noch drei Plätze frei, und sie eilte zu einem von ihnen. Sie setzte sich auf den harten Stuhl und sah, wie der Professor sich vor die versammelten Frauen stellte. Die dunkelhaarige Frau setzte sich auf der einen Seite neben sie und das rothaarige Fräulein Herrman auf die andere. Signe hätte gern darüber gelacht, wie grundverschieden sie waren, obwohl sie doch im selben Boot saßen, aber dazu war jetzt nicht der geeignete Zeitpunkt. Außerdem spürte sie, wie sich der wohlbekannte Schmerz hinter der Stirn langsam ausbreitete. Wenn sie jetzt einen Migräneanfall bekam, bestand das Risiko, dass sie ohnmächtig wurde.

Professor Svartström räusperte sich und nickte der Versammlung zu.

»Sie sind heute hier, weil wir glauben, dass Sie über Kompetenzen verfügen, die Schweden in dieser schwierigen Lage nützen. Das Kompendium, das Sie vor sich sehen, enthält eine Menge Fragen, auf die Sie bitte ohne lange Bedenkzeit antworten. Es gibt jeweils mehrere Antwortmöglichkeiten, wählen Sie bitte immer die erste, die Ihnen richtig erscheint. Gegen Ende finden Sie eine Reihe verschlüsselter Sätze, die sie enträtseln sollen. Dies ist ein umfassender Test, der eine Reihe unterschiedlicher Themen und Wissensbereiche berührt. Wir haben vier Stunden für den ersten Teil angesetzt, anschließend haben Sie eine Stunde Pause. Wenn eine von Ihnen aus irgendwelchen Gründen den Raum verlassen muss, heben Sie bitte einfach die Hand. Ich glaube, ich brauche Ihnen nicht zu sagen, dass es sich hierbei nicht um eine Gruppenarbeit handelt. Wir bitten Sie vielmehr, sich auf Ihre individuelle Leistung zu konzentrieren. Ich sollte vielleicht auch noch erwähnen, dass vor einer Woche eine Gruppe kriegstauglicher Männer im selben Alter wie Sie den Test durchlaufen hat; wir werden die Ergebnisse also mit allergrößtem Interesse auswerten.«

Fräulein Herrman stieß einen Laut aus, der beinahe wie ein Kichern klang. Wahrscheinlich spürte sie Signes Blick, denn sie drehte sich zu ihr und zwinkerte ihr zu.

Der Professor fuhr fort: »Sie haben alle einen Bleistift, ein Radiergummi und ein Lineal vor sich. Also bitte, fangen Sie an.«

Er trat vorsichtig zur Seite, wo er sich auf einen Stuhl setzte und allem Anschein nach den Blick über die Teilnehmerinnen wandern ließ. Signe überlegte, ob die anderen im Saal wohl bemerkt hatten, dass er sie nicht sehen konnte.

ELISABETH

Elisabeth überflog die erste Seite und griff nach dem Bleistift. Sie zwang sich, tief durchzuatmen. Dachte an die Ermahnungen ihrer Mutter vor dem Examen an der Sekretärinnenschule.

»Sieh zu, dass du nichts überstürzt. Du musst lernen, dir die Aufgabe durchzulesen, bevor du anfängst. Du bist viel konzentrierter, als du dir selbst manchmal zugestehst. Also bitte, keine Schlamperei dieses Mal.«

Elisabeth lächelte, legte den Stift beiseite und las sich alle Aufgaben in Ruhe durch. Keine Schlamperei dieses Mal. Als sie zu den letzten beiden Seiten kam, runzelte sie die Stirn. Buchstaben und Ziffern standen wild durcheinander, und die Aufgabe lautete, die Wörter aufzuschreiben, die sie aus dem Chaos herauslesen konnte. Das schien ihr zunächst unmöglich, doch dann entdeckte sie am rechten Rand eine Buchstabenfolge, die ein paar Zeilen später weiter links wiederkehrte. Nach dreißig Minuten hatte sie eine kurze Meldung auf Deutsch herausgefunden: ANGRIFF MUSS VOR MORGENGRAUEN ERFOLGEN.

SIGNE

Signe atmete tief durch und zwang sich, sich auf den Papierstapel zu konzentrieren. Er bestand aus zweiundvierzig Seiten, und auf jeder Seite gab es in etwa drei Fragen. Signe rechnete es im Kopf schnell durch. Sie hatte ungefähr zwei Minuten pro Frage. Es galt also schnell zu antworten und auf das zu vertrauen, was einem als Erstes durch den Kopf ging. Signe las sich die erste Frage durch und dann mit gerunzelter Stirn die Antwortalternativen. Konnte es wirklich so einfach sein?

Signe schaute zum Professor hinüber. Er wirkte vollkommen entspannt, und so beschloss sie, sich auf ihre Intuition zu verlassen, und kringelte die entsprechende Antwort ein. Die nächste Frage bot zwei Alternativen, doch nach einer kurzen Analyse blieb nur eine, und so kringelte sie auch diese ein.

Methodisch arbeitete sie sich durch den beeindruckenden Stapel, bis nur noch drei Seiten übrig blieben. Hier war eine Reihe Buchstaben über das ganze Blatt verteilt, und man konnte nichts herauslesen. Es wirkte, als hätte irgendein Irrer einfach sämtliche Buchstaben des Alphabets durcheinandergeworfen und anschließend abgedruckt. Signe drehte und wendete das Blatt in der Hoffnung, es würde helfen, bis ihr Blick plötzlich auf eine senkrechte

Zeile in der Mitte der Seite fiel. Da stand: *drittesreich*. Signe wusste nicht, was es bedeutete, hatte aber das Gefühl, es schon einmal irgendwo gelesen zu haben. Gleichzeitig schien eine Reihe waagerechter Ziffern dreimal in derselben Reihenfolge vorzukommen. Signe kringelte die Wiederholungen ein. In die Antwortzeile schrieb sie, was sie herausgelesen hatte und ging zur nächsten Aufgabe über. Das hier würde sie hinbekommen.

Nachdem sie fertig war, legte sie die Blätter ordentlich zusammen, den Bleistift obenauf. Anschließend schaute sie auf die Uhr. Noch vier Minuten. Die beiden Frauen, mit denen sie hereingekommen war, waren ebenfalls fertig. Signe hatte das ungute Gefühl, der erste Teil des Tests könnte eine Art Falle gewesen sein, weil die Fragen so einfach gewesen waren. Vielleicht ging es aber auch eigentlich um etwas ganz anderes.

Drei Minuten später trat der Uniformierte wieder ein und läutete seine Glocke, gleichzeitig erhob sich Professor Svartström.

»So, meine Damen, es wird Zeit, Ihre Aufgaben einzusammeln. Stehen Sie bitte nach Reihen geordnet auf und legen Sie Ihre Prüfungsunterlagen mit der Schrift nach unten auf den Tisch an der Tür. Anschließend bieten wir Ihnen im Nachbarzimmer Erfrischungen an. In genau einer Stunde geht es weiter, seien Sie also bitte so freundlich, bis dahin fertig zu sein, damit es nicht zu unnötigen Verzögerungen kommt.«

Eine Frau ganz hinten im Raum räusperte sich.

»Worum geht es im nächsten Test? Wird es ungefähr dasselbe sein?«

Svartström runzelte die Stirn.

»Das erfahren Sie in einer Stunde. Wer Angst hat oder zu nervös ist, braucht nicht zu bleiben, Sie sind alle freiwillig hier. Noch weitere Fragen?«

Die Schärfe in Svartströms Ton konnte niemandem entgehen, und die Frau, die gefragt hatte, sah beschämt zu Boden. Signe versuchte, ihr einen freundlichen Blick zuzuwerfen, doch sie bemerkte es nicht. Die Frage war legitim gewesen und hätte vielleicht auf etwas mehr Verständnis stoßen können. Der Professor war da jedoch offenbar anderer Meinung.

Stühle scharrten über den Boden. Eine Frau, die während der gesamten vier Stunden durchgehend gehustet hatte, eilte hinaus. Signe trat geduldig an den Tisch, dann ging sie zu Nils Svartström hinüber.

»Ich bin fertig, Herr Professor.«

Er drehte sich zu ihr um und lächelte unerwartet. Für einen kurzen Moment dachte Signe, er könne sie sehen.

»Wie ist es Ihnen ergangen?«

Sie schluckte und sagte leise: »Ich hoffe, ich enttäusche Sie nicht, Herr Professor, aber das hier ging wohl weit über mein Niveau. Jemand wie ich ist nicht dazu geschaffen, so etwas zu machen. Sie werden schon sehen, dass Sie mit den anderen Mädchen ganz zufrieden sind. Man sieht, dass sie alle sehr gut sind. Sie haben ordentliche Schulen besucht und so weiter.«

Professor Svartström unterbrach sie.

»Ich glaube, wir sollten versuchen, uns in der Pause ein bisschen zu stärken. Ich könnte ein Butterbrot vertragen. Und Sie, Signe, sollten vor der Nachmittagsprüfung auch noch einmal alle Kräfte sammeln.«

Wieder hatte Signe das Gefühl, etwas Dummes gesagt zu haben, und gelobte sich selbst, heute nicht mehr allzu viel zu reden. Was sie auch sagte, es schien den Professor zu verärgern.

Die darauffolgende Stunde war ein einziges Gesumme. Signe spürte, wie der Kopfschmerz wiederkehrte und verfluchte sich selbst, weil sie ihr Pulver nicht mitgenommen hatte. Sie rieb sich die pochende Stelle an der Stirn und zwang sich, ein Glas stark verdünnten Sirup zu trinken, der in Kannen auf den Tischen bereitstand. Die beiden Jungen wurden von den Bediensteten hereingeführt und liefen gleich zu ihrer Mutter.

Nein, Signe musste sich jetzt zusammenreißen. Es würde schon gut gehen.

Iris' Schultern sanken erleichtert herab, als ihre Söhne auf sie zu rannten.

»Mama, wir haben Wecken gegessen und heißen Kakao getrunken! Jan hat auf seine Hose gekleckert.«

Iris strich Josef über die Wange und blickte Jan müde an.

»Das macht nichts. Ich wasche es aus, wenn wir hier wieder weg sind.«

Jan sah sie beunruhigt an.

»Was musstest du machen? Warum siehst du so müde aus? Waren sie gemein zu dir?«

Iris schüttelte den Kopf und nahm seine warme Hand in ihre.

»Nein, keiner war gemein zu mir, alle sind sehr nett. Aber …«

Im selben Augenblick öffnete sich die Tür des Prüfungssaals, und der Mann in Uniform sowie zwei Gefolgsleute kamen heraus. Er salutierte, dann verkündete er: »Wenn mein Kollege zurück ist, werden wir Ihre Namen aufrufen, und Sie werden in verschiedene Gruppen aufgeteilt.«

Iris beugte sich zu ihren Söhnen herab.

»Ich muss wieder zurück. Und ihr versprecht mir bitte hoch und heilig, dass ihr euch weiterhin benehmt. Ich weiß, dass es schrecklich langweilig und anstrengend für euch ist, aber wir haben keine andere Wahl. Versteht ihr?«

Josef nickte.

»Kein Problem, ich und Jan spielen Räuberschach und Schiffe versenken. Wir haben kariertes Papier und Bleistifte bekommen.«

Iris wendete sich Jan zu.

»Versprichst du mir, zu tun, was dein Bruder sagt?«

Jan schluckte und schaute zu Boden.

»Ich muss zur Toilette.«

»Josef kann mit dir gehen.«

Jan schüttelte den Kopf.

»Nein, du sollst.«

Iris überlegte fieberhaft, kalter Schweiß brach ihr aus. Einer der Uniformierten beugte sich lächelnd zu ihnen herab.

»Ihr braucht keine Angst zu haben, eure Mutter kommt bald wieder.«

»Er muss zur Toilette.«

Der Mann nickte Jan zu.

»Kommst du mit mir? Dann kann deine Mama weiterarbeiten.«

Jan sah ihn entsetzt an, aber Josef trat einen Schritt vor und verbeugte sich.

»Ja, bitte.«

Jan warf Iris einen unglücklichen Blick zu, folgte dann aber dem Mann und seinem Bruder. Iris war schlecht vor

Anspannung, es war so schwierig, beiden Jungen gleichzeitig gerecht zu werden.

Eine warme Hand legte sich auf ihren Arm, und freundliche Augen blickten sie an. Die kleine, kräftige Frau warf ihr ein Lächeln zu.

»Sie heißen Iris, oder?«

Iris nickte, und die Frau sprach weiter.

»Ich bin Signe. Sie haben wirklich zwei ganz süße Kinder.«

Die große Frau gesellte sich ebenfalls zu ihnen und sagte: »Elisabeth Herrman. Wissen Sie vielleicht, worum es hier geht?«

Die anderen schüttelten den Kopf, und Fräulein Herrman schnitt eine Grimasse, dann öffneten sich die Türen des Prüfungsraums, und eine kräftige Stimme ertönte.

»Folgende drei Personen folgen mir bitte in den Raum zwei Türen weiter.«

Iris schloss die Augen. Was erwartete sie als Nächstes?

SIGNE

Die ersten zwölf Namen wurden aufgerufen, und Signe merkte, wie mit jeder Frau, die sich aufstellte, ihr Selbstvertrauen schwand. Alle waren gut gekleidet und hatten Frisuren, die offensichtlich nicht mittels einer Küchenschere entstanden waren. Der Kopfschmerz nahm immer mehr zu, und sie fragte sich, wie sie hier überhaupt gelandet war. Stand es wirklich so schlecht um die Sicherheit des Landes, dass man ein einfaches Hausmädchen zwingen musste, sich so einem Test zu stellen und sich dadurch so zu erniedrigen?

»Folgende Gruppe kommt bitte mit mir in den Raum am Ende des Flügels.«

Iris und Elisabeth wurden aufgerufen, und Signe nickte ihnen zu. Zu ihrer Verwunderung wurde aber auch ihr eigener Name genannt, und Elisabeth winkte ihr, ihnen zu folgen. Signe hielt sich dankbar zwischen den beiden. Im Gegensatz zu den anderen Frauen, die einen ausgelassenen und freundschaftlichen Umgangston pflegten, wirkte ihr Trio sehr viel ernster bei der Sache. Allerdings hatte Signe das Gefühl, dass die rothaarige Elisabeth normalerweise ungezwungener und zu mehr Späßen aufgelegt war, sich in diesem Zusammenhang aber für angemessene Zurückhaltung entschieden hatte. Die Dunkelhaarige wirkte von Natur aus ernst und als würde sie nichts für selbstverständlich halten.

Der Raum, in den man sie brachte, war deutlich kleiner als der vorige, und auf jedem Tisch lagen ein Paar Kopfhörer und ein Apparat, wie ihn Signe noch nie zuvor gesehen hatte. Er sah aus wie ein größeres Telefon, aber ohne Mikrofon zum Hineinsprechen. Sie setzte sich zwischen Elisabeth und Iris und zwang sich, ruhig zu atmen. Wenn die Aufgabe jetzt war, irgendwelche Fähigkeiten im Umgang mit Maschinen und Technik zu beweisen, musste sie passen, es gab schließlich Grenzen der Zumutbarkeit. Dann musste sie eben in den sauren Apfel beißen und riskieren, ihre Stelle als Svartströms Haushälterin zu verlieren und sich eine andere Arbeit suchen zu müssen.

»Wie Sie sehen, haben wir für Sie Telegraphen aufgebaut. Sie werden jetzt eine Reihe von Nachrichten erhalten, die Sie über die Kopfhörer abhören können. Auf dem Blatt Papier notieren Sie bitte, was Sie verstehen. Das Ganze dauert etwa dreißig Minuten, und wenn die letzte Nachricht gesendet worden ist, legen Sie bitte Stift und Papier weg und warten auf weitere Instruktionen. Ebenso wie im ersten Teil der Prüfung geht es hierbei nicht um eine Gruppenarbeit, sondern Sie sollen selbstständig agieren. Wir bitten Sie, während dieser Aufgabe auf Unterhaltungen zu verzichten. Setzen Sie bitte jetzt die Kopfhörer auf.«

Der Mann nickte ihnen zu und verließ den Raum. Ein paar junge Frauen in der Reihe hinter ihnen begannen zu flüstern, und Signe dachte noch, dass das wohl nicht gerade klug sei. Im nächsten Augenblick öffnete sich die Tür, und die beiden verstummten. Der Uniformierte rief ihre Namen auf und bat sie, den Raum zu verlassen. Mit Tränen in den Augen rafften die Frauen ihre Sachen zusammen und verschwanden. Signe wagte kaum, von ihrem Blatt Papier aufzusehen. Das hier war kein Spiel. Sie atmete heftiger und presste sich krampfhaft ihre Hand gegen die Stirn.

Plötzlich drangen kratzende Laute aus den Kopfhörern, und sie drückte die Spitze des Bleistifts auf die erste Zeile.

»Mein alter Freund wünscht, mit Ihrer Mutter zu speisen, wenn er in Ihrem Sommerhäuschen ankommt.«

»Was darf ich Ihnen anbieten?«

»Mein Freund hätte gerne zwei gekochte Eier und ein Brot mit Käse.«

»Wie hätte Ihr Freund sie denn gerne?«

»Das überlasse ich dem Koch. Der Zeitpunkt ist: beim ersten Hahnenschrei.«

Signe stöhnte, es klang vollkommen sinnlos, aber vermutlich waren es irgendwelche Codes für komplizierte Kriegstermini.

Nachdem der lange Dialog über die gekochten Eier beendet war, ertönten Morsezeichen. Signe hatte zufällig das Morsealphabet gelernt, als ihr Bruder es während eines Freigangs beim Militär zu Hause auswendig lernen musste. Es war Erntezeit gewesen, und er war freigestellt worden, um seinen Eltern auf dem Hof zu helfen. Signe musste ihn auf dem Feld immer wieder abhören, immer wieder hatten sie einander Kombinationen zugerufen, die der andere dann deuten musste. Als der Bruder im September wieder nach Boden zurückfuhr, kannten beide das Morsealphabet, und sie hatten eine Geheimsprache, derer sie sich im folgenden Jahr in ihrem Briefwechsel bedienten.

Die Morsebotschaft, die jetzt bei ihr hereinkam, war leicht zu entschlüsseln:

»*Gegen Mitternacht wird ein Zug nach Narvik erwartet. Die Fracht besteht aus explosivem Brennstoff.*«

Signe schauderte und überlegte, wie viel Schaden wohl ein mit explosivem Brennstoff beladener Zug anrichten könnte, wenn er am falschen Ort landete oder entgleiste.

Die letzten Meldungen erfolgten auf Fremdsprachen. Englisch, Deutsch und Französisch. Signe spürte, wie Panik sie ergriff, schrieb aber auf, was sie verstand, so gut es ging. Sie konnte nur ihre Muttersprache, hörte aber das eifrige Kratzen der Bleistifte der anderen.

Ein weiterer Uniformierter trat ein und nahm ihnen die Blätter ab, dann kehrte sein Kollege wieder zurück.

»Die folgende Aufgabe ist von ganz anderer Art. Sie werden vor ein Dilemma gestellt, und wir bitten Sie, Ihre Lösung stichpunktartig und so kurz wie möglich aufzuschreiben. Halten Sie sich bitte an die Anzahl der Zeilen auf dem Blatt.«

Signe warf einen Blick auf Elisabeth Herrman und sah, wie ihre Kiefermuskulatur arbeitete, während sie gleichzeitig lauschte. Also war nicht nur sie so nervös.

In der Aufgabe, die ihnen ebenfalls über Kopfhörer mitgeteilt wurde, ging es um einen Gefahrentransporter, der auf eine Familie mit Kindern sowie auf zwei alte Leute zurollte. Man selbst trug geheime Papiere bei sich. Worum kümmerte man sich in dieser Situation als Erstes?

Signe hörte sich die Aufgabe bis zum Ende an, dann spaltete sie ihre Theorie so methodisch wie möglich auf. Bei der letzten Zeile angekommen, las sie sich ihre Formulierungen noch einmal durch und hoffte, man würde nicht zu großen Anstoß an ihrer grässlichen Handschrift nehmen. Die Zeit reichte nicht aus, auch noch sauber zu schreiben.

Eine weitere Aufgabe wurde ihnen vorgelegt. Signes Kopf wurde immer schwerer, und sie musste sich anstrengen, die Konzentration nicht zu verlieren. Iris und Elisabeth saßen mit gesenkten Köpfen da und schrieben frenetisch.

Nachdem man das letzte Blatt eingesammelt hatte, wurden sie entlassen, und alle schienen ähnlich wacklig auf den Beinen wie sie selbst. Iris blickte sich nervös um und lächelte erleichtert, als sie auf einer Bank im Flur ihre Söhne entdeckte, die die Köpfe über einem Buch zusammensteckten.

Elisabeth Herrman setzte sich auf die Bank neben die Jungen.

»Darf ich mich kurz zu euch setzen? Ich falle um vor Müdigkeit.«

Die Kinder musterten neugierig die Frau, die sich wie

ein junger Mann auf die Bank warf und ihre Beine übereinanderschlug. Im selben Moment erklang ein strenges Räuspern, und alle Männer in Uniform nahmen Haltung an.

»Der Herr Staatsminister und der Oberbefehlshaber.«

Der Boden schien unter Signe nachzugeben. Sie musste sich an Professor Svartström festhalten, der zum Glück neben ihr stand. Er lächelte und drückte ihren Arm. Eines der bekanntesten Gesichter des Landes kam auf sie zu, und Signe knickste so tief, dass sie beinahe das Gleichgewicht verlor. Selbst Elisabeth wirkte beeindruckt, nur Iris schien die Fassung zu bewahren.

Raschen Schrittes ging der Staatsminister auf Svartström zu, drückte dem Professor die Hand und klopfte ihm freundschaftlich auf die Schulter.

»Lieber Nils, schön, dich hier zu sehen. Glaubst du, wir haben etwas, womit wir arbeiten können? Hat der Tag etwas gebracht?«

»Er war sehr erfolgreich. Lass uns in den Salon gehen, dann erkläre ich dir meinen Plan.«

Svartström ließ ihren Arm los und ging den anderen voraus in den Salon. Signe, Elisabeth und Iris blieben stehen, und erst als die Türen sich geschlossen hatten, sank Elisabeth auf die Bank zurück.

»Oh, mein Gott, habe ich wirklich den Staatsminister getroffen? Ich glaube, ich falle gleich in Ohnmacht.«

Rasch füllte sich der Flur mit Frauen, die aus den verschiedenen Räumen strömten. Alle waren hochrot im

Gesicht und sahen mitgenommen aus. Man sprach leiser miteinander als zuvor. Weitere Zeit verging, ehe die beiden Männer, die schon zuvor die Anweisungen gegeben hatten, vortraten.

»Wir haben jetzt alle Ergebnisse des Tages eingesammelt und danken Ihnen für Ihren Einsatz. In wenigen Tagen werden wir uns bei Ihnen melden und Ihnen mitteilen, ob Sie weitergekommen sind oder nicht. Allerdings scheint ein technisches Problem aufgetreten zu sein, weshalb einige von Ihnen bitte hierbleiben müssten, um den letzten Teil der Prüfung zu wiederholen: Iris Lepik, Elisabeth Herrman und Signe Jansson. Sie werden gleich noch einmal hereingerufen. Alle anderen sind für heute fertig.«

Ein gedämpftes Murmeln entstand, während alle ihre Mäntel holten, und ein paar warfen den drei Frauen, die noch bleiben sollten, mitleidige Blicke zu.

Elisabeth stöhnte.

»Das kann doch nur ein Witz sein, warum müssen ausgerechnet wir noch mal ran?«

Signe zuckte die Achseln.

»Wir saßen in derselben Reihe, vielleicht lag es an der technischen Ausrüstung.«

Elisabeth lehnte sich an die Wand.

»Großartig! Ich hatte gerade angefangen, von Mutters Schweinsfüßen in Gelee und anderen Köstlichkeiten zu träumen. Habe ich einen Kohldampf!«

* * *

Die anderen Frauen eilten an die frische Luft, froh, nach dem langen Tag endlich frei zu sein. Signe überlegte, ob sie je Schweinsfüße gegessen hatte, kam aber zu dem Ergebnis, dass es wohl der einzige Teil des Schweins war, den sie noch nicht probiert hatte. Vielleicht auch kein Verlust, obwohl sie gerade fast alles essen würde. Genau wie Elisabeth war sie völlig ausgehungert.

Die Türen zu dem Salon, in dem der Professor und der Staatsminister verschwunden waren, öffneten sich.

»Meine Damen, seien Sie bitte so freundlich, mir zu folgen. Ihr Jungs müsst leider noch kurz warten, aber es sieht ja nicht so aus, als würde euch etwas fehlen.«

Die kleine Gesellschaft begab sich gehorsam in eine Art Speisesaal, wo ein gedeckter Tisch in der Mitte stand. Der Oberbefehlshaber verbeugte sich höflich und bat sie, Platz zu nehmen.

»Lassen Sie uns gleich anfangen, wir haben keine Zeit zu verlieren. Der Herr Professor wird als Erstes über seine Arbeit berichten. Und bitte, lassen Sie es sich in der Zwischenzeit schmecken!«

Der Tisch war mit Gebäck und dreieckigen Kanapees gedeckt. Eines der Hausmädchen schenkte heißen Tee aus und bot dazu Zucker und Sahne an. Signe wartete, bis alle sich bedient hatten, dann nahm sie sich ebenfalls etwas.

Professor Svartström legte sich eine Serviette über den Schoß und räusperte sich.

»Mein Name ist Nils Svartström, und ich bin Mathematikprofessor. Wie Sie wissen, befinden wir uns in einer Kriegssituation, auch wenn Schweden bisher noch nicht aktiv beteiligt ist. Um zu verhindern, dass wir doch noch hineingezogen werden oder gezwungen sind, uns zu verteidigen, habe unter anderem ich den Auftrag, die verschlüsselten Nachrichten der Deutschen zu knacken. Noch ist uns das nicht gelungen, aber wir sind auf einem guten Weg. Die Engländer und Franzosen sind ebenso daran interessiert wie wir, und es würde uns allen helfen, wenn es uns tatsächlich gelingt.«

Ein Unwirklichkeitsgefühl überkam Signe. Saß sie tatsächlich mit einem Professor, dem Oberbefehlshaber und dem Staatsminister an einem gigantischen Esstisch zusammen? Sie musste blinzeln.

Der Professor fuhr fort.

»Wie Sie wissen, drängt die Zeit. Mit jedem Tag, der vergeht, wird eine Invasion wahrscheinlicher, sei es von deutscher oder von russischer Seite. Wir müssen die Chiffriermaschine der Deutschen knacken, sonst wird Schweden nicht mehr lange ein freies Land sein, sondern ein Land im Krieg.«

Nils Svartström schwieg und legte die Hände in den Schoß. Der Oberbefehlshaber sah sich am Tisch um, dann stand er auf, verschränkte die Hände hinter dem Rücken und sagte mit fester Stimme: »Sie drei, die Sie heute hier sitzen, sind diejenigen, auf die wir unsere Hoffnung setzen. Da das Ganze geheim ist, haben wir die anderen Teilnehmerinnen glauben lassen, es sei ein technisches Problem aufgetreten. Sie sind jedoch diejenigen, die wir ausgewählt haben.«

Er nickte Svartström zu.

»Der Professor hat das Aufgabenkompendium zusammengestellt, das Sie heute bearbeitet haben. Aufgrund der Ergebnisse sind wir uns sicher, dass Sie am besten geeignet sind, dem Professor bei seiner Arbeit zu assistieren. Sie haben sich alle drei von den übrigen Teilnehmerinnen abgehoben, und wir konnten sogar feststellen, dass Sie weit über dem Durchschnitt lagen, den die Männer vor ein paar Tagen bei ihrer Prüfung erreicht haben. Sie verfügen alle über eine bemerkenswert ausgeprägte perzeptuelle Kompetenz und ein ausgezeichnetes Talent für das, was man im Alltag Problemlösung nennt. Sie sind mathematisch begabt, und vielleicht ist es besonders Signe Jansson, die uns heute überrascht hat, wenn man bedenkt, dass sie seit der Volksschule keine Schule mehr besucht hat. Wir glauben, dass Sie uns gemeinsam eine große Hilfe sein können bei dem, was uns jetzt bevorsteht. Wir möchten weiteres Personal einstellen, das nur so weit informiert werden wird, wie es absolut notwendig ist. Von Ihnen müssen wir dagegen absolute Geheimhaltung verlangen. Sie dürfen nicht einmal Ihrer engsten Familie verraten, woran Sie gerade arbeiten, und noch weniger Ihren Freunden. Es kann sein, dass Sie reisen müssen oder dass wir Ihnen Aufgaben stellen, die Ihnen völlig sinnlos vorkommen.«

Signe blickte auf die Tischplatte. Sie konnte nicht glauben, dass der Staatsminister dabeisaß und zuhörte, wie man ihr ein Talent zusprach. Dass sie jemand war, auf den man setzen konnte. Als könne er ihre Gedanken lesen, nickte der Oberbefehlshaber ihr zu.

»Sie, Signe Jansson, wurden erst kürzlich von Professor Svartström eingestellt, und es wird Ihre zusätzliche Aufgabe sein, dafür zu sorgen, dass die Beeinträchtigung des Professors das Projekt nicht in Gefahr bringt. Sie werden seine Augen sein, und nach den Berichten von Professor Svartström haben wir allergrößtes Vertrauen, dass Sie dazu in der Lage sind. Darüber hinaus hat uns beeindruckt, wie es Ihnen gelungen ist, die Unklarheiten in den Abrechnungen einer Angestellten aufzudecken. Professor Svartström und wir benötigen genau solche Augen, die in der Lage sind, Zusammenhänge und Abweichungen zu erkennen. Wir hoffen, dass Sie, Signe, Ihr Bestes tun werden, um Schweden und dem Herrn Professor bei dieser schwierigen Aufgabe behilflich zu sein.«

Ehe sie antworten konnte, wandte er sich Fräulein Herrman zu.

»Sie, Elisabeth Herrman, waren als Sekretärin beim Luftwaffenstab und haben in diesem Zusammenhang einen üblen Spion enttarnt, der seit längerer Zeit versucht hat, Falschinformationen innerhalb der Schwedischen Streitkräfte zu verbreiten. Darüber hinaus haben Sie ein außergewöhnliches Talent zur Lösung mathematischer Probleme bewiesen. Auch verfügen Sie über sehr gute Kenntnisse der deutschen, französischen und englischen

Sprache. Sie werden eine große Bereicherung für unsere Arbeitsgruppe sein.«

Zuletzt wandte er sich an Iris, die gerade ihre Teetasse abstellte.

»Und Sie, Iris Lepik, geboren in Tallin, Estland, mit schwedischen Wurzeln mütterlicherseits, Sie haben neulich eine Mathematikaufgabe gelöst, die viele für unlösbar gehalten haben. Sie sprechen fließend Russisch, Deutsch und Englisch und einigermaßen Französisch. Sie sind kurz nach Neujahr hier angekommen, und wie ich erfahren habe, machen Sie sich wie viele Ihrer Landsleute Sorgen, wieder zurückgeschickt zu werden. Diese Angst kann ich Ihnen nehmen: Sie und Ihre Söhne dürfen bleiben, und ich werde persönlich dafür sorgen, dass Sie die schwedische Staatsbürgerschaft erhalten sowie neue Pässe. Wir werden Ihnen eine Wohnung in der Nähe Ihres neuen Arbeitsplatzes zuteilen, so dass Sie das Wohnheim in Lidingö verlassen können. Ihre Söhne werden von einem Privatlehrer Sprachunterricht erhalten.«

Er schwieg und trank einen Schluck Tee.

»Sie drei besitzen Fähigkeiten, die wir dringend brauchen. Ihnen ist es gelungen, den ersten Teil der Prüfung fehlerfrei zu bestehen. Der zweite Teil enthielt gewisse Herausforderungen für Signe, was die Fremdsprachen betraf, aber damit hatten wir gerechnet. Ansonsten haben Sie auch da alles fehlerfrei gelöst. In unserer ersten Prüfungsrunde ist das nur einem einzigen Mann gelungen.«

Er klang selbst verblüfft, fuhr aber fort:

»Sie werden vor Gericht einen Eid ablegen müssen sowie diverse Dokumente unterschreiben. Natürlich zahlen wir Ihnen ein Gehalt, und ich werde dafür sorgen, dass Sie passende Kleidung erhalten, je nachdem, wie es der Dienst erfordert. Vorher müssen wir uns jedoch sicher sein, dass Sie die Aufgabe annehmen wollen, für die Sicherheit des Landes zu arbeiten – zu den genannten Bedingungen. Überlegen Sie es sich gut, bevor Sie sich entscheiden. Und jetzt muss ich mich leider entschuldigen, ich habe noch eine Verabredung mit dem deutschen Botschafter, die ich nicht verschieben konnte. Ich hoffe, es bestehen keine weiteren Unklarheiten. Die Details bezüglich des morgigen Tages können Sie mit Professor Svartström und meinem Sekretär besprechen.«

Der Oberbefehlshaber und der Staatsminister erhoben sich und reichten allen am Tisch die Hand, dann verließen sie den Raum. Das Schweigen, das darauf folgte, war ohrenbetäubend. Erst ein lautes Schluchzen Iris Lepiks beendete es. Ihr ganzer Körper wurde vom Weinen geschüttelt, und Signe legte schwesterlich den Arm um ihre Schulter.

»Ist gut, alles wird gut. Sie dürfen bleiben. Sie und die Jungen.«

Iris Lepik nickte, den Blick auf ihre Knie gerichtet. Nur ein leises Flüstern kam über ihre Lippen: »Und wir werden die schwedische Staatsbürgerschaft erhalten.«

* * *

Signe stand in der Küche, alles drehte sich. Sie musste die Zähne zusammenbeißen, um sich nicht auf den Boden zu erbrechen, doch nach einer Weile gelang es ihr, die Übelkeit zu unterdrücken. Ihr Kopf fühlte sich an, als müsse er zerspringen, und ihre Hände zitterten.

Ein vorsichtiges Räuspern ertönte.

»Geht es Ihnen nicht gut, Fräulein Signe?«

Mit Mühe und Not gelang es Signe zu antworten.

»Entschuldigen Sie, Herr Professor, ich habe nur ein wenig Kopfschmerzen. Machen Sie sich keine Sorgen wegen des Abendessens, ich verspreche Ihnen, dass es zur vereinbarten Zeit auf dem Tisch steht.«

Der Professor schüttelte den Kopf.

»Ich bin nur gekommen, um Ihnen zu sagen, dass ich mit dem Staatsminister auswärts essen werde. In ein paar Minuten werde ich abgeholt, und ich würde es vorziehen, allein runter zum Taxi zu gehen. Kann sein, dass ich das Frühstück lieber eine Stunde später einnehmen möchte als sonst, die Abende mit dem Staatsminister fordern meist ihren Tribut. Ich wünsche Ihnen einen schönen Abend, Fräulein Signe, und dann sehen wir uns morgen zum Frühstück.«

Ehe sie antworten konnte, war der Professor verschwunden, und kurz darauf hörte sie die Wohnungstür ins Schloss fallen. Signe ließ sich gegen die Arbeitsplatte sinken und lehnte die Stirn gegen den kalten Stein. Dann überkam die Übelkeit sie erneut, und sie schaffte es gerade noch, sich über den Ausguss zu beugen. Beschämt spülte sie mit Wasser nach und rieb das Becken mit Scheuerpulver blank. Gott sei Dank war der Professor schon draußen! Mit einem Glas Wasser schluckte sie das bittere Pulver und zwang sich, noch ein weiteres Glas Wasser zu trinken, bevor sie in ihre Kammer ging. Dort warf sie alle Kleider von sich. Obwohl es eine Anstrengung bedeutete, die den Schwindel verstärkte und den Schmerz noch schlimmer machte, öffnete sie das Fenster zum ruhigen Innenhof und spürte eine Welle der Erleichterung, als die kühle Abendluft die kleine Kammer füllte. Als sie endlich unter vielen Decken lag, mit einem Kopf, der immer noch rasend schmerzte, wurde sie die Bilder dieses Tages nicht sofort los. Dass sie, die kleine unbedeutende Signe Jansson, mit dem Staatsminister an einem Tisch gesessen und dreieckige Gurkenbrote gegessen hatte, erschien ihr immer noch unwirklich.

ELISABETH

Elisabeth blickte sich verstohlen um, ehe sie den Tabakladen betrat. Es wäre ärgerlich, wenn ihre Eltern sie beim Zigarettenkaufen erwischten. Sie wussten zwar bestimmt, dass sie ab und zu heimlich rauchte, aber nicht, dass sie es mitten in der Woche tat.

»Willkommen, Fräulein Rotkäppchen, wie geht's denn immer so?«, begrüßte sie der Mann hinter der Theke mit einem freundlichen Lächeln.

»Heute war mal ein etwas anderer Tag, aber mir geht es ausgezeichnet, danke. Und wie sieht es bei Ihnen aus, Gustavsson?«

»Ich finde es ein bisschen kühl, es zieht, wenn man hier so den ganzen Tag herumsteht. Ich hätte mir gewünscht, der Frühsommer wäre ein bisschen milder.«

»Oh ja, ich hatte auch gehofft, meine Nylonstrümpfe nicht unnötig verschleißen zu müssen, aber es ist einfach zu kalt, um mit nackten Beinen herumzulaufen.«

»Das Übliche, gnädiges Fräulein?«

Tabakhändler Gustavsson legte eine Schachtel Bridge auf den Tresen.

»Darf man so unverschämt sein, um eine zweite zu bitten? Ich schaffe es vor dem Wochenende nicht noch mal hierher.«

»Wenn das Fräulein Herrman um etwas bittet, kann kein Mann widerstehen. Streichhölzer?«

Elisabeth lächelte und zog ihr Portemonnaie heraus.

»Ja, bitte.«

Sie legte eine Einkronenmünze vor ihn hin.

»Sind es noch fünfzig Öre für eine Schachtel? Ich habe gehört, die Preise sollen steigen.«

Gustavsson gluckste.

»Daran laborieren sie jetzt schon so lange herum, dennoch ist bisher alles, wie gehabt. Für mich wird es knifflig, wenn sie erhöhen. Eine elende Plackerei, immer das passende Wechselgeld vorzuhalten. Nein, fünfzig Öre sind eine runde Summe.«

Elisabeth verstaute die Zigaretten in ihrer Handtasche und wandte sich zum Gehen.

»Na, ist das nicht Elisabeth?«

Elisabeth zuckte zusammen und sah den großen Mann fragend an, dann glitt ein Lächeln über ihr Gesicht.

»Dinty! Gott, ist das lange her!«

Charles »Dinty« Lagerman umarmte sie herzlich und hob sie dabei vom Boden hoch. Er war Arnes Mannschaftskamerad im Schießverein und einer der besten Freunde ihres Bruders. Vor ein paar Jahren war er nach England gezogen, um in Cambridge zu studieren.

Dinty ließ sie los.

»Und was machst du hier? Tabak kaufen für den Herrn Papa?«

Elisabeth verdrehte die Augen.

»Ich bin kein Baby mehr, ich darf rauchen, wenn mir danach ist.«

Dinty lachte und nickte Gustavsson zu.

»Eine Schachtel Chesterfield, bitte.«

Er warf eine Einkronenmünze auf den Tresen und winkte abwehrend, als Gustavsson ihm das Wechselgeld geben wollte.

»Danke, das stimmt so. Wie sieht's aus, Elisabeth, darf ich dich auf ein Glas einladen? Ich treffe mich morgen mit ein paar Freunden zum Essen im *Cecil*, hättest du Lust mitzukommen?«

»Bist du wahnsinnig? Da muss ich erst meine Eltern fragen.«

Dinty bot ihr den Arm.

»Dann gehen wir doch gleich hin und holen uns die Erlaubnis ein.«

Elisabeth lachte.

»Schön, mal jemanden zu finden, der keine Angst vor Papa hat. Auch wenn er gar nicht so gefährlich ist, wie man immer denkt.«

»Du hast den nettesten Vater, den eine Tochter sich wünschen kann.«

»Wann bist du nach Hause gekommen?«

»Gestern.«

»Hast du schon mit Arne gesprochen?«

Dinty schüttelte den Kopf.

»Ich bin heute spät aufgestanden und hatte gegen Mittag einen Termin in der Botschaft oben in Villastan. Du bist die Erste, die ich hier treffe. Vielleicht ist das ein Zeichen?«

Er zwinkerte ihr zu, und Elisabeth verdrehte die Augen.

»Wenn du weiter so rumblödelst, weiß ich nicht, ob ich Lust habe, mit dir auszugehen. Ich mag es nicht, wenn du dich so aufspielst.«

Dinty grinste und stieß sie in die Seite.

»Ach, hör auf, Betty, wir wissen doch beide, dass du mitkommst.«

Elisabeth schnaubte und streckte den Rücken durch, gleichzeitig überlegte sie, was ihre Eltern wohl davon halten würden, wenn sie mitten in der Woche ausging. Ihre Hoffnung war, dass ihre Liebe zu Dinty stärker war alles andere. Seit Arne in den Schießverein draußen in Djurgården eingetreten war, war Dinty wie ein weiteres Kind für sie. Seine eigenen Eltern lebten schon seit Langem in der Schweiz, und da er keine weiteren Verwandten hatte, wurde er oft zum sonntäglichen Familienessen der Herrmans eingeladen. Natürlich wusste Elisabeth, dass ihr Vater keine großen Stücke auf Dintys Eltern hielt, weil sie lieber auf irgendwelche Partys gingen, statt ihren Pflichten nachzukommen. Aber wenn man so viel Geld hatte wie Dintys Familie, gab es wahrscheinlich keinen Grund zu arbeiten, und noch viel weniger, Einladungen zu irgendwelchen Luxuspartys auszuschlagen.

Sie blieben stehen, um eine Straßenbahn vorbeizulassen, die in hohem Tempo heranfuhr. Elisabeth sah, dass die Kanten mit dicken weißen Streifen beklebt waren, damit man die Bahn auch während der Verdunkelung kommen sah.

»Arne wird sich übrigens verloben. Zumindest will er Gullan einen Antrag machen.«

»Das sind ja Neuigkeiten! Aber sie sind auch schon lange ein Paar, oder?«

»Seit fast fünf Jahren.«

»Dann schauen wir mal, was sie sagt, stell dir vor, sie lehnt ab.«

Elisabeth kicherte.

»Als ob! Sie wartet schon so lange darauf, dass er endlich fragt. Im Winter war sie schon so verzweifelt, dass sie drauf und dran war, ihn zu verlassen.«

»Aber du hast sie überredet zu warten?«

»Klar, das ist ja wohl meine wichtigste Aufgabe als künftige Schwägerin und Verbündete. Wobei es keiner besonderen Überredungskunst bedurfte, sie ist viel zu verliebt.«

Dinty grinste.

»Und er auch. So ist es schon immer gewesen.«

»Glaubst du, du wirst je so jemanden kennenlernen? In den du dich ganz wahnsinnig verliebst? So dass du gar nicht mehr schlafen kannst? Oder essen?«

Dinty nickte langsam.

»Ja, das glaube ich. Oder besser gesagt, ich weiß, dass es so kommen wird. Genau wie für dich.«

Er hielt sie zurück, damit sie nicht in einen Fahrradanhänger hineinlief, der mit Eierkartons beladen war.

Elisabeth blickte zu ihm auf. Sie hoffte, dass er recht behalten würde.

SIGNE

Signe erwachte von erbostem Gekeife vor ihrem Fenster und öffnete träge die Augen. Anscheinend zankten sich draußen zwei Krähen. Im Zimmer war es hell, laut dem Wecker halb fünf am Morgen. Vorsichtig setzte sie sich auf, einen unangenehmen Geschmack im Mund. Das Bittere des Kopfschmerzpulvers war noch nicht verflogen. Erleichtert stellte sie fest, dass immerhin die Schmerzen verschwunden waren und sie Appetit auf ein Frühstück hatte. Der Holzboden unter ihren Füßen war kühl, sie zog aus, was sie zur Nacht angehabt hatte. Am liebsten hätte sie ein Bad genommen, doch das musste noch warten, denn das Warmwasser war rationiert. Stattdessen legte sie sich den Morgenmantel um und schlich in die Küche, wo sie einen großen Topf Wasser aufsetzte. Sie wollte sich im Haus des Professors schließlich trotzdem frisch fühlen. Nach solch heftigen Anfällen war es immer, als würden Giftstoffe aus ihrem Körper gepresst. Während das Wasser warm wurde, schnitt sie sich eine dicke Scheibe Brot ab und bestrich sie mit Butter. Etwas Käse dazu musste genügen. Bald stieg Dampf aus dem Topf auf, und Signe trug ihn in ihre Kammer.

Zu Weihnachten hatte die Mutter ihr ein Stück herrlich duftender Seife geschenkt, und da sie keine andere hatte, gönnte sie sich an diesem Morgen den Luxus. Nachdem sie sich mit dem Waschlappen gereinigt hatte, fühlte sie sich wieder einigermaßen präsentabel und zog ihr Ersatzkleid an. Das andere legte sie in das Waschwasser und spülte es zusammen mit der Unterwäsche gut durch. Dabei nahm sie von der guten Seife so wenig wie möglich. Anschließend hängte sie ihr Kleid zum Trocknen auf einen Bügel am Fenster und öffnete die Vorhänge. Es sah aus, als würde es ein schöner Frühsommertag werden. Signe machte ihr Bett und räumte das Zimmer auf, bis alles wieder an seinem Platz war.

Noch immer schämte sie sich, dass sie vor dem Professor so unpässlich gewesen war, und hoffte, er hielt sie deshalb nicht für unzuverlässig. Wenn sie später einkaufen ging, wollte sie sich Nachschub von dem bitteren Pulver kaufen.

Mit ihrem störrischen Haar ließ sich nicht viel anfangen, aber sie klopfte sich die Wangen, um etwas Farbe zu bekommen. Sie dachte an die anderen Frauen gestern und wie weltgewandt und hübsch sie alle auf sie gewirkt hatten. Vor allem die beiden Frauen, mit denen sie jetzt anscheinend zusammenarbeiten sollte, die dunkle Iris mit ihren Söhnen und die große, rothaarige Elisabeth. Signe begriff nicht recht, wie sie bei allem, was jetzt kommen würde, mit ihnen mithalten sollte. Doch Elisabeth war ihr gegenüber sehr freundlich und herzlich gewesen, und auch wenn Iris einen etwas zugeknöpfteren Eindruck gemacht hatte, freute sich Signe doch schon darauf, sie in ein paar Stunden zu einer ersten Besprechung wiederzutreffen.

Die Küche war in helles Sonnenlicht getaucht, und Signe war froh, dass sie keine Kopfschmerzen mehr hatte, sonst wäre diese Helligkeit für sie kaum auszuhalten gewesen. Sie nahm den Kessel und stellte ihn auf den Herd. Bald breitete sich herrlicher Kaffeeduft aus. Brot war nicht mehr viel übrig, für heute hatte sie sich vorgenommen, neues zu backen. Ein paar Scheiben ließen sich jedoch noch aus dem Kanten gewinnen, die sie rasch bestrich und auf einem Teller anrichtete.

Gern hätte sie sich auch ein Ei gekocht, doch sie wusste, dass Eier in der Stadt harte Währung waren. Zu Hause auf dem Hof hatte sie nur ins Hühnerhaus gehen müssen. Auch hatte sie gehört, dass gekaufte Eier längst nicht so schmackhaft seien wie die von eigenen Hühnern. Sie lächelte, als sie an ihre Tante Märta auf Skäret dachte. Die Schwester ihrer Mutter war auf eine der Inseln vor Rödlöga gezogen. Dort hatte sie ein paar Dutzend Hühner gehalten, mit deren Eiern sie umherfuhr, um sie zu verkaufen. Früher war sie verheiratet gewesen, aber ihr Mann war an einer angeborenen Lungenkrankheit gestorben, noch ehe sie eigene Kinder bekommen hatten. Märta hatte sich auf keine neue Ehe einlassen wollen, obwohl es einige Bewerber gegeben hatte. Nachdem sie die Schule abgeschlossen hatten, hatten Signe und ihre Schwester Gotty jeden Sommer bei ihrer Tante verbracht, während ihr Bruder zu Hause auf dem Hof geblieben war. Die Schwestern hatten sie auf ihren kurzen Handelsreisen von einer Insel zur anderen begleitet und ihr beim Rudern geholfen. Signe, die nie Schwimmen gelernt hatte, war eine großartige Ruderin und wurde für ihre kräftigen Züge gelobt. Gotty dagegen hatte meist wegen der Blasen in ihren Handflächen gejammert.

Während der Sommer bei Märta konnten sie und ihre Schwester sich von dem ansonsten harten Leben auf dem Hof entspannen. Auch war es eine Befreiung gewesen, den recht strengen Eltern und ihrer ständigen Beobachtung zu entwischen. Doch nachdem Gotty Stig kennengelernt hatte, hatten die Besuche bei Märta aufgehört. Signe hatte ihre Tante in den letzten Jahren nur noch zu ein paar seltenen Gelegenheiten gesehen, und jedes Mal war Märta verschlossener gewesen. Inzwischen wurde behauptet, sie sei nicht ganz richtig im Kopf und kaum in der Lage, etwas Sinnvolles zu äußern, wenn sie einmal anderen Lebewesen begegnete als ihren Hühnern.

Signe stürzte ihren Kaffee hinunter und aß rasch die beiden Butterbrote. Sie hätte dreimal so viel essen können, wusste aber, dass sie sich zurückhalten musste. Sie konnte schließlich nicht die gesamten Vorräte des Professors aufbrauchen. Außerdem musste sie auf ihre Figur achten, die bei jedem kleinen Plätzchen, das sie sich gönnte, gleich aufzuquellen schien. Sie räumte ihr Geschirr weg und überlegte, was sie Erik im nächsten Brief schreiben sollte. Vom Staatsminister und all dem anderen Geheimen konnte sie ihm natürlich nichts erzählen, außerdem würden sie auf dem Hof glauben, sie sei ähnlich verrückt geworden wie Märta auf Skäret. Sie wusste ja leider, dass ihre Briefe nicht nur bei Erik landeten. Also beschloss sie, sich damit zu begnügen, von ihren täglichen Verrichtungen zu erzählen, von ihrem Plan, Brot und Kekse zu backen.

IRIS

»Mama, wach auf, ich muss aufs Klo.«

Jan stand trippelnd neben ihrem Bett.

Rasch zog Iris sich den Morgenmantel über und ging mit ihm auf den Flur. Er hatte viel zu viel von dem verdünnten Sirup getrunken, der ihnen gestern zum Abendbrot serviert worden war. Es war erst halb sieben, und sie spürte die Kühle des gefliesten Bodens unter den Füßen, während sie darauf wartete, dass Jan fertig wurde. Josef schlief noch, worüber sie sehr froh war, denn er hatte die ganze Nacht unruhig geträumt. Sie selbst hatte deshalb nur wenige Stunden geschlafen, die Ereignisse des Tages hatten sie einfach nicht zur Ruhe kommen lassen.

Als sie nach dem Test ins Lager zurückgekehrt waren, hatte man sie ins Büro bestellt und ihr mitgeteilt, dass sie und ihre Söhne am nächsten Morgen um acht, gleich nach dem Frühstück, von einem Taxi abgeholt werden würden. Bis dahin mussten sie gepackt haben und bereit sein, den Ort zu verlassen, an dem sie die letzten Monate verbracht hatten. Iris hatte befürchtet, der bevorstehende Umzug werde Josef verunsichern, doch er hatte die Nachricht vollkommen gleichmütig entgegengenommen. Sie hoffte, dass es so blieb, bis sie abgefahren waren. Nichts durfte verhindern, dass sie in Sicherheit kamen.

Bis sie ihre neuen schwedischen Pässe in Händen hielt, würde sie sich nicht entspannen können. Alles Mögliche konnte passieren, das hatte sie in diesem Jahr schmerzlich erfahren müssen. Wenn man glaubte, schlimmer könnte es nicht kommen, wurde man sofort eines Besseren belehrt.

Zurück in ihrem Zimmer flüsterte sie Jan zu, er solle noch einmal zu seinem Bruder ins Bett kriechen und versuchen zu schlafen. Sie selbst öffnete vorsichtig die oberste Kommodenschublade. Abgesehen von dem Koffer, den Kati ihr aufgedrängt hatte und der noch immer fest verschlossen war, hatten sie drei bescheidene Gepäckstücke für sich zur Verfügung gehabt, um ihr Hab und Gut zu verstauen. Mehr durften sie nicht mitnehmen, als sie vor Monaten aufgebrochen waren, denn es war eng auf dem Schiff. Ihren Ehering hatte sie noch und auch die Perlenohrringe, die ihre Mutter ihr zum achtzehnten Geburtstag geschenkt hatte. Sie streichelte den glatten Ring und versuchte, den Druck in ihrer Brust wegzuatmen. Dafür war jetzt kein Raum, ihre einzige Aufgabe bestand darin, dafür zu sorgen, dass die Kinder sich sicher fühlten.

Ihre Unterwäsche hatte sie nach jeder Benutzung gewaschen, sie fragte sich, wie lange sie wohl noch halten würde, so wie sie sie gerade verschliss. Dasselbe galt für die drei Garnituren Oberbekleidung, die sie für sich mitgenommen hatte. Das Beste, was sie in ihrem Schrank gehabt hatte, aber wie lange hielt eine Kostümjacke, wenn man sie täglich trug? Ihre Kleidung war nicht für den Alltagsgebrauch geeignet, auch wenn sie für den gestrigen Tag passend gewesen war.

Signe, die eher kleine Frau, die in Begleitung des Professors gekommen war, hatte sich in ihrer einfachen Kleidung sichtlich unwohl gefühlt, und Iris hätte sich gewünscht, ihr sagen zu können, dass sie dennoch gut aussah, auch wenn ihre Schuhe klobig waren und ihr Kleid zerschlissen. Doch in dem Moment hatte sie an nichts anderes denken können als an sich selbst. Sie würde bei einer anderen Gelegenheit versuchen, die Frau zu beruhigen, denn anscheinend würde sie nun eng mit Signe und der verwegenen Elisabeth zusammenarbeiten.

Iris zog die Koffer heraus und begann ihre wenigen Sachen ordentlich zu falten und einzupacken. Lange betrachtete sie das gerahmte Familienfoto, aufgenommen vor ein paar Jahren in Pärnu. Rudolf sonnengebräunt, mit strahlendem Lächeln und in weißem Hemd und Shorts. Die Jungen in ihren guten Sachen und sie selbst in dem rosa karierten Sommerkleid, das sie immer im Sommerhaus getragen hatte. Rudolf behauptete stets, es würde ihn glücklich machen. Iris konnte ein Schluchzen nicht unterdrücken und biss schnell in ihre Faust. Sie schloss die Augen und zwang sich, langsam zu atmen, ein und aus.

Als sie wieder aufblickte, sah sie, dass Josef sie beobachtete. Er blinzelte und setzte sich auf.

»Ziehen wir heute um?«

Iris nickte und legte die langen Hosen der Jungen in den Koffer.

»Nach dem Frühstück werden wir abgeholt.«

»Ich hab keinen Hunger. Ich habe überhaupt keinen Hunger mehr.«

»Ich weiß, mein Schatz, aber das gibt sich wieder. Du wirst schon wieder Appetit bekommen. Wenn du wieder draußen spielen und herumrennen und Fahrrad fahren kannst, wie zu Hause. Sobald es ein bisschen wärmer ist, können wir vielleicht mal baden gehen, wäre das nicht herrlich?«

»Mama, hast du gerade an Papa gedacht?«

Iris zuckte zusammen. Ihr Sohn hatte es schon immer vermocht, sie auf einen Blick zu durchschauen. Sie nickte.

»Ja, Josef, das habe ich.«

»Vermisst du ihn?«

Wie sollte sie sich Josef gegenüber ausdrücken? Es war sinnlos, ihren klugen Sohn anzulügen, dennoch wollte sie ihn schonen, so gut sie konnte. Er hatte mit seiner eigenen Trauer genug zu tun. Und so setzte sie sich neben ihn auf das schmale Bett und nahm seine Hand.

»Ich werde dir genau sagen, woran ich gerade gedacht habe: Ich habe an den Tag gedacht, als Papa freihatte und wir alle zusammen waren und es so warm war.«

»Als wir einen Ausflug gemacht haben und Picknick dabeihatten?«

Iris lächelte.

»Ja. Ich hatte mir den Wecker extra zeitig gestellt, obwohl es Sonntag war. Papa war ein bisschen sauer, weil er so früh aufstehen musste, bis er in die Küche kam und sah, was wir vorbereitet hatten.«

Josef blickte vor sich hin.

»Er hat sich riesig gefreut. Und er hatte seinen Bademantel an.«

»Den gestreiften. Weißt du noch, was wir alles eingepackt hatten?«

»Pfannekuchen, und für Papa Brot mit Leberpastete. Kaffee. Saft für Jan. Und …«

Josef überlegte fieberhaft.

»Und Biskuitrolle mit Blaubeerfüllung. Mit extra Sahne im Glas.«

»Und weißt du noch, was wir gefeiert haben? Papas und meinen Hochzeitstag. Klar, dass es da Kuchen geben musste.«

»Papa hat ganz schön geschwitzt beim Rudern.«

»Oh ja. Ihm war so heiß, dass er das Hemd ausziehen musste. Und dann kamen wir auf diese Insel, wo man baden konnte. Sogar ich bin ins Wasser gegangen.«

Sie strich Josef übers Haar.

»Und dann sind wir alle vier auf den Felsen eingeschlafen. Papa schnarchte, wie immer.«

»Warum durfte Papa nicht mit uns kommen?«

Iris schluckte.

»Weil er Estland nicht verlassen konnte.«

»Warum nicht? Wollte er nicht mit uns zusammen sein?«

»Doch! Nichts wäre ihm lieber als das. Er konnte nicht weg. Wenn du größer bist, erkläre ich es dir. Aber ich sehne mich so sehr zurück nach allem. Nach unserem Haus. Nach den Sommern in Pärnu. Und nach Papa, ich sehne mich ganz schrecklich nach Papa.«

Josef runzelte die Stirn.

»Aber du darfst dich nicht nach ihm sehnen, das hast du im Boot gesagt, als wir hierher gefahren sind. Dass wir erst hier alles regeln müssen.«

Iris schluckte und streichelte Josefs Hand.

»Ich weiß, aber man kann sich auch heimlich sehnen.«

Sie zog Josef an sich, und er ließ sich widerstrebend umarmen. Nach einer Weile merkte sie, dass er sich entspannte. Sie flüsterte in sein weiches Haar:

»Es ist nicht gefährlich, an Papa zu denken, das dürfen wir ruhig. Denk nur dran, wie lieb wir ihn haben.«

Josef antwortete nicht, aber sie war sich sicher, dass er ihr zuhörte.

Sie wusste nicht, wie lange sie so dagesessen hatten, schweigend und einander ganz nah. Sie sah die letzten Bilder von Rudolf vor sich, wie sie ihn im Haus zurückgelassen hatten. Er wollte sie nicht loslassen, und sie hatte geflüstert, dass sie sich beeilen müsse, er werde bald nachkommen. Jetzt wünschte sie sich, sie wäre ein bisschen länger geblieben, hätte ihn ein paar Sekunden länger umarmt. Katis Worte, als sie an Bord des Schiffes gingen, hatten sie ein wenig beruhigt.

»Mach dir keine Sorgen um Rudolf, ich verspreche dir,

dass er in Sicherheit kommt. Pass du auf die Jungs auf, dann kümmere ich mich um ihn.«

Iris lächelte bei der Erinnerung an ihre Schwester, trotz allem, was zwischen ihnen stand. Und Rudolf war erfinderisch. Wenn jemand es schaffte zurechtzukommen, dann ein Kämpfer wie er.

Josefs Atemzüge wurden langsamer, er war eingeschlafen. Vorsichtig bettete sie ihn auf das Kissen und zog die Decke hoch. Es tat den Jungen sicherlich gut, noch ein bisschen zu schlafen, es würde für sie alle ein langer Tag.

SIGNE

Signe nahm das Geschirrtuch von den Brotlaiben und schob das Backblech zur Spüle. Es duftete köstlich nach frisch gebackenem Brot, und sie hoffte, dass es dem Professor schmecken würde. Der Teekessel pfiff, und sie drehte die Gasflamme herunter. Das blau gemusterte Geschirr stand bereits auf dem Tablett, und in zwei Minuten waren die Eier fertig. Svartström mochte sie am liebsten weich gekocht, das Eiweiß durfte nur ein bisschen gestockt sein. Signe selbst mochte lieber hart gekochte Eier, sie waren auch viel einfacher zuzubereiten. Sie goss Sahne in das Kännchen und faltete dann die Stoffserviette mit dem Svartström'schen Monogramm zusammen.

Mit dem Tablett in beiden Händen ging sie ins Esszimmer.

»Guten Morgen, Herr Professor!«

»Guten Morgen, Fräulein Signe, ich kann Ihnen gar nicht sagen, wie sehr ich mich auf das Frühstück freue. Der Abend gestern war lang und anstrengend.«

Signe musste sich auf die Zunge beißen, um keine weiteren Fragen zu stellen; es ging sie nichts an, ob es ein erfolgreiches Essen gewesen war oder nicht. Stattdessen stellte sie auf den Tisch, was auf dem Tablett war. Svartström klopfte mit dem Löffel an eins der Eier.

»Ich habe im Radio gehört, die Sonne soll heute scheinen. Auch wenn das Büro nur ein paar Straßenzüge entfernt ist, ist es angenehm, dass das Schmuddelwetter endlich nachgelassen hat.«

»Sagen Sie mir nur die Adresse, dann sorge ich dafür, dass wir hinkommen.«

Svartström lächelte.

»Ich bin den Weg so oft zu Fuß gegangen, dass ich ihn auswendig kenne, trotz meiner Behinderung. Aber für Sie wäre es sicherlich gut, wenn Sie die Straßennamen hier rundherum lernen. Es wird also eine kleine Geographiestunde für Sie, Fräulein Signe, wenn wir nachher dorthin gehen. Bitte entschuldigen Sie, dass ich es als selbstverständlich angenommen habe, dass Sie sich hier ebenso gut auskennen wie ich.«

Signe räusperte sich.

»Ich war erst dreimal in Stockholm, sehen Sie mir meine unzureichenden Ortskenntnisse deshalb bitte nach. Aber zusammen werden wir es schon schaffen.«

Signe öffnete die Haustür, und Professor Svartström blinzelte in das helle Sonnenlicht.

»Es ist seltsam, nichts zu sehen und dennoch die Sonne zu spüren. Sagen Sie mir, Signe, ist es ein schöner Tag?«

»Ja, es ist wirklich sehr schön heute. Hoffen wir, dass es bald wärmer und dieser Sommer besser wird als der letzte. Da waren es zu Mittsommer acht Grad, und es regnete in Strömen.«

»Tatsächlich? Daran erinnere ich mich gar nicht, wahrscheinlich habe ich gearbeitet.«

Sie gingen eine Weile schweigend. Plötzlich blieb der Professor stehen und wandte sich Signe zu.

»Wenn wir jetzt zusammenarbeiten, sollen Sie lieber wissen, dass sich mein Leben in den letzten Jahren sehr verändert hat.«

Signe wunderte sich über den vertraulichen Tonfall, wagte aber dennoch zu fragen.

»Seit wann?«

»Seit meine Frau mich verlassen hat. Es ist keineswegs meine Absicht, Sie mit meinen Privatangelegenheiten zu belasten, aber ich konnte von dem Zeitpunkt an einfach nicht mehr so leben wie zuvor.«

»Verzeihen Sie meine Aufdringlichkeit, aber ich wusste nicht, dass Sie Witwer sind, Herr Professor.«

Svartström schnaubte.

»Witwer? Nein, Fräulein Signe. Meine Frau hat mich wegen eines anderen verlassen.«

Signe spürte, wie sie errötete. Sie räusperte sich.

»Ich bitte tausendmal um Entschuldigung, ich wollte wirklich nicht …«

»Ich habe das Thema selbst angeschnitten, und es ist auch kein Geheimnis. Sie hat mich vor knapp fünf Jahren sitzenlassen, ein paar Jahre nachdem ich erblindet bin.«

Er zuckte die Achseln.

»Natürlich war ich danach eine Weile traurig. Aber um ehrlich zu sein, war es die Gesellschaft an sich, die ich vermisste, nicht unbedingt sie. Meine Frau Vivian war viele Jahre jünger als ich und wahnsinnig schön.«

Er brummte und fuhr dann fort.

»Sie hatte einen gewissen Erfolg als Schauspielerin und kam aus einer reichen Familie. Sie liebte es, bei Festen im Mittelpunkt zu stehen, und lebte für solche Veranstaltungen. Wir waren ganz einfach nicht füreinander geschaffen. Als ich dann auch noch meine Sehkraft verlor, wurde es immer schwieriger zwischen uns.«

»Wie lebt sie heute?«

»Es heißt, sie ist unglücklich verheiratet mit einem Kapitän der Luftwaffe und hat zwei kleine Kinder. Er ist meist dienstlich unterwegs, und sie führt nach wie vor ihre gesellschaftlichen Kreuzzüge, mit allem, was dazugehört. Doch das sind nur Gerüchte, die mich ab und zu erreichen.«

Signe blickte sich sorgfältig um, bevor sie den Narvavägen überquerten. Die Autos sausten so furchtbar schnell an ihnen vorbei. Der Karlaplan war ein kreisrunder Platz, umgeben von schönen Gebäuden und mit einem beeindruckenden Springbrunnen in der Mitte. Svartström sagte, sie müssten links abbiegen, und bald schon standen sie vor einem braunen Haus.

Signe beschrieb es, und Svartström nickte.

»Das ist es. Karlaplan 4. Wir müssen ins Hinterhaus.«

Das Gebäude stammte vom Ende des letzten Jahrhunderts. An vielen Stellen löste sich der Putz, und die Tür knarrte, als Signe sich dagegenstemmte. Vor Nervosität klopfte ihr das Herz bis zum Halse.

IRIS

Das Taxi hielt vor einem braunen Gebäude, und der Chauffeur drehte sich lächelnd zu den Passagieren auf der Rückbank um.

»Wir sind da.«

Josef und Jan blickten ihre Mutter ängstlich an, die beruhigend nickte.

»Hier werden wir jetzt also viel Zeit verbringen. Oder ich zumindest, während ihr in der Schule seid. Hier werde ich arbeiten.«

Jan schüttelte den Kopf.

»Aber die Schule beginnt doch erst im Herbst.«

»Stimmt. Aber bis dahin wird eine Frau herkommen, die euch Schwedisch beibringt. Und ihr versprecht mir bitte, lieb und artig zu sein.«

Josef und Jan nickten ernst. Iris öffnete die Tür und küsste beide auf die Stirn.

»Ihr erinnert euch aber bestimmt noch daran, was ich euch gestern versprochen habe, oder? Dass ich euch Bonbons kaufen würde, wenn ihr bei der Prüfung schön brav wärt? Es gibt hier eine Bonbonfabrik, ein Stück die Straße hinunter. Da gehen wir jetzt erst einmal hin.«

Die Jungen liefen los Richtung Styrmansgatan/Linnégatan, wo, wie Professor Svartström Iris so freundlich erklärt hatte, ein feiner Süßwarenladen lag. Iris war aufgefallen, wie Signe mit großen Augen gelauscht hatte, als er all die guten Leckereien beschrieben hatte, die man dort bekam, und Iris hoffte, sie würde noch genügend Geld übrig haben, um zusätzlich etwas für die anderen zu kaufen.

Das Emailleschild trug die verschnörkelte Aufschrift »Augusta Janssons Konfekt«. Im Schaufenster prangten farbenfrohe Süßigkeiten, und Iris schossen die Tränen in die Augen, als sie sah, wie ehrfürchtig ihre Söhne dieses Paradies bestaunten.

»Kommt, lasst uns reingehen. Wir dürfen die anderen nicht zu lange warten lassen.«

Jan stolperte über die Schwelle, und Josef warf ihm einen verärgerten Blick zu, half ihm aber wieder auf. Der schwarz-weiße Fliesenboden erinnerte Iris an die Lakritzstangen, die Karl-Fredrik im Sommer immer zum Kaffee angeboten hatte.

Sie schluckte ein paarmal, denn sie konnte das Bild des explodierenden Bootes einfach nicht vergessen. Jan drehte sich zu ihr um, und sie zwang sich zu einem Lächeln.

»Guten Tag, was darf es sein?«, fragte die Verkäuferin und lächelte freundlich. »Darf ich den beiden jungen Herren vielleicht erst mal ein Karamellbonbon anbieten? Unsere Spezialität. Aber passt auf eure Zähne auf, die sind richtig zäh!«

Josef und Jan verbeugten sich und nahmen die Köstlichkeit entgegen. Die Verkäuferin wandte sich Iris zu.

»Was kann ich der Dame denn Schönes anbieten? Vielleicht eine Marmelade für den werten Gatten, oder eine Kokoskugel? Die sind ganz phantastisch! Außerdem hätten wir noch frisch gebackene Husarenmützen, also Marzipankugeln, die wir in Karamellteig getaucht haben. Was immer Sie sich wünschen, wir haben es. Und wie meine Schwester Augusta immer gesagt hat: ›Konfekt muss auf einem Silbertablett liegen und wie Schmetterlinge aussehen.‹«

Die beiden Jungen betrachteten die gesprächige Verkäuferin mit großen Augen; wahrscheinlich hatten sie nicht allzu viel verstanden.

Iris rechnete schnell aus, dass sie wahrscheinlich mehr ausgeben würde, als geplant, doch sie redete sich ein, dass es eine Ausnahme zum Start in ihr neues Leben in Schweden sei. Nach allem, was hinter ihnen lag, hatten die Jungen es mehr als verdient, ein bisschen verwöhnt zu werden.

Sie strich Jan über das Haar.

»Heute dürft ihr euch für fünfzig Öre kaufen, was ihr wollt. Fünfundzwanzig Öre für jeden.«

Josef schnappte nach Luft, und Jan sah ihn nervös an. Iris lachte.

»Ihr braucht nicht so erschrocken dreinzuschauen. Allerdings müsst ihr euch selbst ausrechnen, was ihr euch kaufen könnt. Ihr wisst doch noch, was ich euch zum schwedischen Geld erklärt habe? Und ihr müsst mir versprechen, nicht alles auf einmal aufzuessen. Sonst wird euch nämlich schlecht.«

Die Jungen nickten, und Josef begann sofort, die Stückpreise der einzelnen Köstlichkeiten vor sich hin zu murmeln, die auf den Gläsern standen. Jans Zunge lugte aus dem Mundwinkel, wie immer, wenn er sich konzentrierte, und im Unterschied zu Josef musste er beim Rechnen die Finger zu Hilfe nehmen. Leise berieten sie miteinander, welche Sorten sie nehmen sollten. Iris schaute sich ebenfalls in dem Laden um und überlegte, ob sie sich eine Kokoskugel gönnen sollte, doch sie wollte nicht die letzten Kronen vergeuden, die sie noch zur Verfügung hatte. Sie würden jede einzelne Öre brauchen. Allerdings wollte sie ihren neuen Kolleginnen gerne etwas Besonderes mitbringen, und so bat sie um eine Spitztüte Rumkugeln mit bunten Streuseln.

Die Verkäuferin wartete geduldig, während die Jungen auf die verschiedenen Gläser zeigten, und füllte jedem seine Tüte. Als die komplizierte Prozedur beendet war, bezahlte Iris eine Krone, und die Kinder bekamen ihre Süßigkeiten. Die Verkäuferin strich sich die Schürze glatt und rückte das Glas mit den Gelée-Himbeeren zurecht.

»Sie haben zwei nette kleine Jungs.«

Iris lächelte und schob die beiden vor sich her zur Tür, damit der nächste Kunde sich bedienen lassen konnte. Draußen nahm sie ihre Söhne an die Hand und ging mit ihnen Richtung Büro.

SIGNE

Signe nickte Elisabeth Herrman und Iris Lepik zu, als sie den bibliothekähnlichen Raum betraten. Sie hatte eben Professor Svartström zu seinem Schreibtisch geführt, und er räusperte sich und ergriff nun das Wort.

»Ich gehe davon aus, dass Sie sich bereits gestern miteinander bekanntgemacht haben. Wie Sie wissen, unterliegt dieser Auftrag allerhöchster Geheimhaltung. Nichts, was in diesem Gebäude gesagt oder getan wird, darf an die Öffentlichkeit gelangen. Sie werden mehrere Dokumente unterschreiben müssen, in denen Sie schwören, Schweden und diesem ihrem Auftrag zu dienen. Ich arbeite schon seit Beginn des Krieges für den Oberbefehlshaber, und es ist von allergrößter Wichtigkeit, dass Sie mir dabei helfen, die uns gestellte Aufgabe zu lösen.«

Elisabeth Herrman hob die Hand.

»Entschuldigen Sie, wenn ich eine dumme Frage stelle, aber können Sie genau erklären, was Ihre Aufgabe ist?«

Svartström hob die Hände.

»Wie Sie inzwischen wissen, bin ich eigentlich Mathematikprofessor an der Universität Uppsala, die mich für unbestimmte Zeit freigestellt hat. Ich habe auf eigene Faust die Regierung kontaktiert, weil ich wusste, dass sie mein Wissen benötigen würde. Seit Oktober arbeite ich zusammen mit Kollegen von der Universität daran, Nachrichten zu decodieren, die von russischem Gebiet aus verschickt werden. Dies gelang uns bereits im November. Der Krieg ging weiter, Deutschland okkupierte Dänemark sowie Norwegen und wollte nun das Kabel entlang der schwedischen Westküste nutzen, das sich von Kopenhagen über Westschweden bis nach Oslo hinauf erstreckt, um so mit seinen Freunden in Norwegen in Verbindung bleiben zu können. Unser Oberbefehlshaber fand das sehr praktisch, denn so konnten wir uns einen umfassenden Einblick in die Kommunikation der Deutschen verschaffen. Das Westküstenkabel wird von den Deutschen derzeit fleißig genutzt. Allerdings schicken sie natürlich keine Klarnachrichten, sondern ausschließlich verschlüsselte Botschaften. Kürzlich wurde klar, dass sie sich dabei wahrscheinlich einer ganz neuen und extrem ausgefeilten Chiffriermaschine bedienen. Laut unseren Quellen wird sie als G-Schreiber bezeichnet, was sich von dem deutschen Wort *Geheimfernschreiber* ableitet. Meine Aufgabe ist es, zusammen mit dem Militärstab und mit Ihnen diese Maschine zu knacken.«

Das Schweigen im Raum war mit Händen zu greifen. Dann räusperte sich Iris Lepik.

»Entschuldigen Sie, Herr Professor, darf ich eine Frage stellen?«

»Gerne, Frau Lepik.«

»Können wir uns so eine Nachricht einmal anschauen?«

Der Professor nickte zum Obergeschoss hin.

»Wir haben alle Telegramme gesammelt, die seit Anfang Juni verschickt worden sind. Der Oberbefehlshaber und ich haben beschlossen, dass wir versuchen, uns von diesem Zeitpunkt an einen Überblick zu verschaffen. Vor allem aber ist es natürlich von größter Bedeutung, dass wir diejenigen Nachrichten analysieren, die ganz aktuell hereinkommen. Wir haben also viel zu tun.«

Elisabeth Herrman schlug die Beine übereinander.

»Wonach genau sollen wir denn suchen? Und wie sollen wir es anstellen?«

»Das wissen wir noch nicht. Wir werden mit Wörtern beginnen, die gehäuft vorkommen, die immer wieder auftauchen. Und schauen, in welcher Reihenfolge das geschieht. Hier sind vor allem Ihre Deutschkenntnisse gefragt. Es kann sich aber durchaus auch um Zahlenfolgen handeln. Jede Form von Wiederholung, die Ihnen auffällt, kann uns helfen, den Code zu entschlüsseln. Wenn Signe so freundlich ist, mir zu helfen, können wir gerne nach oben gehen, wo wir alles Material gesammelt haben.«

Sie durchquerten zwei Salons, die Signe so groß vorkamen wie der gesamte elterliche Hof. In den Ecken thronten Kachelöfen, und alte, verblichene Tapeten hatten sich an vielen Stellen von der Wand gelöst. Dennoch war erkennbar, dass es sich einmal um ein schönes und wohlhabendes Zuhause gehandelt hatte. Sie gingen eine Treppe hinauf, deren Stufen ausgetreten waren. Svartström hatte ihnen erklärt, sie seien in einem Abrisshaus untergebracht, das dem Erdboden gleich gemacht werde, sobald der

Krieg zu Ende sei. Derzeit fehlten die Mittel dazu. Die Streitkräfte hatten Zugang zu dem Gebäude bekommen, weil das Fernmeldewesen ganz in der Nähe lag und auf dem Dach bereits Sender und Antennen montiert waren. Weiterhin erfuhren die drei Frauen, dass in einer zugigen Dachkammer oben im Haus zwei Männer saßen, die schichtweise arbeiteten, um alle gesendeten Signale einzufangen. Bald würden sie zwei weitere Männer als Verstärkung bekommen.

In der oberen Etage angekommen gelangten sie in einen Raum, in dem sich vom Boden bis zur Decke Kartons übereinanderstapelten.

Elisabeth schnappte nach Luft.

»Das sollen wir alles durcharbeiten?«

Svartström hob die Hände.

»Wenn ich es richtig verstanden habe, geht es um höchstens vierzig Kartons. Alle Telegramme sind mit Zeitpunkt und Datum versehen, aber um sicherzugehen, dass wir nichts übersehen, würde ich Sie trotzdem bitten, alle noch mal zu überprüfen. Anschließend müssen wir die Nachrichten auseinanderschneiden und sie auf die großen Papierbögen aufkleben, die auf unserer Etage liegen. So bekommen wir einen Überblick und können sie besser ordnen. Außerdem haben wir noch Informationen, mit denen unsere Informanten uns versorgt haben, mit denen ich mich nachher noch treffen werde. Mithilfe einer Einheit auf der Sibyllegatan können wir eine leise Ahnung davon bekommen, in welcher Richtung wir weitersuchen müssen. Allerdings können dies natürlich auch Informationen sein, die bewusst in die Welt gesetzt wurden, um uns irrezuleiten. In Kriegszeiten wie diesen können wir es uns nicht erlauben, denen, die behaupten, für uns zu arbeiten, uneingeschränkt zu glauben. Das, meine Damen, betrifft übrigens alle, mit denen wir es zu tun haben. Sie dürfen niemals etwas unhinterfragt lassen, es kann sich sehr gut um eine Falle handeln. Habe ich mich klar genug ausgedrückt?«

Signe und die beiden anderen sahen sich an. Dann murmelten sie ein leises Ja.

»Dann legen wir am besten gleich los und tragen diese Kartons hinunter«, sagte Elisabeth. »Wie viel Zeit haben wir denn überhaupt? Wann müssen wir fertig sein?«

»Wir haben keine Ahnung, wie viel Zeit wir brauchen, um die Nachrichten der Deutschen zu dechiffrieren«, sagte Svartström. »Was wir aber mit Sicherheit wissen, ist, dass wir ihre Pläne so schnell wie möglich kennen müssen, möglichst bevor sie sie in die Tat umsetzen. Vermutlich entscheidet sich danach, ob wir in den Krieg hineingezogen werden oder nicht und wie wir unseren nordischen Nachbarn helfen beziehungsweise von ihnen lernen können. Uns vielleicht mit England oder Frankreich verbünden. Wie der Krieg ausgeht, kann davon abhängen. Also von uns. Entscheidend ist auch für uns, was mit den Alliierten geschieht. Wobei die Neutralität für uns weiterhin erste Priorität hat.«

Signe wurde beinahe schwindlig angesichts dieser Verantwortung, und sie überlegte, ob es tatsächlich klug gewesen war, den elterlichen Hof zu verlassen. Vielleicht hätte sie doch lieber Stig heiraten sollen. Obwohl sie wusste, wie müßig solche Gedanken waren, ließ sie sie sich immer wieder durch den Kopf gehen, um sich selbst von der erschreckenden Aufgabe abzulenken, die jetzt vor ihnen lag. Sie hatte Angst, dass ihr Platz eher für jemand anderen geeignet wäre, jemand Kompetenteren und Wichtigeren als Signe Jansson von Roslags-Kulla, die lediglich fünf Jahre die Volksschule besucht hatte. Wir war sie bloß hierhergekommen?

Es klopfte, und Professor Svartström öffnete die Tür. Zwei Männern traten ein, und Elisabeth Herrman flüsterte: »Was zum Teufel haben die denn hier zu suchen?«

»Wenn ich einen Augenblick um ihre Aufmerksamkeit bitten dürfte«, sagte Professor Svartström. »Das sind die Herren Leutnant Dahlén und Petrén. Sie sind ebenfalls Mitglieder dieser Arbeitsgruppe, und ich hoffe, dass sie ihre Erfahrungen vom Luftwaffenstab bei uns einbringen können. Im zivilen Leben haben sie beide als Ingenieure gearbeitet.«

Elisabeth erwiderte spitz: »Ja, Wiedersehen macht Freude, wir kennen uns bereits. Wie ist es denn dem Dritten im Bunde ergangen, dem Herrn Kapitän Heuler?«

Leutnant Dahlén verbeugte sich förmlich.

»Ich bitte vielmals um Entschuldigung für das, was beim Luftwaffenstab vorgefallen ist. Unser Kollege hat jahrelange Arbeit zunichtegemacht, und wir möchten unser Bestes tun, um diesen Schaden wiedergutzumachen.«

Professor Svartström räusperte sich.

»Mir war bewusst, dass Sie sich bereits kennen, Fräulein Herrman. Aber für Frau Lepik und Fräulein Jansson sind es wahrscheinlich neue Bekanntschaften.«

Svartström wandte sich den beiden Männern zu.

»Ich möchte betonen, dass hier drinnen die militärischen Dienstgrade keine Rolle spielen. Unsere Aufgabe ist es, vorbehaltlos zusammenzuarbeiten. Die Damen werden Ihnen also Anweisungen erteilen, was zu tun ist.«

Elisabeth fiel es schwer, ein triumphierendes Lächeln zu unterdrücken. Svartström schien bestrebt zu sein, jeglichen Dünkel von vornherein auszuschließen.

Die beiden Leutnants verbeugten sich und ließen sich mit keiner Miene anmerken, was sie davon hielten, ab jetzt drei Frauen als Vorgesetzte zu haben.

Svartström klatschte in die Hände.

»Dann fangen wir am besten gleich an, wir haben ja einiges vor. Meine Herren, Sie sorgen bitte dafür, dass die Damen die Unterstützung bekommen, die sie benötigen.«

Er nickte ihnen zu und verschwand dann in sein Arbeitszimmer.

Elisabeth wandte sich den Neuankömmlingen zu.

»Dann hoffe ich mal, Ihnen ist klar, dass es hier keinen Platz für Meinungen zu meiner Frisur oder meinem Erscheinungsbild im Allgemeinen gibt. Hier verlangen wir harte und loyale Arbeit, ohne Sperenzchen. Verstanden?«

Dahlén und Petrén nahmen ihre Uniformmützen ab.

»Wir bedauern, wie gesagt, was beim Luftwaffenstab vorgefallen ist, und ich hoffe, Sie glauben uns, dass es allein die Idee von Leutnant Heuler war, sich über Ihre Frisur zu beschweren. Wir baten ihn sogar, es zu unterlassen, und im Nachhinein scheint es uns sehr wahrscheinlich, dass er gemerkt hat, dass Sie ihm auf der Spur waren. Seine Absicht war wohl vor allem, Ihnen ein Bein zu stellen.«

Elisabeth hätte über diese Schmeicheleien am liebsten

gelacht, sagte stattdessen aber freundlich: »Meinetwegen. Aber hier wird so etwas nicht versucht, wir haben schließlich Probleme zu lösen, die anscheinend unmittelbar kriegsrelevant sind.«

»Selbstverständlich, Fräulein Herrman, bitte sagen Sie uns, wie wir behilflich sein können. Wo dürfen wir unsere Jacken aufhängen?«

SIGNE

Auf Svartströms Wunsch hin versammelten sie sich noch einmal im Arbeitszimmer. Eine verhärmte Frau in Uniform kam herein. Svartström stellte sie ihnen als Fräulein Andersson vor und verließ anschließend das Zimmer.

Sie sah sie barsch an.

»Ich bin als Verwaltungsfachangestellte für den technischen Ablauf und Personalfragen zuständig. Dieses Gebäude hier ist von jetzt an eine militärische Anlage mit höchsten Sicherheitsbestimmungen. Ich setze voraus, dass Sie die Regeln sehr ernst nehmen. Sie werden im Schichtbetrieb arbeiten, und wir erwarten, dass Sie pünktlich zu Arbeitsbeginn erscheinen. Wenn Sie für die Nachtschicht eingeteilt sind, haben Sie das Recht, sich in der Gastwirtschaft unten an der Ecke ein Butterbrotpaket abzuholen. Unter keinen Umständen dürfen Sie Fenster unbeobachtet geöffnet lassen. Im ersten Stock gibt es ein Badezimmer, die Wanne ist aber nicht für Ihren Gebrauch vorgesehen. Das Hausmeisterehepaar wohnt im Zimmer direkt nebenan und bittet darum, dass Sie nach zehn Uhr leise sind, wenn Sie die Treppe benutzen. Ihr Lohn wird Ihnen alle vierzehn Tage freitags um fünfzehn Uhr von mir ausbezahlt. Elisabeth Herrman erhält einhundertvierundneunzig Kronen im Monat. Iris Lepik zweihundertsechsundsiebzig plus eine bezahlte Wohnung im Haus von Nils Svartström. Das höhere Gehalt ergibt sich aus den Zulagen für die Kinder, um die der Professor ausdrücklich gebeten hat. Signe Janssons Lohn wird ebenfalls von uns übernommen, obwohl sie bei Professor Svartström angestellt ist, und ihr Gehalt liegt nach meinen Berechnungen bei fünfundzwanzig Kronen im Monat.«

Signe nickte. Mehr konnte sie nicht verlangen.

Elisabeth Herrman dagegen fuhr empört auf.

»Fünfundzwanzig Kronen? Was ist denn das für eine Halsabschneiderei?«

Fräulein Andersson starrte sie an.

»Mir gefällt Ihr Ton nicht, Fräulein Herrman. Signe Janssons Gehalt geht Sie überhaupt nichts an. Der geringere Betrag ist einfach der Tatsache geschuldet, dass sie hauptsächlich als Dienstmädchen von Professor Svartström arbeiten wird. Sie erhält in seinem Haushalt bereits Kost und Logis.«

Elisabeth trat einen Schritt vor.

»Selbst unser Dienstmädchen wurde besser bezahlt, als sie noch in der Mädchenkammer bei uns zu Hause wohnte. Und die hat weiß Gott nicht für die Sicherheit des Landes gearbeitet. Wenn ich es richtig verstehe, wird Signe dieselbe Arbeit tun wie wir. Ich kann das deshalb so nicht akzeptieren.«

Signe schüttelte den Kopf.

»Bitte, wir brauchen uns doch darüber nicht zu streiten. Ich bin wirklich dankbar für meine Arbeit und dass ich einen Platz zum Wohnen habe.«

Elisabeth verschränkte die Arme vor der Brust.

»Ich frage mich ja, was der Oberbefehlshaber und der Professor dazu sagen würden, dass eine der wichtigsten Personen für diesen Auftrag keine angemessene Bezahlung erhalten soll.«

»Wir beenden jetzt sofort diese Diskussion, und Sie, Fräulein Herrman, beruhigen sich erst mal. Es besteht keinerlei Grund zu irgendwelchen Aufwiegelungen.«

»Aufwiegelung? Das ist ein Hungerlohn! Wenn Sie Signes Gehalt nicht auf mindestens hundert Kronen erhöhen, gehe ich augenblicklich und komme nicht wieder.«

Fräulein Andersson riss die Augen auf.

»Das ist ja wohl das Letzte, was …«

»Ich habe persönlich keinen Grund, hier zu sein, allerdings werden Sie das dem Professor erklären müssen.«

Elisabeth Herrman wirkte in ihren langen Hosen und mit den hohen Absätzen womöglich noch größer, als sie ohnehin schon war. Plötzlich kritzelte Fräulein Andersson etwas in ihre Unterlagen und warf Signe einen wütenden Blick zu.

»Also gut, sagen wir fünfundneunzig Kronen, aber dann will ich nie wieder etwas von diesem Unsinn hören!«

Signe knickste. »Danke schön.«

Elisabeth schien immer noch nicht ganz zufrieden zu sein, war aber offenbar der Meinung, dass ihre Verhandlung einigermaßen geglückt war und dass sie es akzeptieren konnte, um fünf Kronen heruntergehandelt worden zu sein. Fräulein Andersson ging schnellen Schrittes hinaus und knallte die Tür hinter sich zu.

Elisabeth drehte sich zu Signe um.

»Es kann doch nicht angehen, dass sie Ihnen so viel weniger bezahlen wollen, wenn Sie genauso hart arbeiten wie wir und sich anschließend noch um den Professor kümmern müssen. Nein, das muss schon seine Ordnung haben.«

IRIS

Iris und die beiden Jungen blieben vor dem respekteinflößenden Eingang zu Professor Svartströms Haus stehen. Josef und Jan hielten noch immer ihre Süßigkeiten in der Hand und versteckten sich hinter ihrer Mutter. Iris zupfte ihre Jacke zurecht und holte tief Luft, dann öffnete sie die Tür. Im selben Augenblick kam Signe mit den Schlüsseln die Treppe herunter.

Iris schluckte und flüsterte ihren Söhnen zu: »Ihr wisst, wie dankbar wir für all das hier sein müssen, dass wir in Schweden bleiben dürfen und nicht mehr mit so vielen anderen zusammen in einem Lager zu wohnen brauchen. Jetzt kann jemand anderes unseren Platz dort einnehmen.«

Josef war erstaunlich ruhig und hielt die Hand seines kleinen Bruders ganz fest.

»Ja, Mama, das wissen wir. Stimmt's, Jan?«

Jan nickte mit zusammengepressten Lippen.

Signe winkte ihnen zu und lächelte strahlend.

»Was für ein Abenteuer! Ich war selber noch gar nicht in der Wohnung, aber der Professor hat mich gebeten, dafür zu sorgen, dass Sie alles haben, was Sie brauchen. Anscheinend hat hier früher das Hausmeisterehepaar gewohnt, aber die sind im Winter in Ruhestand gegangen und zu ihrer Tochter nach Enköping gezogen. Wir werden es Ihnen richtig gemütlich machen! Im Keller stehen noch jede Menge Möbel, falls etwas fehlen sollte.«

Iris wusste mit Signes Überschwänglichkeit nicht recht umzugehen und konzentrierte sich stattdessen auf die Schlüssel, die im Schloss umgedreht wurden. Sie legte eine Hand auf Josefs Schulter, um sich abzustützen. Er blickte zu ihr auf und schien wie üblich ihre Gedanken zu lesen. Vorsichtig streichelte er ihre Hand.

Signe stieß die Tür auf. Helles Licht strömte ihnen entgegen.

»Oh, hier ist es aber warm. Wie in einer Sauna! Da müssen wir erst einmal lüften. Aber wie schön, es gibt eine richtige kleine Küche! Und schauen Sie mal, hier haben wir sogar einen Kühlschrank.«

Signe lief hinein, und die anderen folgten ihr zögernd. Jan strich über die kühle Arbeitsplatte aus Marmor. Signe öffnete unterdessen die Tür zu der kleinen Kammer nebendran, die genauso aussah wie ihre eigene. Statt des schmalen Bettes stand jedoch ein Bettsofa an der Wand. Unter dem Fenster gab es ein Schreibpult mit Schreibwerkzeug und Papier, das zur sofortigen Benutzung einlud.

»Genau wie mein Zimmer! Hier wird es euch bestimmt gefallen, nicht wahr, ihr zwei?«

Jan und Josef ließen sich in die Kammer hineinziehen und sahen Signe zu, die ihnen den begehbaren Kleiderschrank vorführte. Anschließend schlug sie die Flügeltüren weit auf.

»Und schaut mal hier! Ein Wohnzimmer mit Kachelofen. Und ein Sofa, habt ihr das gesehen? Was für ein feiner Stoff!«

Signe strich über den gemusterten Bezug und klopfte auf das Polster, dass es nur so staubte. Sie lächelte.

»Ein Großputz kann gewiss nicht schaden, aber dann wird es richtig schön.«

Plötzlich konnte Iris nicht länger an sich halten und brach in Tränen aus. Alle drehten sich zu ihr um. Josef schlang seine Arme um sie, und Jan blickte ängstlich zu ihr auf. Sie zitterte am ganzen Körper.

Signe legte ebenfalls einen Arm um sie und zog sie vorsichtig an sich.

»Ist ja schon gut. Wir bekommen das so hin, dass Sie hier wohnen können. Es wird Ihnen bestimmt gefallen. Jetzt sieht es vielleicht noch ein bisschen ärmlich aus, aber ich helfe Ihnen, dass es richtig gemütlich wird. Machen Sie sich keine Sorgen.«

Iris schüttelte den Kopf. »Nein, es ist wundervoll, einfach nur wundervoll. Ich kann nur noch nicht glauben, dass wir jetzt hier wohnen dürfen.«

Sie wischte sich die Augen und wand sich aus Signes Arm.

Die nächste Stunde verbrachten sie damit, jeden Winkel der Zweizimmerwohnung im Erdgeschoss zu untersuchen. Iris konnte es noch immer nicht fassen. Dass sie und ihre Söhne von jetzt an wieder allein wohnen sollten, und dass sie einen Lohn in Aussicht hatte, mit dem sie in der Lage sein würde, für sie drei zu sorgen.

Signe entschuldigte sich und ging hinauf, um rechtzeitig das Abendessen für den Professor vorzubereiten.

»Bettwäsche finden Sie in einem der Schränke.«

Signe nickte ihr zu, und Iris ging zu den Schränken. Auch wenn es nichts an der Tatsache änderte, dass Rudolf nicht bei ihnen war und sie immer noch nicht wusste, was in ihrem Heimatland geschah, waren sie doch endlich in Sicherheit, zumindest für den Moment.

ELISABETH

Elisabeth betrachtete sich in dem goldgerahmten Spiegel und strich sich ein paar Strähnen aus dem Gesicht, die sich aus der aufwendigen Lockenfrisur gelöst hatten. Zwei Stunden hatte sie gebraucht, um sich die Haare zu machen. Sie hatte dunklen Lidschatten aufgelegt, den sie aus dem Badezimmerschrank ihrer Mutter entwendet hatte, und ihre Lippen leuchteten korallenrot. Den Lippenstift hatte Gullan ihr zum Geburtstag geschenkt, er war fast orange und passte ausgezeichnet zu ihrem kupferroten Haar. Das Abendkleid hatte sie bisher nur zu einer Gelegenheit getragen, und sein silbrig glänzender Stoff passte viel besser zum Sommer als zu dem Neujahrsabend, für den sie es sich ursprünglich gekauft hatte. Die Seidenschuhe, die sie in derselben Farbe gefärbt hatte, waren vom Schuster auf der Nybrogatan mit neuen Absätzen versehen worden. Im Schrank hatte sie die kleine Handtasche mit den perlmuttfarbenen Schneckenhäusern versteckt. Es war ein Geschenk von Henry Rose, mit dem sie letzten Herbst ein heimliches Verhältnis gehabt hatte, als er regelmäßig den Luftwaffenstab in Stockholm besuchte. Jetzt sahen sie sich nicht mehr, und sie war froh, ihren Eltern nie von ihm erzählt zu haben. Sicherlich hätten sie ohnehin missbilligt, dass er Engländer und noch dazu verlobt war. Doch die Tasche, die er ihr von einer seiner Reisen mitgebracht hatte, behielt sie gern als Andenken.

Elisabeth schlang sich die Pelzboa um die Schultern, die sie von ihrer Großmutter bekommen hatte, und schlich sich dann leise aus ihrem Zimmer. Die Schuhe mit den Absätzen trug sie in der Hand, um nicht unnötig Lärm zu machen. Im Flur rief sie, die Handtasche fest umklammert, in Richtung Wohnzimmer: »Tschüs, Mama, tschüs, Paps! Ich komme nicht zu spät wieder, versprochen.«

Ein Grummeln ihres Vaters, der mit seiner Pfeife im Lesesessel saß.

»Mach keine Dummheiten!«

»Auf keinen Fall.«

Ihre Mutter deckte gerade den Abendbrottisch. Elisabeth hörte das Geschirr klappern. Ohne eine Reaktion von ihr abzuwarten, verschwand sie durch die offene Wohnungstür. Plötzlich ertönte direkt hinter ihr eine Stimme.

»Hast wohl gedacht, du könntest einfach so abhauen?«

Arne musterte sie mit verschränkten Armen.

»Bist du jetzt mein Aufpasser? Ich habe es mit Papa abgesprochen, und …«

Arne lachte und stupste sie an.

»Beruhige dich, das weiß ich doch. Ich habe mich heute Mittag mit Dinty getroffen, und er meinte, ihr würdet heute Abend mit ein paar Leuten essen gehen. Typisch, dass es ausgerechnet an dem Abend sein muss, an dem Gullan mit ihren Eltern hierherkommt. Ich kann nicht verstehen, dass Papa dir erlaubt hat, ausgerechnet heute auszugehen.«

Elisabeth verdrehte die Augen und schlüpfte in ihre Schuhe.

»Wahrscheinlich fand er es ganz praktisch, mich an so einem wichtigen Abend nicht dabeizuhaben. Er weiß ja, dass ich eine tickende Zeitbombe bin. Gullans Eltern haben mich noch nie richtig gemocht.«

»Kein Wunder ... Du hast nicht zufällig versucht, ihre heiß geliebte Tochter zu diversen Faxen und Unsinn anzustiften?«

Elisabeth grinste und warf ihrem Bruder eine Kusshand zu, dann eilte sie zur Tür.

»Grüß Gullan von mir.«

Die Absätze klapperten, als Elisabeth die drei Stockwerke hinunterlief.

Draußen schien noch immer die Sonne, und auf der Birger Jarlsgatan donnerte der Verkehr vorüber, als wäre es die Hauptverkehrszeit um Mittag. Um den Svampen drängten sich förmlich die Straßenbahnen, und die vielen Radfahrer wirkten wie Ameisen in einem Ameisenhaufen. Elisabeth überquerte die Straße und bog in die Mäster Samuelsgatan ein. Ein paar Herren mit schicken Hüten hoben fröhlich die Augenbrauen, und sie lächelte zurück. Auf der Biblioteksgatan hatte sich vor dem Kino *Röda Kvarn* eine Schlange gebildet. Elisabeth wunderte sich ein wenig, dass es Leute gab, die bei dem schönen Wetter lieber im dunklen Kinosaal sitzen wollten, statt auszugehen. Wahrscheinlich hatten sie einfach nichts Besseres vor.

Etwas entfernt sah sie eine wohlbekannte Gestalt. Zwischen Daumen und Zeigefinger hielt Dinty eine Zigarette und rauchte ein paar schnelle Züge. Sie schlich sich von hinten an ihn heran und legte den Arm um seine schlanke Taille.

»Da haben wir dich ja«, rief Dinty. »Die flammende Prinzessin vom Stureplan. Höchste Zeit, dass mich jemand dabei unterstützt, die langweiligen alten Knacker da drinnen zu unterhalten. Wo warst du denn so lange?«

Elisabeth verzog das Gesicht.

»Ich musste all meine List anwenden, um mich aus dem Verlobungsessen mit Gullan und ihrer Familie herauszureden. Aber jetzt bin ich hier.«

»Und schöner als je zuvor! Wie machst du das nur, dass du mit den Jahren immer hübscher wirst? Du bist doch jetzt auch schon ganz schön betagt. Wie alt bist du noch mal, einundzwanzig? Darf man dich jetzt eine alte Schachtel nennen?«

Elisabeth schnaubte.

»Zur Strafe musst du mich auf ein Glas Champagner einladen.«

»Nur zu gern, aber ich kann dir nicht versprechen, dass es bei einem einzigen bleibt. Meine Hoffnung ist, dass du die Herren zum Reden bringst. Und zwar über alles.«

Er bot ihr seinen Arm, und gemeinsam betraten sie das Restaurant. Das *Cecil* war, falls möglich, während des Kriegs noch beliebter geworden, und es ging eine elektrisierende Energie von den vielen Menschen aus.

Voller Neugier wandten ihnen die übrigen Gäste die

Gesichter zu und betrachteten das hochgewachsene Paar. Ein paar Mädchen begannen zu tuscheln. Elisabeth war das nur recht, sollten die Leute doch reden, wenn sie wollten. Sie konnte sich schon denken, dass sie an der Seite des eleganten und weltgewandten Dinty eine beeindruckende Erscheinung war.

Zwei Männer um die dreißig nickten ihr zu und salutierten Dinty.

»Fräulein Elisabeth Herrman, Botschafter Stenström und Oberst Dolk.«

Elisabeth begrüßte sie mit ausgetreckter Hand und einem Lächeln. Dinty hatte wirklich nicht übertrieben, die beiden sahen stinklangweilig aus. Liebenswürdig wandte sie sich an Dinty.

»Dann hätte ich jetzt tatsächlich gerne einen Champagner.«

Ein Kellner trat an ihren Tisch und verbeugte sich höflich.

»Herzlich willkommen im *Cecil*. Darf ich Ihnen schon etwas zu trinken anbieten?«

Dinty wedelte mit der Hand.

»Eine Flasche Champagner, bitte.«

Die beiden Männer sahen ihn entsetzt an, und der Blonde schüttelte heftig den Kopf.

»Für mich bitte nicht, das ist doch ein Weibergetränk.«

Sein Freund nickte. Dinty musterte sie säuerlich und wandte sich dann wieder dem Kellner zu.

»Dann bitte noch etwas Männliches für die beiden Herren, das junge Fräulein und ich bleiben aber bei Champagner.«

Botschafter Stenström und Oberst Dolk bestellten jeweils einen Grog, und Dinty zwinkerte Elisabeth zu. Der Kellner verschwand, kehrte jedoch kurz darauf mit dem Bestellten zurück.

»Darf ich Sie gleich noch darauf hinweisen, dass die Speisekarte heute Abend sowohl frisch geschossenen Hasen als auch Wallenbergare, also Kalbfleischfrikadellen, bietet? Wer Kellermeister Julius Carlssons Wallenbergare noch nicht gegessen hat, sollte sie unbedingt probieren, sie sind absolut zu empfehlen.«

Dinty zog eine weitere Zigarette heraus und wedelte damit herum, während er gleichzeitig sein Feuerzeug suchte.

»Und dieser ›frisch geschossene Hase‹, sind das eventuell Kaninchen von Råstens Torp?«

Auf Råstens Torp außerhalb von Viksjö züchtete August Flyman Kaninchen, um die Fleischkarte des *Cecil* während der Lebensmittelrationierungen aufzufüllen.

Der Kellner verzog das Gesicht.

»Ich bin nicht befugt, darüber Auskunft zu geben, aber ich lege meine Hand für dieses Gericht ins Feuer. Es schmeckt phantastisch, und das ist ja wohl das Wichtigste.«

Dinty lachte und beugte sich vor.

»Für mich klingt das ausgezeichnet, solange es eine feine Sahnesauce und Beerengelee dazu gibt. Denn Sahne bekommen Sie doch weiterhin, trotz der Rationierungen? Und, was nimmst du, liebe Elisabeth?«

»Gern einen Wallenbergare. Oder haben Sie heute Abend auch Cœur de Filet?«

»Leider nicht, die Fleischlieferung ist ausgeblieben, weil sie im falschen Waggon gelandet ist. Das Fleisch kommt per Eisenbahn aus Norrland.«

Stenström und Dolk nahmen dasselbe wie Dinty und erhoben die Gläser. Elisabeth spürte, wie die Champagnerbläschen sie an der Nasenspitze kitzelten, als sie andächtig das Glas zum Mund führte. Es gab nicht viele Gelegenheiten, zu denen Champagner serviert wurde, wenn es aber dazu kam, schmeckte er ihr vorzüglich. Sie lächelte Dinty zu und genoss den perlenden Geschmack. Dann stellte sie ihr Glas ab und schüttelte ihr Haar, wie sie es immer tat, um ihre Locken wieder zu richten. Sie lächelte den beiden Männern zu und fragte: »Also, Herr Botschafter Stenström, in welchem Land sind Sie gerade stationiert?«

Der Blonde streckte sich und machte ein wichtiges Gesicht.

»Im Augenblick bin ich in Tallinn, Estland, aber nächste Woche geht es nach Berlin.«

»Wie nett. Und wie hat Ihnen Tallinn gefallen?«

»Ach danke, es war sehr lehrreich, aber jetzt freue ich mich schon sehr auf Deutschland, denn ich mag das Land. Meine Mutter ist Deutsche, und ich spreche die Sprache fließend. Können Sie Deutsch, Fräulein Herrman?«

Plötzlich lag ein unangenehmer Unterton in seiner Stimme. Elisabeth beeilte sich zu lächeln und kramte nach ihren Zigaretten.

»Nicht besonders gut, ich schlage mich mit meinem Schuldeutsch gerade so durch, bin aber im Allgemeinen nicht sonderlich sprachbegabt. Und Sie, Herr Oberst? Was arbeiten Sie?«

Oberst Dolk schielte zu Stenström hinüber.

»Ich bin Flugoberst mit einem Kommando an einem geheimen Ort an der Küste. Wir decken aber das gesamte Ostseegebiet ab.«

Elisabeth tat beeindruckt.

»Oh, das klingt aber spannend! Ein Flugoberst. Dann können Sie also richtige Flugzeuge fliegen? Und landen?«

Oberst Dolk beugte sich zu Elisabeth herüber.

»Ich könnte bestimmt dafür sorgen, dass das Fräulein mich mal auf einem Flug begleiten darf, wenn Sie das möchten.«

Elisabeth stieß einen kleinen Schrei aus.

»Dinty, hast du das gehört? Oberst Dolk könnte mich mit in die Luft nehmen!«

Oberst Dolk und Botschafter Stenström wechselten zufriedene Blicke. Es schien Elisabeth gelungen zu sein, die Egos der beiden Herren zu streicheln. Sie begannen sogleich von einer Menge phantastischer Abenteuer zu erzählen, bei denen sie angeblich dabei gewesen waren, und Orts- und Personennamen fielen so dicht wie die Bomben über Polen. Dinty sah Elisabeth von der Seite an, und ihre Knie berührten sich einvernehmlich unter dem Tisch. Jetzt hieß es, die beiden aufgeblasenen Typen einfach weiterschwafeln zu lassen und dabei zu lächeln und zu nicken.

Dinty nahm die Flasche aus dem Champagnerkühler und

füllte Elisabeths Glas regelmäßig nach, wie um sie für das etwas anstrengende Essen zu entschädigen. Sie wusste, dass er dankbar für ihre Gesellschaft war, und genoss die seine.

Botschafter Stenström räusperte sich und richtete sich auf.

»Und Sie, Fräulein Herrman, arbeiten Sie ebenfalls in der Landesverteidigung?«

Elisabeth nahm einen raschen Schluck und hob die Augenbrauen.

»Ja, wenn man ein paar Stunden Stenographie am Tag als Arbeit in der Landesverteidigung betrachten kann. Ich helfe dabei, die Militärberichte abzuschreiben. Nichts Interessantes, das kann ich Ihnen versichern. Ich arbeite für die Materialabteilung. Da geht es hauptsächlich um Wollsocken und Unterhemden für unsere Rekruten. Natürlich hatte ich gehofft, etwas näher am Kriegsgeschehen zu sein, aber so ist es ganz entspannt. Und ich kann viel zu Hause bei meinen Eltern sein.«

Dinty nickte.

»Fräulein Herrman ist die jüngere Schwester meines besten Freundes. Wir kennen uns schon aus Kindertagen, daher der vertrauliche Ton.«

Stenström und Dolk entdeckten plötzlich eine weitere Gesellschaft, die zur Tür hereinkam. Stenström erhob sich sofort und salutierte. Ein groß gewachsener Mann, sogar noch größer als Dinty, kam herüber und verbeugte sich.

»Oberst Dolk und Botschafter Stenström.«

Anschließend wendete er sich Elisabeth zu, und ihr stockte der Atem. Etwas an seinem Gesicht kam ihr bekannt vor. Sie beeilte sich zu lächeln und streckte die Hand aus, die er vorsichtig nahm und in der Luft küsste. Er war ein ganzes Stück größer als sie, trotz ihrer hohen Absätze. Sein schwarzbraunes, dichtes Haar bildete einen scharfen Kontrast zu seinen hellblauen Augen, die sie umso intensiver zu mustern schienen.

Stenström räusperte sich und stellte sie einander vor

»General Munch. Fräulein Herrman und Charles Lagerman.«

Dinty erhob sich und nickte dem General kurz zu.

»Ich habe viel von Ihren diversen Einsätzen gehört, es heißt, sie seien Schwedens Flieger-Ass. Elisabeth, das hier ist die schärfste Waffe, die wir im Lande haben. Er ist es, der uns vor dem Feind retten wird.«

General Munch verbeugte sich tief, ohne den Blick von Elisabeth zu wenden, die jetzt begriff, warum er ihr bekannt vorkam. Zu ein paar Gelegenheiten hatte sie ihn im Luftwaffenstab auf dem Flur vorbeieilen sehen, und jedes Mal war die gesamte weibliche Abteilung völlig in Auflösung gewesen. Er galt schon als Held, bevor der Krieg für sie überhaupt begonnen hatte. Und alle hatten gekichert und waren rot geworden, wenn sie Späße über seinen Namen machen. »Hoffen wir, er ist kein Mönch, das wäre doch wirklich Verschwendung.«

Elisabeth spürte, wie sie errötete und sah schnell zu Boden. Es kam nicht oft vor, dass sie sich genierte, jetzt aber konnte sie nichts dagegen tun. Dinty betrachtete sie amüsiert.

General Munch schlug die Hacken zusammen.

»Bitte entschuldigen Sie mich, meine Tischgesellschaft wartet. Auf Wiedersehen.«

Elisabeth atmete tief durch und blickte dem schlanken Mann hinterher, der zu einem Tisch eilte, wo eine Gesellschaft von vier Männern und zwei Frauen auf ihn wartete. Sie überlegte, ob eine davon wohl seine Frau war. Leider hatte sie einen goldenen Ring an seinem linken Ringfinger bemerkt.

Dinty füllte erneut ihr Glas und flüsterte: »Ganz dein Geschmack, oder?«

Elisabeth gab ihm einen Klaps auf den Arm.

Das Essen wurde aufgetragen, und die Herren Dolk und Stenström langten sofort zu. Elisabeth, die normalerweise mit Appetit aß, war plötzlich überhaupt nicht mehr nach einem mächtigen Fleischgericht. Sie bemühte sich, in dem guten Essen nicht nur herumzustochern, doch das Einzige, was sie sich gerade wünschte, war, sich eine Zigarette anzuzünden und sich weiter dem Champagner zu widmen. Dinty nickte zu ihrem Teller, wo sie das meiste an den Rand geschoben hatte, wie sie es als Kind getan hatte, wenn es zu Hause Leber gab.

Er grinste und zog ihren Teller zu sich herüber.

»Das Fräulein hat anscheinend den Appetit verloren. Mir soll's recht sein, ich esse gerne auf, was du nicht schaffst.«

Elisabeth holte ihr Feuerzeug heraus.

»Danke, Dinty, du bist ein echter Freund.«

Während er auch noch ihre Portion verputzte, versorgten Dolk und Stenström sich mit einem weiteren Drink. Allmählich wurden sie merklich betrunken. Elisabeth nahm an, dass sie bereits einiges intus gehabt hatten, bevor sie das Lokal betraten. Sie selbst lehnte das Dessert dankend ab, die Herren dagegen schienen an diesem Abend unersättlich und bestellten jeweils einen üppigen Nachtisch. Elisabeth nahm lediglich einen Kaffee und einen kleinen Likör. Dinty füllte noch einmal ihr Champagnerglas, wahrscheinlich hatte er eine neue Flasche bestellt, ohne dass sie es bemerkt hatte.

Plötzlich entschuldigte er sich und verschwand nach draußen, wo er sich allem Anschein nach mit jemandem vor dem Eingang unterhielt. Elisabeth überlegte, ob sie sich noch eine Zigarette anstecken oder Dolk und Stenström irgendetwas Belangloses über deren Arbeit fragen sollte, nur um die Zeit zu vertreiben. Da spürte sie eine Hand auf ihrer linken Schulter. General Munch verbeugte sich förmlich und sagte mit tiefer Stimme: »Darf ich Sie um einen Tanz bitten, Fräulein Herrman?«

Aus dem Augenwinkel sah Elisabeth Dinty wieder hereinkommen. Sie hängte ihre Pelzboa über die Stuhllehne, die Handtasche ließ sie auf dem Tisch liegen. Dann streckte sie die rechte Hand aus.

»Gerne.«

Carl Munch legte seinen Arm um ihre Taille und führte sie zur Treppe. Anschließend begaben sie sich auf die Tanzfläche, wo ein Orchester den allerneusten Hit spielte, die »Moonlight Serenade« der Glenn-Miller-Band. Sanft lenkte Carl Munch sie über die gut besuchte Tanzfläche, und sie musste sich Mühe geben, nicht einfach die Augen zu schließen und sich fallenzulassen. Munch roch himmlisch nach einem Rasierwasser, das sie nicht kannte. Selten traf sie Männer, die so viel größer waren als sie.

Munch beugte sich herab, kam ihrem Ohr mit den Lippen ganz nahe und sagte leise: »Es passiert mir nicht oft, dass mich eine Frau beeindruckt. Was ist so anders an Ihnen, Fräulein Herrman?«

Elisabeth öffnete den Mund, um etwas Witziges zu sagen, spürte aber, dass es falsch ankommen würde. Und so lächelte sie nur und schaute ihm in die Augen. Erst nach mehreren Sekunden blinzelte sie und ließ den Blick über die anderen Tanzpaare wandern.

»Glauben Sie, die sind glücklich? All die verheirateten Paare, die hierherkommen und mit anderen Partnern tanzen?«

Munch lächelte schief.

»Touché, Fräulein Herrman, Sie haben also meinen Ehering bemerkt?«

»Das ist nicht so schwierig, Sie tragen ihn ziemlich offensichtlich. Aber ich frage aufrichtig: Wie viele dieser tanzenden Paare sind Ihrer Meinung nach glücklich?«

»Vermutlich nur Sie und ich, und das liegt genau daran, dass wir nicht miteinander verheiratet sind.«

Elisabeth lachte auf.

»Vielleicht habe ich deshalb keinerlei Verlangen nach einem Leben als irgendjemandes Ehefrau.«

»Dabei würden Sie einen Mann unglaublich glücklich machen, indem Sie es würden.«

»Er wäre es bestimmt bald leid, mit meinem Überdruss konfrontiert zu werden. Denn wird man einander nicht allzu schnell überdrüssig? Oder des Alltags? Und dessen, was man zusammen machen muss, statt mit anderen tanzen zu gehen?«

»Wer sagt denn, dass sich das widerspricht?«

»Geht Ihre Frau oft mit anderen aus?«

Carl Munch lächelte.

»Für meinen Geschmack viel zu häufig. Ich würde mir wünschen, dass sie mehr Zeit mit den Kindern verbringt, statt ständig auszugehen und jede Party in der Stadt mitzunehmen, solange es dort nur alkoholische Getränke gibt.«

Elisabeth hob die Augenbraue.

»Ach so, eine Frau ihrer Zeit. Aber ich nehme an, dass Sie selbst auch nicht gerade verrückt danach sind, bei den Kindern zu Hause zu bleiben?«

»Nein, sehr viel Zeit bleibt dafür nicht übrig. Aber ich bin ja auch nicht ihre Mutter.«

Die Musik verstummte, und sie gingen schweigend zur Treppe, um wieder zur Restaurantebene zurückzukehren. Kurz vor dem Treppenabsatz blieb Munch abrupt stehen und zog sie an sich.

»Versprechen Sie mir, es mir eines Tages zu verraten?«

Elisabeth sah ihn an.

»Was denn?«, fragte sie.

»Ihr Geheimnis. Ich sehe, dass Sie eins haben, ich

komme nur nicht darauf, was es sein könnte. Aber ich bin ein eigensinniger Mann, und ich werde nicht aufgeben, bevor ich das Rätsel Fräulein Herrman geknackt habe.«

Elisabeth lachte und drehte sich zur Treppe.

»Da werde ich Sie wohl enttäuschen müssen, General Munch, ich kann schweigen wie ein Grab.«

Sie gingen die Treppe hinunter, und er begleitete sie zu ihrer neugierigen Tischgesellschaft, die treu auf sie gewartet hatte.

»Ich bedanke mich ganz herzlich und bin mir sicher, dass wir uns wiedersehen.«

General Munch verbeugte sich noch einmal formvollendet und ging an seinen Tisch zurück.

Dinty reichte Elisabeth das frisch gefüllte Glas.

»Ich nehme an, Fräulein Herrman ist beim Tanzen nicht gestolpert?«

Elisabeth lächelte und nahm einen vorsichtigen Schluck, ehe sie antwortete.

»Nicht ein einziges Mal.«

Dann schaute sie rasch weg, damit Dinty nicht bemerkte, wie sehr die Begegnung mit Munch sie beeindruckt hatte.

Der Abend verging, ohne dass noch irgendetwas passierte, außer dass Dinty die Rechnung übernahm. Stenström und Dolk beeilten sich, um die letzte Straßenbahn zu bekommen. Draußen auf der Straße hakte Elisabeth sich bei Dinty unter.

»Also, woher kennst du ihn?«

»Munch? Ich kenne ihn eigentlich nicht wirklich. Wir haben uns zu verschiedenen Gelegenheiten getroffen und sind einander vorgestellt worden, viel mehr aber auch nicht. In den letzten Jahren ist er bei zahlreichen Flugschauen wie ein Star aufgetreten. Er ist ein weltgewandter Mann mit Kontakten überall in Europa. Verheiratet ist er mit Vivian, geborene von Geijer.«

Elisabeth schnappte nach Luft.

»Mit Vivian von Geijer?«

Vivian von Geijer hatte eine vielbeachtete Rolle in einer recht netten Komödie gespielt, die in Stockholm gelaufen war. Anfang der dreißiger Jahre hatte der Film einen großen Durchbruch erlebt, dennoch hatte keiner der mitwirkenden Schauspieler im Anschluss eine größere Rolle bekommen. Dafür hatte Vivian von Geijer sich in der gesellschaftlichen Elite einen Namen gemacht, in der sie von Kind an einen Platz gehabt hatte, da sie aus einem reichen Elternhaus mit adligen Vorfahren stammte. Elisabeth war immer sehr beeindruckt von ihrer Schönheit gewesen und hatte sich ihr Bild sogar aus Zeitungen ausgeschnitten und in Sammelmappen gelegt, in denen sie Inspirationen für Mode und Stil sammelte. Jetzt verzog sie das Gesicht.

»Aber warum legt er sich so ins Zeug, wenn er mit ihr verheiratet ist? Immerhin ist sie ein Star.«

Dinty schüttelte den Kopf.

»Soweit ich gehört habe, ist sie nicht die Hellste und auch nicht besonders sympathisch. Sie war auch schon mal verheiratet, mit einem Professor, den sie wegen Munch Hals über Kopf verlassen hat.«

»Aber Munch ist wahrscheinlich auch nicht gerade einfach, oder?«

»Nein, da bin ich mir ziemlich sicher. Er reist viel, und das wird wohl nicht das Einzige sein. Bist du ihm beim Luftwaffenstab nie begegnet?«

»Doch, er ist ein paarmal durch die Flure geeilt, und es war immer ein Ereignis, wenn er auftauchte.«

»Das kann ich mir vorstellen. Und was wollte er von dir? Außer tanzen?«

»Nichts. Oder doch, er faselte irgendetwas davon, dass er mein Geheimnis herausfinden wolle. Bestimmt war er betrunken.«

»Das glaube ich nicht. Munch trinkt selten in der Öffentlichkeit, dazu ist er zu kontrolliert. Aber ich habe gleich gesehen, dass du ihn ganz schön umgehauen hast.«

Elisabeth antwortete nicht, spürte aber wieder Munchs Hand auf ihrem Kreuzbein.

»Wozu war dieses Essen jetzt eigentlich gut? Mit Dolk und Stenström, meine ich.«

Dinty bot ihr eine Zigarette an. Als er sie ansteckte, beleuchtete die Flamme sein fein geschnittenes Gesicht, und Elisabeth sah den plötzlichen Ernst in seinem Blick.

»Derzeit wird Schweden von massenhaft bösen Menschen unterwandert. Auf meine Art tue ich, was ich kann, um es zu verhindern. Mehr kann ich dir dazu nicht sagen. Es gibt noch mehr solcher Herren wie diese beiden. Und nicht selten sind sie eher zum Plaudern aufgelegt, wenn schöne Frauen zugegen sind. Davon habe ich dir natürlich nichts erzählt.«

»Nein, natürlich nicht.«

Elisabeth nahm einen Zug und lächelte Dinty an.

»Du weißt, dass du auf mich zählen kannst, wann und wobei auch immer.«

Dinty stieß den Rauch aus und schnipste mit Daumen und Zeigefinger eine Tabakfaser von seinem Ärmel.

»Das weiß ich, meine Liebe. Ich muss nur erst einen geeigneten Zeitpunkt finden. Den beiden heute hast du ja einen gewaltigen Bären aufgebunden, als sie dich nach deinen Sprachkenntnissen gefragt haben.« Er lachte er laut. »›Ich schlage mich mit meinem Schuldeutsch gerade so durch …‹ Wenn die wüssten, dass Elisabeth Herrman schon als Kind von einer deutschen Gouvernante die Sprache eingebläut bekommen hat und dann später auf dieser Mädchenschule in der Schweiz war. Du bist die einzige Nichtdeutsche, die ich kenne, die verschiedene deutsche Dialekte beherrscht. Aber diese Typen waren auch leicht zu beflunkern. Stenström stammt aus einer Bauernfamilie etwas außerhalb von Berlin.«

»Aber warum schickt man ausgerechnet ihn nach Berlin? Warum nimmt man keinen Gebildeteren? Hitler und seine Freunde werden ihn zum Frühstück verspeisen!«

»Das ist mir tatsächlich ebenfalls ein Rätsel. Man weiß nie genau, was hinter solchen Entscheidungen steckt. Vielleicht ergeben sich gerade aus seiner mangelnden Bildung irgendwelche Vorteile. Stenström mag akademische Defizite haben, ist vielleicht aber jemand, dem man vertrauen kann.«

Elisabeth nahm einen letzten Zug.

»Das kommt wohl drauf an, auf wessen Seite man ist.«

Dinty zuckte die Achseln.

»Ich weiß nicht einmal, ob das so wichtig ist. Solange man genau weiß, wo man jemanden hat, kann das schon genügen, um die eigenen Ziele zu erreichen. Egal auf welcher Seite derjenige steht.«

Elisabeth dachte lange über Dintys Antwort nach, während sie sich zu Hause in ihrem Zimmer abschminkte. Er war ein Schatz, aber nicht immer leicht zu durchschauen.

Sie rieb sich das Gesicht mit der fetten Creme ein, die sie für besondere Gelegenheiten aufbewahrt hatte, und band ihr Haar in ein Netz. In der Wohnung war es kühl und dunkel gewesen, als sie über das Parkett in ihr Zimmer schlich. Die Begegnung mit Munch hatte sie beeindruckt, und sie wusste nicht recht, was sie von dem Ganzen halten sollte, ob es sich gut anfühlte, an ihn zu denken, oder nicht. Resolut schob sie den Gedanken beiseite und überlegte stattdessen, wie wohl der Abend mit Gullans Eltern verlaufen war, ob sie sich auf ein Datum für die Hochzeit hatten einigen können. Sie vermisste Gullan, seit sie nicht mehr zusammenarbeiteten. Elisabeth wusste, dass Gullan sich eine Sommerhochzeit wünschte, und vermutete, dass alle Beteiligten daran interessiert waren, es so schnell wie möglich hinter sich zu bringen. Es war immer ärgerlich, wenn vor der Hochzeit ein Unfall passierte. Vor allem für Elisabeths und Arnes Eltern war es wichtig, dass genau dies nicht geschah. Gullans Eltern waren nicht sehr wohlhabend, denn ihr Vater hatte sich aufgrund seiner schwachen Lunge frühzeitig pensionieren lassen müssen. Elisabeth nahm aber an, dass dies für ihre Eltern kein Problem darstellte, denn wenn sie einen größeren Teil der Hochzeit bezahlten, konnten sie auch stärker beeinflussen, wie gefeiert wurde. Elisabeths Mutter hatte es gern, wenn die Dinge nach ihrer Nase liefen, ganz so, wie sie es als richtig gelernt hatte.

Elisabeths Eltern hatten im Riddarhuset geheiratet, obwohl ihr Vater nicht adlig war. Die adligen Vorfahren ihrer Mutter hatten genügt, um die Hochzeit dort abhalten zu dürfen. Elisabeth selbst fand, dass ihre Mutter sich viel zu sehr an etwas hängte, was es längst nicht mehr gab. Noch immer verlangte sie, als Freifrau angesprochen zu werden, obwohl sie schon lange den Namen Herrman ohne jeden Adelstitel trug.

Elisabeth öffnete ihr Fenster und befestigte es mit dem kleinen Haken. Sie prüfte, ob ihr Wecker funktionierte, denn sie durfte auf keinen Fall verschlafen. Professor Svartström schien es nicht zu schätzen, wenn man zu spät kam.

Schwer ließ sie sich aufs Kissen sinken und dankte im Stillen dem Hausmädchen, das so geschickt im Bügeln war. Als sie die Augen schloss, konnte sie beinahe wieder Munchs Arm um ihre Taille spüren und den Duft seines Rasierwassers riechen. Sie war sich nicht sicher, ob sie hoffte, dass er recht hatte und sie sich tatsächlich wiedersehen würden.

SIGNE

Signe nahm einen schwachen Geruch wahr, sie vermutete, nach Zigarre. Professor Svartstöm hatte sich an den offenen Kamin im Salon gesetzt, wo er sich am liebsten aufzuhalten schien. Er hatte um einen Cognac gebeten, und sie hoffte, die richtige Menge eingeschenkt zu haben. In einem der Kochbücher hatte sie gelesen, man schenke üblicherweise zwei Fingerbreit ein. Da sie aber recht kräftige Finger hatte, war sie sich nicht sicher, ob es nicht vielleicht doch zu viel gewesen war.

Zum Abendessen hatte sie einen Auflauf aus Wurzelgemüse zubereitet und dazu ein Schnitzel für den Professor, so viel Fleisch war noch da gewesen. Sie selbst begnügte sich mit paniertem Sellerie. Zum Nachtisch gab es ein Schälchen Hagebuttensuppe mit ein paar Tropfen Sahne und Mandelbiscotti. Sie hatte sich schon gedacht, dass der Professor auch an diesem Abend keinen großen Appetit haben werde. Wie immer hatte Svartström sich bedankt, das Essen sei wieder mal vorzüglich gewesen. Signe war sich nicht sicher, ob er das wirklich so meinte, anscheinend aber kochte sie zumindest besser als ihre Vorgängerin.

Als sie jetzt den Abendtee vorbereitete, klopfte es an der Küchentür.

»Könnten Sie sich vorstellen, mir heute Abend noch ein

bisschen vorzulesen, Fräulein Signe? Natürlich nur, wenn Sie nach dem langen Tag nicht zu müde sind.«

Signe nahm den Wasserkessel vom Herd.

»Das mache ich sehr gern.«

Die Sonne schien nicht mehr in den Salon, und so wurde es bereits dämmrig, obwohl es ein heller Juniabend war.

»Wünschen Sie, dass ich weiter aus dem Buch vom letzten Mal vorlese, oder soll ich etwas anderes heraussuchen?«

»Bitte lesen Sie weiter aus *Jane Eyre*.«

Svartström nahm auf seinem Sessel Platz und schloss die Augen. Signe nahm das Buch aus dem Regal und setzte sich ihm gegenüber. Sie räusperte sich und begann dort, wo sie zuletzt aufgehört hatte:

Niemand weiß vielleicht, wie viele individuelle Kämpfe, Auflehnungen und Rebellionen der Himmel täglich aufzeichnet, namentlich unter den anscheinend immer so demüthigen Frauen, welche man nur dafür tauglich befunden hat, Pasteten zu backen, Strümpfe zu stricken, Pianoforte zu spielen und Pantoffeln zu sticken, welche sich scheinbar diesem demüthigenden Loose unterworfen haben und die gleichwohl bei ihren geistlosen Arbeiten tausend und abertausend Protestationen gen Himmel richten.

Svartström lächelte plötzlich.

»Sind Sie ebenfalls dieser Meinung?«

»Verzeihung, wie meinen Sie das?«

»Dass es engstirnig ist, zu behaupten, Frauen sollten sich damit zufriedengeben, Strümpfe zu stricken und Pasteten zu backen?«

Signe schluckte.

»Hm … Darf ich ehrlich sein?«

»Bitte, nichts anderes erwarte ich von Ihnen.«

»Was das Klavierspiel und das Pantoffeln-Sticken angeht, habe ich leider keinerlei Erfahrungen. Aber mit dem Pastetenbacken und Strümpfestricken kenne ich mich aus, und wenn mir jemand sagen würde, das sei das Einzige, womit ich mich beschäftigen solle, würde ich ihn für ziemlich einfältig halten. In einem Haus und auf einem Hof gibt es so viele andere Aufgaben, die mindestens ebenso wichtig sind. Außerdem kann ich einfach auch andere Dinge.«

Nils Svartström lachte so laut, dass Signe zusammenzuckte.

»Das war eine sehr kluge und mutige Antwort, Signe, und ich bin ganz Ihrer Meinung. Nur einfältige Menschen behaupten, das andere Geschlecht sei inkompetent, egal ob in die eine oder in die andere Richtung. Sonst müssten ja sämtliche Junggesellen im Land verhungern. Andersherum hat gerade das letzte Jahr der Kriegsbereitschaft gezeigt, wie wichtig Sie als Frauen für unser Land sind. Wie auch immer, entschuldigen Sie bitte die Unterbrechung, und fahren Sie fort.«

Zufrieden lächelnd lehnte Svartström sich zurück, und Signe wurde ganz warm ums Herz. Der Professor hatte sie gelobt. Und für etwas, worüber sie sich freute. Schließlich war sie fest davon überzeugt, dass alle Menschen gleich viel wert waren.

Viele Gedanken drehten sich in ihrem Kopf, als sie abends das Licht löschte.

ELISABETH

Das Schrillen des Weckers riss Elisabeth aus dem Schlaf. Verwirrt blickte sie um sich. Dann seufzte sie erleichtert, stellte die Füße auf den kühlen Boden und zog sich den Morgenmantel über. Auch wenn sie gern noch eine Stunde länger geschlafen hätte, stand sie doch lieber früher auf als während ihrer Zeit beim Luftwaffenstab, um auf der sicheren Seite zu sein. Außerdem hatte sie sich vorgenommen, mit dem alten Fahrrad ihrer Mutter zur Arbeit zu fahren, denn so war sie unabhängig von den Straßenbahnen. Die übrigen Familienmitglieder schienen noch zu schlafen, und sie war richtiggehend stolz, als sie die leere Küche betrat. Endlich einmal war sie die Erste. Sie setzte den Kaffeekessel auf und stellte einen Topf auf den Herd, denn sie hatte Lust auf ein weich gekochtes Ei und eine Scheibe Brot. Den Wunsch ihrer Mutter, sie möge Pampelmusen zum Frühstück essen, wenn gerade Saison war, konnte sie ohnehin nicht erfüllen. Es war mittlerweile schwierig, überhaupt Obst zu bekommen. Ihre Mutter schwor auf diese Diät, seit ein Hollywoodstar in einer Zeitschrift behauptet hatte, es sei die beste Methode, um abzunehmen. Elisabeth hatte aber gar nicht den Wunsch, dünner zu werden, da sie während des Winters und durch die immer strengeren Rationierungen ohnehin völlig unfreiwillig mehrere Kilo verloren hatte. Doch ihre Mutter schien zu denken, eine Frau könne niemals dünn genug sein. Sie jagte einem Ideal hinterher, das nach Elisabeths Meinung der Mode der zwanziger Jahre entsprach. Sie selbst hätte sich eher mehr Kurven gewünscht, da sie bei ihrer Körpergröße sonst schnell klapprig aussah.

Mit großem Interesse arbeitete sie sich durch die Artikel der Morgenzeitung und war fasziniert von der Zahnlosigkeit des schwedischen Journalismus. Es wurde nicht viel über die zunehmende Zensur geredet, dennoch war offensichtlich, dass die Zeitungen es nicht wagten, den Deutschen gegenüber wirklich kritisch zu sein. Das Hauptaugenmerk lag momentan darauf, die eigene Neutralität zu schützen und dem finnischen Nachbarn gegenüber Glaubwürdigkeit zurückzugewinnen, doch Elisabeth hatte den Verdacht, dass es dauern könnte, bis Finnland Schweden verzieh, ihm gegen die Russen nicht geholfen zu haben. Wäre Mannerheim nicht der charismatische Führer gewesen, der er war, hätte Finnland wahrscheinlich ganz ohne schwedische Hilfe dagestanden. Dank seines großen Einflusses auf schwedische Kontaktleute war es ihm jedoch gelungen, eine große Zahl Freiwilliger zu rekrutieren, die ihm im Winterkrieg beigestanden hatten. Und auch wenn Karelien jetzt russisches Territorium war, hatten die Finnen einen großen Sieg errungen. Die entsetzliche Kälte, die über Finnland hereingebrochen war, hatte die russischen Streitkräfte nachgerade gelähmt. Elisabeth vermutete jedoch, dass der Frieden in Finnland nicht lange halten würde.

Nach wie vor herrschten unruhige Zeiten, und selbst nach Abschluss der Friedensverhandlungen waren im Luftwaffenstab Meldungen eingetroffen, Russland plane einen weiteren Angriff. Die Frage war lediglich, wann. Ganz zu schweigen von der Situation in Norwegen und Dänemark.

Elisabeth nahm ein Messer und köpfte das Ei. Nach viereinhalb Minuten in kochendem Wasser war es genau so, wie sie es haben wollte, das Weiße fest, das Gelbe cremig. Mit den Fingern streute sie Salz darüber.

Noch hatten sie zu Hause echten Kaffee, denn auf unergründliche Weise war es ihrer Mutter gelungen, mehrere Kilo Kaffeebohnen zu organisieren, die jetzt im dunkelsten Teil der Vorratskammer gehütet wurden. An diesem Morgen hatte Elisabeth ihn besonders stark gekocht, ihre Mutter würde ihr deshalb bestimmt noch Vorhaltungen machen. Elisabeth aß das Ei auf, dann nahm sie sich das Brot vor. Mit einem so gehaltvollen Frühstück würde sie es bis weit in den Nachmittag hinein schaffen, sie wusste ja nicht, ob Mittagspausen vorgesehen waren.

Plötzlich tauchte ihr Vater in der Küchentür auf und schien aus allen Wolken zu fallen, seine Tochter schon so früh am Frühstückstisch vorzufinden.

»Du wirst wahrscheinlich nie aufhören, deinen Vater zu überraschen. Wenn man gerade glaubt, dich durchschaut zu haben, unternimmst du irgendein Ablenkungsmanöver.«

Er seufzte und holte sich eine Kaffeetasse, gleichzeitig klopfte er ihr auf die Schulter.

»Du wirst schon sehen, es wird alles gut gehen. Die Abteilung zu wechseln, ist nichts, wovor man Angst haben müsste. Mehr als schiefgehen kann es nicht.«

Elisabeth lachte, sie war an die Scherze ihres Vaters gewöhnt, und meistens hatten sie auch einen beruhigenden Effekt auf sie. Ausgerechnet an diesem Morgen halfen sie jedoch leider nicht viel. Sie war richtig nervös angesichts der neuen Aufgabe, und nach dem etwas verwirrenden Abendessen mit Dinty und den beiden Herren fühlte sie sich irgendwie unbehaglich. Als könnten die Dinge plötzlich sehr viel ernster werden. Bislang hatte der Krieg Schweden nicht weiter tangiert, außer durch Lebensmittelrationierungen und diese lästigen Verdunkelungen. Vielleicht war sie, trotz ihrer Arbeit für den Luftwaffenstab, in diesen Dingen also eher naiv gewesen. Jetzt aber schien die Bedrohung plötzlich viel konkreter, und vor ihrem neuen Auftrag hatte sie großen Respekt. Es würde viel von ihr verlangt und erwartet werden, für Späße und Schlamperei blieb da kein Platz. Der Krieg war kein interessanter und exotischer Einschlag in ihrem behüteten Leben mehr. Es wurde ernst.

Elisabeth schob das Fahrrad aus dem Innenhof und stellte fest, dass es draußen immer noch nicht wärmer geworden war. Trotz des seit Tagen freundlicheren Wetters war die Morgenluft kalt, und sie war froh, dass sie so vernünftig gewesen war, einen Mantel anzuziehen. Sie überquerte den Stureplan und winkte einem Nachbarn, der mit seinem Dackel vom Morgenspaziergang im Humlegården-Park zurückkam. Dann fuhr sie weiter die Sturegatan hinauf. In gemächlichem Tempo nahm sie die leichte Steigung und schaute zum Café Floras Kulle hinauf. Die Blausterne, die den Hang bedeckten, kündeten trotz allem von wärmeren Zeiten.

Plötzlich fiel ihr ein, dass sie ganz vergessen hatte, ihren Vater zu fragen, wie das Abendessen mit Gullans Eltern verlaufen war. Das würde sie später nachholen. Die Linnégatan hinaufzufahren, war anstrengender, als sie gedacht hatte, bis zur Artillerigatan ging es stetig bergauf. Dafür konnte sie sich anschließend einfach rollen lassen. Im Vorbeifahren erhaschte sie einen Blick auf den Süßwarenladen Augusta Jansson, dann war sie auch schon in der Styrmansgatan. Vielleicht konnte sie sich eine Tüte Punschpralinen gönnen, wenn sie es schaffte, vor Geschäftsschluss vorbeizuschauen.

Kurze Zeit später lehnte sie ihr Fahrrad an die gelb verputzte Hauswand, ging durch den Haupteingang und betrat das Hinterhaus. Es war noch nicht einmal halb acht, und sie war wahrscheinlich die Erste, abgesehen von den Männern, die im obersten Stock im Schichtbetrieb arbeiteten. Um das junge Hausmeisterpaar nicht zu stören, schlich sie sich vorsichtig die Treppe zum ersten Stock hinauf und öffnete die Tür einen Spaltbreit. Die großen Salons lagen im Dunkeln, denn die Morgensonne fiel hier nicht herein. Ein muffiger Geruch nach Staub und Feuchtigkeit stieg Elisabeth in die Nase, und sie kippte ein Fenster an, das zu einer Brandmauer hinausging, weshalb sie annahm, dass es vor Einblicken geschützt war. Anschließend zog sie Handschuhe und Mantel aus und warf sie über einen Stuhl. Dann ging sie weiter in die Wohnung hinein.

»Hallo, ist jemand da?«

Signe trat ein und sah frisch und rosig aus. Elisabeth lächelte.

»Jaja, mit den Hühnern aus den Federn! Haben Sie schon einen Kaffee getrunken, Signe?«

»Nur einen Schluck, als ich dem Professor vorhin einen gekocht habe, aber ich habe ein paar Käsebrote dabei, die wir uns teilen können.«

»Dann setze ich den Kaffee auf. Ich habe gedacht, wir nehmen uns diese Bude erst mal vor, bevor wir richtig anfangen zu arbeiten.«

»Das habe ich mir auch schon überlegt, hier ist bestimmt lange nicht mehr richtig saubergemacht worden. Ich glaube, ich habe im Schrank nebenan Putzutensilien gesehen. Und unten im Eingang gibt es eine Kehrschaufel, die wir uns ausleihen können. Bestimmt würde der Hausmeister uns weitere Dinge leihen. Darum kann ich mich aber gerne auch alleine kümmern, wenn Sie wichtigere Dinge zu tun haben.«

»Unsinn«, sagte Elisabeth und ging in die Küche, um Kaffee zu kochen. »Sie haben doch ebenfalls wichtigere Dinge zu tun! Wir arbeiten schließlich gemeinsam für die Sicherheit des Landes.«

Elisabeth stellte fest, dass ihr reichhaltiges Frühstück

doch nicht lange vorgehalten hatte und warf einen hungrigen Blick auf Signes Käsebrote. Wahrscheinlich lag es daran, dass sie am Abend kaum etwas gegessen hatte, ihr Magen schrie förmlich nach Essen.

Sie setzten sich jeweils auf einen Hocker in der engen Kochnische, und Elisabeth biss herzhaft in das frische Brot.

Signe lächelte.

»Ich habe mehrere Brote für den Professor gebacken, aber er isst so wenig, dass er sie kaum schafft. Ich nehme es nicht persönlich, er isst anscheinend generell nicht viel.«

Elisabeth schüttelte den Kopf.

»Natürlich ist das nichts Persönliches, da wäre er ja komplett verrückt. Ich glaube, ich habe noch nie so leckeres Brot gegessen.«

Der Kaffee war ungewöhnlich stark, und Elisabeth gab ein wenig Sahne hinein.

Anschließend spülte sie die Tassen ab, während Signe die Abstellkammer untersuchte.

»Sieht aus, als müssten wir uns Seife und ein paar Extralappen ausleihen. Ich laufe schnell zum Hausmeister runter, wir haben uns schon ein paarmal unterhalten.«

Signe verschwand, und Elisabeth erhitzte Wasser auf dem Herd. Kurz darauf kehrte Signe mit zwei riesigen Scheuerbürsten, Seife und Lappen zurück.

»Die Frau des Hausmeisters meint, es wäre Zeit, dass das mal jemand in die Hand nimmt. Dieses Jahr ist hier anscheinend noch gar nicht geputzt worden.

Elisabeth rümpfte die Nase und goss das dampfende

Wasser in den Scheuereimer, während Signe etwas von dem grünen Seifenklumpen abmaß. Anschließend tauchten sie die Lappen ein und wischten alle größeren freien Flächen. Flickenteppiche in unterschiedlichen Größen lagen hier und da verstreut, es entbehrte jeder Logik. Gemeinsam legten sie sie zusammen, dann nahm Signe Scheuerbürste und Schaufel zur Hand und nahm sich methodisch ein Zimmer nach dem anderen vor, während Elisabeth mit dem Staublappen voranging und Schichten von Staub und Schmutz wegwischte. Bevor sie nach ihren Scheuerbürsten griffen, knöpften sie sich die Blusen auf und krempelten die Ärmel hoch.

Sie waren lange beschäftigt, und Signe schüttelte den Kopf, während sie gleichzeitig ein Rinnsal Schweiß von ihrer Schläfe wischte.

»Ich glaube eher, hier wurde nicht mehr geputzt, seit das Haus errichtet wurde. Man kann ja kaum noch erkennen, welche Farbe die Dielen haben. Ich setzte noch einen Topf Wasser auf. Die Seife ist auch schon fast aufgebraucht, ich gehe also auch gleich noch mal zur Hausmeistersfrau runter und hole neue.«

Elisabeth übernahm es, auf das Wasser aufzupassen, und nutzte die Gelegenheit, ein Glas Wasser zu trinken. Das hier war eindeutig anstrengender als die Hausfrauengymnastik im Konsum auf Kungsholmen, an der sie im Winter immer teilnahm.

Sie stellte sich ans offene Fenster, bis das Wasser kochte. Eine barsche Stimme ließ sie zusammenzucken.

»Ich dachte, wir hätten Ihnen klargemacht, dass es strikt verboten ist, die Fenster zu öffnen?«

Elisabeth fuhr herum. Fräulein Andersson stand in der Tür, ein triumphierendes Lächeln um die Mundwinkel. Wahrscheinlich freute sie sich, etwas gefunden zu haben, was sie Elisabeth vorhalten konnte.

SIGNE

Als Signe mit der Seife wiederkam, erblickte sie als Erstes Fräulein Andersson, die Elisabeth mit der Faust drohte. Rasch eilte sie zu ihnen.

»Guten Morgen, Fräulein Andersson, wir sind gerade dabei, hier sauberzumachen. Ich war nur kurz bei der Hausmeisterin, die uns ausdrücklich gebeten hat, das Fenster zu öffnen, während wir putzen.«

»Ach, tatsächlich? Ich habe das bestimmt nicht veranlasst.«

Signe nickte nachdrücklich.

»Es hat wohl etwas mit der Belüftung zu tun. Aber natürlich schließen wir es wieder, sobald wir fertig sind. Vielen Dank auch für Ihr Verständnis, Fräulein Andersson.«

Sie lächelte der uniformierten Frau zu, die daraufhin beiseitetrat und sich in eins der oberen Stockwerke begab.

Elisabeth stieß Signe begeistert in die Seite, dann ging sie in die Küche, wo das Wasser inzwischen kochte.

»Das nenne ich mal eine Rettungsaktion! Die war jetzt wirklich baff.«

Signe kicherte, sie war stolz, dass sie sich getraut hatte, Fräulein Andersson die Stirn zu bieten.

»Wir können bei so etwas doch nicht einfach kleinbeigeben. Wenn wir hier bei geschlossenem Fenster schuften würden, bekämen wir ja einen Hitzschlag.«

Sie stürzten sich wieder in die Arbeit, und irgendwann gelang es ihnen tatsächlich, den tief eingefressenen Schmutz so weit zu entfernen, dass die Maserung des Holzfußbodens wieder zum Vorschein kam. Eine Stunde später glänzten die Zimmer wie neu und dufteten leicht nach Seife. Signe und Elisabeth tranken reichlich kaltes Wasser und versuchten, sich im Bad so gut es ging ein wenig frischzumachen.

Ein Räuspern zog ihre Aufmerksamkeit auf sich. Professor Svartström trat ein und schnupperte. Direkt hinter ihm platzte Fräulein Andersson herein, so dass sie ihn beinahe umgerannt hätte.

»Verzeihung, Herr Professor, bitte tausendmal um Entschuldigung.«

Svartström winkte ab.

»Es duftet hier so frisch, sind Sie das gewesen, Fräulein Andersson? Sind Sie so früh aufgestanden, um es uns schön zu machen?«

Fräulein Andersson starrte Elisabeth und Signe an, die lediglich die Augen verdrehten. Das hatte sich die alte Hexe selbst zuzuschreiben.

Fräulein Andersson murmelte: »Nein, Herr Professor, das waren Fräulein Herrman und Fräulein Jansson, die haben hier geputzt.«

Nils Svartström zog erstaunt die Augenbrauen hoch.

»Schau einer an, ein zartes Fräulein aus Östermalm, das

putzen kann, damit hatte ich nicht gerechnet. Dass Signe kein Problem damit hat, die Ärmel hochzukrempeln, habe ich nicht anders erwartet.«

Elisabeth lachte laut auf.

»Also, zart kann man mich nun wirklich nicht nennen. Aber im Putzen bin ich wirklich gut. Mein Großvater war ehemaliger Offizier und fand es absolut notwendig, dass mein Bruder und ich lernten, ordentlich sauberzumachen, so wie man es beim Militär machte. Der Herr Professor kann sich also vorstellen, wie viel Spaß wir in den Sommerferien hatten. Und Signe ist wirklich Gold wert, ohne sie hätte die Hausmeisterin uns nie ihre Putzutensilien ausgeliehen.«

Nils Svartström trat noch weiter ins Zimmer.

»Wie schön, dass Sie gelüftet haben, es war wirklich sehr muffig hier drinnen. Wir müssen nur aufpassen, dass dies das einzige Fenster bleibt, das wir öffnen, und leider müssen wir auch immer daneben stehen bleiben. Wir dürfen nicht das geringste Risiko eingehen, zumal wir uns hier im ersten Stock befinden. So mancher Wahnsinnige ist noch weiter hinaufgeklettert, um Schaden anzurichten. Ausgezeichnet übrigens, dass Sie bereits vor Ort sind. Frau Lepik gibt unten im Hof gerade ihre Söhne bei der Lehrerin ab, die ihnen mit dem Schwedischlernen helfen soll. Sie wird gleich zu uns stoßen. Setzen wir uns doch schon mal, und vielleicht kann Signe in der Zwischenzeit einen Kaffee für uns kochen. Ich habe persönlich dafür gesorgt, dass wir echten Bohnenkaffee bekommen, denn das Ersatzzeug kann ich auf den Tod nicht ausstehen. Wir werden uns noch früh genug darauf umstellen müssen.«

Professor Svartström entschuldigte sich und ging weiter in sein Büro. Zurück blieben die drei Frauen.

Elisabeth lächelte Fräulein Andersson spitz zu.

»Ich hatte nicht vor, das Fenster offen stehen zu lassen, ich wollte nur die stickige Luft herausbekommen. Und jetzt können wir doch froh sein, dass wir es hier so schön sauber haben, nicht wahr, Fräulein Andersson?«

»Verwaltungsfachangestellte Andersson, wenn ich bitten darf. Und ich habe nicht vor, mir von einer dummen Gans wie Ihnen weitere Unverschämtheiten bieten zu lassen. Verstanden?«

»Selbstverständlich, Verwaltungsfachangestellte Andersson, ich verspreche Ihnen, mich ab jetzt zu benehmen.«

Elisabeth zwinkerte Signe beschwichtigend zu, die sich genauso unwohl fühlte wie bei der Lohndiskussion.

»Was meinen Sie, wollen wir uns um den Kaffee kümmern?«

Signe nickte und folgte Elisabeth in die Küche. Vor dieser Andersson nahm man sich wohl besser in Acht.

Elisabeth legte ihr eine Hand auf den Arm.

»Was halten Sie davon, wenn wir uns duzen? Ich finde, es wird sonst so anstrengend, wenn wir jetzt jeden Tag zusammenarbeiten.«

Signe lächelte.

»Sehr gerne, aber vielleicht sollten wir noch ein wenig

warten, bevor wir es auch Frau Lepik vorschlagen. Ich glaube, sie ist in solchen Dingen ein bisschen zurückhaltender.«

»Mal sehen, vielleicht ergibt es sich ja auch ganz schnell, wenn wir uns erst ein bisschen besser kennengelernt haben. Und dann könnte Frau Lepik sich beim nächsten Mal auch gerne am Putzen beteiligen«, sagte Elisabeth ein wenig säuerlich.

Kurz darauf betrat Iris außer Atem die Arbeitsräume. Signe sah ihr an, dass sie geweint hatte. Wahrscheinlich hatte sie es wirklich nicht leicht. Rasch zog sie sie in die kleine Küche, senkte die Stimme und flüsterte vertraulich: »Wir haben echten Bohnenkaffee aus Professor Svartströms Geheimvorräten. Möchten Sie eine Tasse? Mit Milch oder lieber schwarz?«

Iris blickte sie verwirrt an.

»Schwarz?«

Es dauerte eine Weile, bis Signe begriff, dass Iris nicht wusste, was sie damit meinte.

»Entschuldigung. Das sagt man, wenn man Kaffee ohne irgendetwas möchte.«

Iris lächelte.

»Oh, dann gerne schwarz.«

Signe reichte ihr eine rosa Tasse mit blauen Blumen, und Iris balancierte sie auf der dazugehörigen Untertasse. Fasziniert verfolgte Signe, wie elegant sie mit ihren schlanken Fingern alles anfasste. Wie war es möglich, dass alles, was sie selbst tat, dagegen so plump wirkte?

Signe gab einen Schluck Milch in ihre eigene Tasse und nickte Iris zu.

»Ging es gut mit Ihren Jungen? Ist es ihnen schwergefallen, sich von Ihnen zu trennen?«

Iris schluckte und sah zu Boden.

»Josef ist immer so empfindlich. Aber heute war auch Jan furchtbar ängstlich.«

»Wo sind sie jetzt?«

Iris schüttelte den Kopf.

»Banergatan? Irgendeine Schule.«

Elisabeth, die sich während des bisherigen Wortwechsels zurückgehalten hatte, strahlte plötzlich.

»Ach, *Banérgatan*? Dann sind sie bestimmt in der neuen Schule dort. Wenn ich mich richtig erinnere, ist das Gebäude erst letztes Jahr fertig geworden. Direkt dahinter gibt es einen wunderschönen Park, wo die Jungs sich gründlich austoben können. Und Sie wohnen beim Professor in der Linnégatan? Das liegt ja nur zwei Häuserblocks davon entfernt.«

Iris nickte höflich, schien Elisabeths Ausführungen aber nicht so schnell folgen zu können.

»Der Professor!«, flüsterte Signe plötzlich.

Professor Svartström breitete die Arme aus.

»So, meine Damen, dann wollen wir mal. Und beginnen möchte ich damit, Ihnen jemanden vorzustellen. Herzlich willkommen in unserer Aufklärungstruppe, Arvid Bremer.«

Ein Mann trat aus Professor Svartströms Büro. Etwa mittelgroß, braune Haare und dunkle Augen, die wie brennende Kohlen wirkten. Iris hatte das Gefühl, als mustere er sie besonders intensiv.

»Wahrscheinlich wäre es angemessen, wenn ich mich Ihnen kurz vorstelle.«

Seine Stimme war seltsam monoton, man hätte meinen können, er habe das, was er sagte, auswendig gelernt.

»Mein Name ist Arvid Bremer, ebenso wie Nils bin ich Mathematiker und Professor an der Universität Lund und wie er von den Streitkräften für diese neue Aufgabe abgestellt worden. Nils wird die eher praktische Arbeit leiten und Ihre Aufgaben strukturieren, während ich mich ausschließlich dem Dechiffrieren widmen werde. Ich fürchte allerdings, das wird Ihnen nicht viel sagen.«

Er klatschte in die Hände, dann fuhr er fort:

»Wenn Sie mich jetzt entschuldigen, ich muss wieder an meine Arbeit. Im Übrigen wäre ich Ihnen sehr dankbar, wenn Sie mich nicht wegen jeder Kleinigkeit stören würden. Alles, was Sie herausfinden, geht zunächst an Svartström, bevor ich mich damit beschäftige. Ich kann meine Zeit nicht auf Unwesentliches und auf haltlose Spekulationen verschwenden.«

Iris schaute zu Signe hinüber, die die Hände vor dem Bauch gefaltet hatte und zu Boden sah. Dann fing sie Elisabeths Blick auf. Diese verdrehte die Augen, und Iris unterdrückte schnell ein Lächeln.

Arvid Bremer verschwand in seinem Büro. Von draußen hörte man, wie er einen Stuhl herauszog, der polternd umfiel, worauf eine Reihe unflätiger Schimpfwörter folgte. Signe, die den Kopf immer noch gesenkt hielt, blickte zu den anderen Frauen auf und lächelte.

Svartström räusperte sich.

»Ja, nun haben Sie also auch Professor Bremer kennengelernt. Und genau wie er gesagt hat, werden Sie keinerlei direkten Kontakt mit ihm haben, alles Material geht zunächst an mich.«

Er rieb sich die Hände.

»Was ist denn nun eigentlich mit dem Kaffee? Ich denke, wir alle könnten gut einen gebrauchen, bevor wir uns an die Arbeit machen. Kein Gehirn funktioniert ohne diesen schwarzen Brennstoff.«

Er senkte die Stimme.

»Und lassen Sie sich von Professor Bremer nicht einschüchtern. Er klingt gefährlicher, als er ist. Man sollte ihn nach Möglichkeit nicht reizen, aber er hat ein gutes Herz. Auch wenn er seine Marotten hat.«

Signe reichte ihm eine Tasse Kaffee, und er nahm einen Schluck.

»Das ist ein guter Kaffee, das muss ich sagen. Das haben Sie ausgezeichnet gemacht, Signe. Man unterschätze niemals eine Frau, die einen wohlschmeckenden Kaffee kochen kann.«

Sie stellten die vier Schreibtische zusammen, die dank ihrer Tischplatten aus Masonit leicht zu handhaben waren.

Signe runzelte die Stirn.

»Wir bräuchten etwas, um sie zu verbinden, damit sie uns nicht ständig auseinanderrutschen. Ich glaube, ich habe in der Abstellkammer etwas gesehen.«

Sie verschwand und kehrte kurz darauf mit ein paar dünnen Brettern sowie Hammer und Nägeln zurück. Dann wies sie die beiden anderen an, wie sie die Tische festhalten sollten, während sie selbst die Nägel einschlug. Fünf Minuten später waren die Tische fest verbunden, und sie schleppten den ersten Karton herbei. Arvid Bremer hatte sein Arbeitszimmer verlassen und ihnen einen verärgerten Blick zugeworfen, bevor er mit Mantel und Hut hinausging. Er schien nicht nur schnell beleidigt, sondern auch geräuschempfindlich zu sein. Elisabeth musste sich sehr zusammenreißen, um nicht hinter seinem Rücken das Gesicht zu verziehen; er war wahrscheinlich jemand, den man erst mit der Zeit besser verstand.

Papierstreifen mit Nachrichten lagen aufgerollt im Karton, und Elisabeth öffnete vorsichtig die oberste Rolle.

»Signe, kannst du vielleicht diese großen Papierbögen holen, auf die wir sie aufkleben sollen? Dann versuche ich, die Rollen zu sortieren. Hier haben wir Streifen von Mitternacht und den ersten Stunden des Tages. Oh, die obersten Rollen enthalten ausschließlich Nachrichten aus diesen Stunden. Wir müssen uns beeilen, damit wir überhaupt hinterherkommen. Mädels, das hier wird eine Weile dauern. Wir müssen uns irgendwie aufteilen und eine Art System entwickeln.«

Sie beschlossen, dass Signe alles chronologisch sortieren sollte, worauf Iris den ersten Lesedurchgang übernahm. Anschließend war Elisabeth dran und zum Schluss noch einmal Signe.

Am ersten Tag lief es nur stockend, und sie baten einander fortwährend um Entschuldigung, wenn sie sich versehentlich auf die Füße traten. Nach ein paar Tagen jedoch ging ihnen die Arbeit flink von der Hand, und die Stimmung zwischen ihnen wurde immer heiterer. Allerdings gelang es ihnen nicht, irgendeinen Zusammenhang zwischen den Nachrichten zu finden.

Elisabeth kam es immer mehr so vor, als wäre ihre Arbeit vergebens. So hatte sie sich das nicht vorgestellt.

IRIS

Die ersten Arbeitstage hatten ihnen zu einer Art Routine verholfen, und sie wussten jetzt, was von ihnen erwartet wurde. Svartström wünschte am Vormittag möglichst nicht gestört zu werden, während Professor Bremer auf keinen Fall nach dem Mittagessen behelligt werden durfte.

Iris hatte fast den gesamten Freitagmorgen schweigend zugebracht und ihre beiden Kolleginnen beobachtet, jetzt aber beugte sie sich tiefer über eine der Rollen. War ihr nicht eben etwas aufgefallen? Mit ihren schlanken Fingern strich sie das Papier glatt, um besser lesen zu können. Darauf stand eine einzige Kolonne aus Buchstaben, Zahlen, Zeilenwechseln und Leerzeichen. Es war unlesbar. Sie öffnete die zweite Rolle. Dann die dritte. Schließlich wandte sie sich Elisabeth zu.

»Haben wir den darauffolgenden Tag hier?«

Elisabeth öffnete einen Karton unter dem Fenster und nahm die oberste Rolle heraus. Vorsichtig zog Iris sie auseinander und verglich den Inhalt mit früheren Nachrichten. Dann nickte sie.

»Schauen Sie mal, beide beginnen mit *umum.*«

Elisabeth und Signe sahen sie verständnislos an.

Iris erklärte: »Ich glaube, sie benutzen verschiedene

Schlüssel, die sie jeden Tag ändern. *Umum* könnte für *umschalten* stehen.«

Elisabeth nickte aufgeregt.

»Verstehe. Ich hole mal die vom nächsten Tag.«

Auch an diesem Tag begann die erste Meldung mit *umum*.

Die Frauen sahen einander an. Elisabeth legte die erste Nachricht ganz oben auf den neuen Papierbogen und schrieb in Großbuchstaben: FREITAG, 00 UHR darüber. Signe öffnete die nächste Rolle und reichte ihr die Nachrichten aus den ersten Morgenstunden. Iris klebte sie auf und gab acht, dass sie genau untereinanderstanden, so dass man sie besser vergleichen konnte. Der Klebestift, den sie benutzten, verströmte einen unangenehmen Geruch, und es fiel ihnen schwer, nicht einfach das Fenster zu öffnen.

Jede Stunde beinhaltete unterschiedlich viele Nachrichten, die erste des Tages schien die meisten zu enthalten. Elisabeth ließ ihre Schultern kreisen und strich sich eine Strähne zurück, die sich aus ihrem Haarknoten gelöst hatte.

»Wenn wir so weitermachen, schaffen wir heute zwei Tage. Das wäre unser bisheriger Rekord.«

Das hätte sie wohl besser nicht sagen sollen, denn um fünfzehn Uhr an dem Tag, den sie gerade untersuchten, schien etwas passiert zu sein: Innerhalb einer einzigen Stunde waren so viele Nachrichten eingetroffen wie am gesamten bisherigen Tag.

Elisabeth stöhnte.

»Verdammte Deutsche, können sie sich nicht ein bisschen konsequenter an ihre Gewohnheiten halten? Das tun sie doch sonst so gern.«

Plötzlich herrschte Aufruhr im Treppenhaus, kurz darauf stürzte Josef herein, dicht gefolgt von seinem Bruder. Josef warf sich in Iris' Arme, er zitterte am ganzen Körper. Sie drückte ihn fest an sich. Jan trat vorsichtig näher.

»Ich habe versucht, ihn zum Bleiben zu überreden«, flüsterte er, »aber es ging nicht.«

Iris sah ihn an.

»Wo ist denn eure Lehrerin?«

Jan blickte zu Boden.

»Sie hat Josef geschlagen, nachdem er gesagt hat, sie habe sich verrechnet.«

Iris presste die Lippen zusammen. Elisabeth sah sie fragend an.

»Was ist los? Hat jemand sie geschlagen?«

Iris schüttelte den Kopf.

»Alles gut, nur ein Versehen.«

Elisabeth runzelte die Stirn.

»Die Lehrerin soll sie *aus Versehen* geschlagen haben? Ihre Söhne sind doch die reinsten Engel!«

Iris verzog das Gesicht.

»Josef ist anders, er kann manchmal sehr wütend werden.«

Sie strich dem Jungen über das Haar und nahm Jan in den Arm.

»Mach dir keine Sorgen, ich werde mit ihr reden.«

Arvid Bremer erschien in der Tür. Überrascht sah er die Jungen an.

»Was ist denn hier los? Haben wir ein Kinderheim eröffnet?«

Elisabeth warf Iris einen raschen Blick zu.

»Das sind Iris' Söhne, sie waren in der Schule. Aber sie sind weggelaufen, weil Josef sich mit der Lehrerin angelegt hat.«

Arvid Bremer lachte herzlich.

»Das klingt ja mal erfrischend. Wer von euch ist denn Josef?«

Josef machte sich von Iris los und richtete sich auf, gleichzeitig streckte er die Hand aus.

»Josef Lepik.«

Arvid Bremer grinste und erwiderte den Handschlag.

»Und ich bin Arvid Bremer. Stimmt es, dass du der Lehrerin weggelaufen bist?«

Josef nickte ernst und senkte den Blick.

»Was ist den passiert?«

Josef kniff die Lippen zusammen, und Iris beeilte sich zu antworten: »Bitte entschuldigen Sie, Professor Bremer, meine Söhne sprechen noch nicht so gut Schwedisch, aber sie verstehen alles, was Sie sagen. Josef war ungezogen, er hat seiner Lehrerin widersprochen.«

Arvid Bremer schien noch immer amüsiert.

»Und was genau hat dieser kleine Junge seiner Lehrerin gesagt, dass sie so wütend geworden ist?«

Iris holte tief Luft.

»Dass sie sich verrechnet hat.«

Bremer lachte erneut und klatschte in die Hände.

»Der Junge gefällt mir! Komm mal mit rein, ich habe bestimmt noch ein Stück Schokolade für dich und deinen Bruder. Sie dürfen doch Süßigkeiten essen?«

Iris nickte zögernd.

Professor Bremer wies die beiden Jungen an, eine der Schreibtischschubladen öffnen, und holte eine Tafel Schokolade heraus.

»Traut niemals einem Menschen, der behauptet, keine Schokolade zu mögen.«

Plötzlich sagte Josef mit Blick zur Fensternische: »Schach.«

Bremer nickte.

»Ja, ich habe es von meinem Vater. Kennst du Schach, Josef?«

Der Junge nickte ebenfalls, den Blick noch immer auf das Brett gerichtet.

Bremer nahm es herunter und stellte es auf den Schreibtisch. Dann gab er Josef ein Zeichen, sich einen Stuhl zu nehmen.

»Setz dich.«

Josef nahm vorsichtig Platz und musste sich strecken, um über die Tischkante zu reichen.

»Bitte, du beginnst«, sagte Bremer.

Josef sah die schwarzen und weißen Figuren an und schüttelte den Kopf.

»Nein.«

Professor Bremer runzelte die Stirn.

»Nein?«

Josef deutete auf einen Läufer und schüttelte erneut den Kopf.

»Nein.«

Bremer betrachtete den Läufer und lachte.

»Du hast recht, der steht auf dem Feld der Dame.«

Bremer stellte die Figuren um, und Josef lächelte schüchtern, den Blick fest auf das Spiel gerichtet. Dann holte er tief Luft und machte den ersten Zug. Arvid Bremer musterte schweigend das Feld.

»Interessant. Henri Grob?«

Er machte seinen Gegenzug. Josef zog blitzschnell nach.

Bremer lachte.

»Na, da weiß aber einer, was er tut.«

Anschließend herrschte absolute Stille, die beiden Gegner versanken in ihrem Spiel. Jan trippelte neben ihnen auf und ab, den Blick auf die Schokolade gerichtet. Endlich schlich er sich raus und stellte sich neben seine Mutter.

Elisabeth lächelte.

»Wollen wir weitermachen? Das dauert bestimmt noch ewig. Hat Josef früher oft gespielt?«

Iris nickte.

»Jeden Abend. Mit seinem Vater.«

Jan blickte auf, als das Wort Vater fiel. Iris nahm ihn an die Hand und führte ihn zu einem Stuhl am Fenster.

Dann klebten sie weiter Nachrichten auf, und die Luft vibrierte förmlich von den schweigend ausgeführten Aktivitäten in beiden Zimmern. Hin und wieder war ein Räuspern von Professor Bremer zu hören und ein Stühlescharren, wenn Josef vorsichtig die Stellung wechselte.

Die Tür öffnete sich, und Nils Svartström, der zu einem Treffen beim Verteidigungsstab in der Östermalmsgatan 87 gewesen war, wurde von einem jungen Soldaten in Uniform hereingeführt.

»Danke, jetzt komme ich allein zurecht.«

Die drei Frauen blickten auf, und Svartström nahm den Hut ab.

»Heute haben Sie ordentlich was geschafft, das rieche ich. Ich finde, wir sollten mal das Fenster öffnen und lüften, wenn die Witterung es zulässt. Es kann nicht gesund sein, den ganzen Tag diese Chemikalien einzuatmen. Haben Sie irgendetwas entdeckt?«

Iris nickte Elisabeth aufmunternd zu.

»Iris hat herausgefunden, dass die erste verschickte Meldung an jedem Tag mit *umum* beginnt. Wir glauben, dass es eine Abkürzung für *umschalten* ist.«

»Ach, ja?«

»Wie gesagt, es ist eine Annahme.«

Svartström nickte.

»Sehr gut. Es wäre ja auch logisch, den Chiffrierschlüssel täglich zu wechseln. Was unsere Arbeit natürlich erschwert.«

»Wir können das jetzt ja auch nur für diejenigen Daten feststellen, die wir schon hier unten haben. Wenn Sie gestatten, würden wir hochgehen und zur Kontrolle weitere Kartons herunterschaffen.«

»Selbstverständlich. Ich werde die Herren vom Dachboden bitten, Ihnen dabei zu helfen. Wir nehmen das Zimmer nebenan als Lager, dann brauchen wir anschließend nicht immer rauf und runter zu laufen. Fräulein Andersson muss sich dann eben einen neuen Raum suchen, um ihre Materiallisten zu führen.«

Die drei Frauen grinsten vergnügt. Fräulein Andersson würde nicht gerade erfreut sein, ihr Arbeitszimmer wechseln zu müssen.

Als es bereits nach sechs Uhr abends war und sie die Butterbrote, die sie zum Mittagessen heraufgeholt hatten, längst aufgegessen hatten, seufzte Elisabeth.

»Jetzt haben wir geklebt und geklebt und tagelange Arbeit investiert. Dennoch fühlt es sich nicht an, als wären wir sonderlich weit gekommen. Mir tut der Rücken weh, und vor Hunger knurrt mir der Magen. Außerdem ist Freitag. Signe, du hast doch heute frei. Ich habe den Professor am Telefon sagen hören, dass er heute zum Abendessen ausgehen will.«

Signe streckte sich und massierte ihr schmerzendes Kreuz.

»Das Einzige, woran ich noch denken kann, ist mein Bett.«

Elisabeth sah sie nachdenklich an.

»Moment, ich frage mal schnell, ob ich das Telefon benutzen darf.«

Sie lief nach oben, wo das Diensttelefon stand, und kehrte kurz darauf mit einem breiten Lächeln zurück.

»Was haltet ihr davon, heute Abend zum Essen zu mir zu kommen? Meine Eltern sind mit meinem Bruder und seiner Verlobten aufs Land gefahren, so dass ich die Wohnung für mich alleine habe. Ihre Söhne kommen natürlich mit, Iris. Das Spielzeug meines Bruders ist noch komplett vorhanden, sie werden sich also bestimmt nicht langweilen. Unser Hausmädchen hat zwar heute Abend frei, aber wenn es euch nichts ausmacht, kann ich mich an etwas Einfachem versuchen. Eine Konservenbüchse bekomme ich auf jeden Fall geöffnet.«

Signe wirkte überrumpelt von so viel Spontaneität, lächelte dann aber Iris zu. Die schaute zu Josef hinüber, der immer noch Schach spielte, und antwortete: »Danke, sehr gerne.«

Josef war noch immer tief ins Spiel versunken. Kein Wort war mehr zwischen ihm und Professor Bremer gefallen, und Iris hatte sich mehrfach besorgt gefragt, ob Josef den Professor nicht störte. Jan war in den Hof hinuntergegangen und hatte mit ein paar Gleichaltrigen Verstecken gespielt, anschließend war er mit roten Wangen und einer Schürfwunde am Knie zurückgekehrt.

Auch Signe nickte.

»Ich komme gerne mit. Und das Kochen würde ich auch übernehmen.«

»Na, dann mal los. Wir haben für heute wirklich genug gearbeitet.«

Plötzlich erschien Leutnant Petrén in der Tür, einen Stapel Papier unter dem Arm.

»Wohin soll's denn gehen? Darf man mit auf die Party?«

Elisabeth grinste.

»Diesmal leider nicht. *Ladies only.*«

Petrén machte ein enttäuschtes Gesicht, dann legte er den Papierstapel auf den Schreibtisch.

Iris klopfte vorsichtig an die Tür des Professorenzimmers.

»Entschuldigung, ich will nicht stören, aber ich möchte jetzt gerne nach Hause.«

Arvid Bremer blickte vom Schachbrett auf. Sein Haar stand wirr nach allen Seiten ab, und er hatte den obersten Hemdknopf geöffnet.

»Oh, Verzeihung, ich hatte nicht vorgehabt, die Zeit so aus dem Blick zu verlieren. Entschuldige, Josef, wir spielen morgen weiter.«

Auch Josef blickte widerwillig auf, erhob sich dann aber ohne Protest, verbeugte sich vor dem Professor und folgte seiner Mutter hinaus. Dabei flüsterte er ihr zu: »Ich gewinne.«

Iris legte einen Arm um seine angespannten Schultern.

»Weiß er es schon?«

Josef schüttelte den Kopf.

»Nein, aber er ist gut. Wenn auch nicht so gut wie ich. Oder Papa.«

Iris bedeutete Jan, er solle sich bereitmachen. Die anderen waren schon vorausgegangen. Elisabeth hatte ihr eine genauer Wegbeschreibung hinterlassen.

Auf der Treppe drehte Iris sich zu ihren Söhnen um.

»Heute Abend sind wir bei Elisabeth zum Essen eingeladen. Ihr Bruder hat ein ganzes Zimmer voller Spielzeug.«

Josef runzelte die Stirn.

»Warum? Ist er auch noch ein Kind?«

»Nein, er ist erwachsen, aber anscheinend ist all sein Spielzeug noch da. Wir werden es ja sehen, wenn wir dort sind. Elisabeth hat jedenfalls versprochen, dass ihr damit spielen dürft.«

Jan wurde ganz aufgeregt, während Josef, wie immer, eher kritisch dreinblickte. Draußen war es immer noch warm, obwohl es schon fast sieben war. Einige der Hausfassaden badeten nach wie vor im Sonnenlicht.

Josef vergrub die Hände in den Hosentaschen und trat gegen einen Stein.

»Warum kann ich nicht einfach beim Professor bleiben? Ich würde lieber weiter Schach spielen als mit albernem Spielzeug. Ich bin nicht mehr so klein wie Jan.«

Er schnitt eine böse Grimasse.

Iris beugte sich zu ihm herab und sagte leise: »Hör bitte auf mit dem Theater. Du kannst nicht beim Professor bleiben, er ist schließlich kein Kindermädchen. Er hat tausend wichtigere Sachen zu tun, als mit einem kleinen Jungen Schach zu spielen.«

Josef zischte irgendetwas Unverständliches. Jemand räusperte sich hinter ihnen.

»Ich setze die Partie mit Josef gern fort, aber ich brauche erst mal etwas zu essen.«

Iris blieb stehen und musterte Professor Bremer, der

eine Aktentasche unter dem einen Arm trug und seinen Mantel lässig über den anderen gelegt hatte. Anscheinend hatte er verstanden, dass Josef nicht mit zu Elisabeth wollte, obwohl sie Estnisch gesprochen hatten.

»Wie gesagt, ich muss etwas essen, denn ich habe seit gestern nichts zu mir genommen. Josef ist aber herzlich eingeladen, mich zu begleiten.«

Josef blickte fragend zu ihm auf, und Iris suchte nach Ausflüchten, doch der Professor fuhr fort: »Ich stecke bei meiner Arbeit gerade fest. Es hat mir gutgetan, mal an etwas anderes zu denken. Für mich ist es wichtig, mich mit hellen Köpfen wie Josef zu messen.«

Iris war sich nicht sicher, ob sie ihn richtig verstanden hatte.

»Sie wollen weiter mit Josef Schach spielen? Heute Abend?«

Arvid Bremer wirkte plötzlich verunsichert, er drückte die Jacke fester an sich.

»Wenn es Ihnen nichts ausmacht?«

Iris schluckte. »Wie lange?«

Josef seufzte hörbar.

»Ach Mama, so etwas kann man doch nicht vorherwissen.«

Der Gesichtsausdruck des Professors verriet Iris, dass er amüsiert war.

»Ich verspreche Ihnen, ihn zur vereinbarten Zeit abzuliefern. Und ich sorge dafür, dass er etwas isst. Lassen Sie sich von meiner wirren Art nicht täuschen.«

Iris merkte, dass sie keine Wahl hatte. Auch gab es keinen Grund, dem Professor zu misstrauen, und so nickte sie.

»Also gut. Wir gehen jetzt ebenfalls etwas essen. Birger Jarlsgatan 18. Aber wir können ihn auf dem Rückweg abholen. Hier im Büro?«

»Ja, das passt.«

Iris beugte sich zu Josef hinunter: »Sei brav und benimm dich. Der Professor wird dir was zu essen besorgen. In Ordnung?«

Josef nickte. »In Ordnung.«

Professor Bremer verbeugte sich und bedeutete Josef, ihm in die Gastwirtschaft an der Ecke zu folgen. Iris seufzte und hoffte, die richtige Entscheidung getroffen zu haben. War es wirklich vernünftig, ihren Sohn bei einem Mann zu lassen, der so schnell die Fassung verlor und an Kinder nicht gewöhnt zu sein schien? Wäre er am Nachmittag nicht so freundlich gewesen und hätte Josef gegen die Lehrerin verteidigt und mit ihm Schach gespielt, hätte sie sich niemals darauf eingelassen. Aber sie sah, wie gut Josef das Spiel getan hatte.

Rasch lief sie den beiden noch einmal hinterher, bat um Papier und Bleistift und schrieb die Telefonnummer auf, die Elisabeth ihr gegeben hatte. Bremer steckte den Zettel ein.

Draußen scharrte Jan ungeduldig mit den Füßen, er hatte es eilig, endlich loszukommen. Iris spürte eine Welle der Dankbarkeit, weil sie nun die Möglichkeit hatte, ihrem jüngeren Sohn ungeteilte Aufmerksamkeit zu schenken. Josef nahm sonst immer sehr viel Raum ein.

Liebevoll boxte sie Jan in die Seite.

»Dann bist du heute allein in Damengesellschaft, kriegst du das hin?«

Jan reckte sich stolz und nickte. Iris lachte.

Sie überflog den Zettel mit der Wegbeschreibung und ging dann rechts auf die Linnégatan. Der sollten sie bis zu einem Park namens Humlegården folgen. Jan betrachtete neugierig die hohen Bäume und frisch geharkten Wege. Mitten im Grün sah man einen Spielplatz.

»Bitte Mama, bitte, können wir kurz da hingehen?«

Iris schüttelte den Kopf und bog stattdessen links in die Sturegatan ein.

»Heute nicht, Jan. Aber ich verspreche dir, dass wir es ein andermal nachholen.«

»Ohne Josef?«, fragte Jan hoffnungsvoll.

»Vielleicht. Wenn er weiter mit dem Professor Schach spielen kann. Aber sonst wäre es ja ganz schön, wenn er auch mal in so einem tollen Park spielen könnte.«

Jan schien plötzlich von schlechtem Gewissen befallen.

»Ja, er kann natürlich auch mitkommen.«

Kurz darauf gelangten sie an einen größeren Platz mit einer pilzähnlichen Skulptur, und Iris hielt sich weiterhin links. Schon nach wenigen Metern entdeckte sie den Hauseingang mit der Nummer achtzehn.

Jan zog sie am Arm, und Iris merkte, dass sie stehen geblieben war. Sie zögerte plötzlich hineinzugehen. Signe und Elisabeth waren sehr nett, aber ein gemeinsames Essen bedeutete vielleicht, dass man vertraulicher miteinander wurde. Was würden die beiden sagen, wenn sie die Wahrheit über sie erfuhren?

Signe schaute zu dem verschnörkelten Stuck an der Decke hinauf und fuhr mit der Hand über die schweren Seidengardinen. Noch nie hatte sie eine so große Wohnung gesehen, mit so vielen schönen Dingen darin. Elisabeth warf den Schlüssel auf ein kleines Tischchen im Flur und musterte Signe neugierig. Rasch zog diese die Hand zurück.

»Sind deine Eltern sehr reich?«

Elisabeth musste lachen.

»Na ja, uns geht es schon ziemlich gut. Sie haben die Wohnung von meinem Großvater übernommen, meine Mutter ist hier aufgewachsen. Mein Vater hat sehr gut verdient, aber meine Mutter zieht ihn immer damit auf, dass er nicht den richtigen Stammbaum hat.«

Signe nickte und folgte Elisabeth vom großen Wohnzimmer ins Esszimmer und in die Küche, die sich gleich dahinter befand. In den meisten Wohnungen lag die Küche so, dass die Herrschaften durch die Hausarbeiten so wenig wie möglich gestört wurden. Über dem riesigen Esstisch hing ein Kronleuchter, wie Signe ihn höchstens in einem Schloss erwartet hätte. Obwohl Professor Svartström ein schönes Zuhause hatte, war es doch bescheiden im Vergleich zu dieser eleganten, ja geradezu luxuriösen Wohnung. Unter dem Esstisch lag ein echter Perserteppich mit ordentlich gekämmten Fransen. Elisabeth nickte zum anderen Teil der Wohnung hin.

»Komm doch mit, ich muss noch schnell meine Sachen aufhängen. Dann zeige ich dir auch gleich mein Zimmer.«

Signe folgte ihr und ließ dabei den Blick über das geräumige Wohnzimmer mit seiner Sitzgruppe, bestehend aus zwei großen Sofas und vier Sesseln aus beigefarbenem Samt, wandern. Ein cremeweißer Kachelofen stand in der einen Ecke, ausgestattet mit glänzenden Messingteilen. Daneben hing ein Ölgemälde von Elisabeths Familie an der Wand, die Mutter in der Mitte, die drei anderen um sie herum. Elisabeth musste sieben oder acht gewesen sein, das Haar trug sie in einer strengen Pagenfrisur. Signe konnte sich ihre eigene Familie nicht auf so einem Gemälde vorstellen. Ihre Eltern in den zerschlissenen Alltagskleidern, die sie nur an Feiertagen gegen andere austauschten. Doch selbst in ihrem Sonntagsstaat wären sie an diesem Ort nicht angemessen gekleidet. Das einzige Familienfoto, das Signe besaß, stammte vom dreißigsten Geburtstag ihrer Mutter. Damals hatten sich alle auf dem Hof versammelt, wo der Fotograf sie anwies, sich gerade hinzustellen. Signes Geschwister hatten sich darum gezankt, wer vorn stehen durfte, und ihr Vater hatte ihnen eine Ohrfeige gegeben. Außer dem Vater erkannte man kaum jemanden auf dem Bild. Er sah genauso verkniffen aus wie immer. Der strenge Zug um den Mund ihrer Mutter wurde durch den Schatten des Birnbaums verstärkt, unter dem sie posierten, so dass sie älter aussah, als sie mit ihren dreißig Jahren war. Signe trug auf dem Foto das Matrosenkleid, das ihre Schwester anschließend geerbt und so lange getragen hatte, bis es als Lumpen in dem Flickenteppich in der Diele endete.

Elisabeth lächelte und breitete die Arme aus.

»Bei mir ist es leider ein bisschen unaufgeräumt, ich hatte es heute Morgen sehr eilig.«

Signe betrat ein Zimmer, das wie für eine Prinzessin gemacht schien. Die hellrosa Tapete war mit einem feinen Goldmuster durchsetzt, das Bett breit und mit einem flauschigen Überwurf bedeckt, der genau zur Tapete passte. Kissen in weichen Formen und Farben lagen dekorativ am Kopfende, über dem sich ein rosa Betthimmel wölbte.

Signe konnte einen entzückten Ausruf nicht unterdrücken.

»Das ist dein Zimmer? Und du wohnst ganz allein hier?«

»Ja, ich kann es mir ja schlecht mit meinem Bruder teilen. Er ist fast zwei Meter groß und findet alles, was ich tue, schrecklich. Seit meiner Geburt ärgert er sich mit mir herum. Ihm zufolge bin ich ein verwöhntes Gör, das seine Eltern um den kleinen Finger wickelt.«

Signe strich mit der Hand über die Kommode aus Walnussholz, die mit einer Marmorplatte versehen war.

»Und bist du das? Also, verwöhnt?«

Elisabeth zuckte die Achseln.

»Vermutlich. Andererseits bin ich natürlich auch diejenige von uns, die am meisten dafür kämpfen musste, selbst arbeiten gehen und mit meinem Lohn zum Familieneinkommen beitragen zu dürfen. Arne hat sich wahrscheinlich immer geärgert, dass mir das Lernen so leichtfiel. Der Arme hat es in der Schule eher schwer gehabt, sowohl mit den Zahlen als auch mit den Buchstaben. Er behauptet, für ihn gleiten sie immer ineinander. Dennoch hat er es irgendwie geschafft, er hat einen guten Job im Außenministerium. Und er hat sich gerade mit Gullan verlobt, einer meiner besten Freundinnen. Wie sieht es bei dir eigentlich mit den Männern aus? Warst du schon einmal verlobt?«

Elisabeth zog sich ungeniert das Kleid aus, und Signe schaute rasch zum Fenster in den Hof hinaus.

»Nein, ich habe ja gerade erst bei Professor Svartström angefangen. Meine Schwester ist vor vier Jahren im Kindbett gestorben, und ich habe mich anschließend um ihren Sohn gekümmert. Nach Ostern fand ihr Mann, wir könnten doch heiraten.«

»Du warst mit deinem Schwager zusammen?«

Signe schüttelte energisch den Kopf. Elisabeth stand nur in Unterrock und BH da, jetzt zog sie sich ein neues Kleid über den Kopf.

»Nein, überhaupt nicht. Ich wohnte bei Stig und kümmerte mich um den kleinen Erik, während er zusammen mit meinen Eltern auf dem Hof arbeitete. Stig hat ein eigenes Haus auf unserem Hof.«

Elisabeth schüttelte ihr Haar und richtete es dann wieder.

»Dann verstehe ich nicht, warum du weggegangen bist, wenn es doch der Hof deiner Eltern war.«

»Ich wollte Stig nicht heiraten. Meine Eltern waren sehr wütend deswegen und fanden, ich würde mich unmöglich benehmen. Deshalb musste ich gehen.«

Plötzlich füllten sich ihre Augen mit Tränen, und sie wischte sie verärgert mit dem Handrücken weg.

»Am schlimmsten war es für Erik, er begriff gar nicht, warum ich ihn verlassen musste. Aber Stig ließ nicht mit sich reden, deshalb blieb mir nichts übrig, als zu gehen.«

»Oh, wie furchtbar!«

»Ich schreibe Erik, glaube allerdings nicht, dass Stig ihm die Briefe zeigt. Aber was soll ich machen?«

Elisabeth legte eine Hand auf ihre Schulter.

»Irgendwann wird er größer, und dann findet er die Briefe, die du ihm geschrieben hat. Wenn er alt genug ist zu lesen und selbst zum Briefkasten gehen kann.«

»Kann sein. Aber er tut mir so leid. Erst verliert er seine Mutter, und dann verlasse ich ihn auch noch. Vielleicht hätte ich Stig einfach heiraten sollen, es war meine einzige Chance.«

Elisabeth schnaubte.

»Die einzige Chance, einen Kerl abzukriegen? Leck mich am Arsch, du kriegst auf jeden Fall einen, wenn du willst!«

Signe blickte Elisabeth an und musste lachen.

»›Leck mich am Arsch‹ hat meine Schwester immer gesagt. Ich dachte, die feinen Mädchen in der Großstadt sagen so etwas nicht.«

Elisabeth knotete ihr Haarband, während sie sich in dem vergoldeten Spiegel am Kleiderschrank musterte.

»Es ist ein sehr guter Ausdruck, ich glaube, deine Schwester hätte mir gefallen. Aber du gefällst mir auch, Signe, und jetzt kümmern wir uns um das Essen.«

Elisabeth marschierte in die Küche, und Signe eilte ihr hinterher.

»Erst mal genehmigen wir uns einen Sherry«, sagte Elisabeth, »das tun feine Damen vor dem Essen.«

Signe sah sie erschrocken an.

»Aber ich trinke keinen Alkohol. Habe ich noch nie.«

»Noch nie? Warum? Ein bisschen was muss man sich doch gönnen. Etwas Schönes im Leben.«

Signe fühlte sich unbehaglich und schluckte hörbar.

»Meine Familie gehört zum Missionsverbund. Da ist Alkohol streng verboten.«

Elisabeth nahm zwei Gläser aus einem Oberschrank und eine große Flasche aus dem untersten Fach in der Speisekammer.

»Ich finde, es klingt, als hätte deine Familie eine Menge Vorurteile gegenüber irgendwelchen Sachen, von denen sie nichts versteht. Aber ich werde dich natürlich nicht zwingen, du entscheidest selbst. Meine Eltern finden wahrscheinlich auch, dass ich nicht trinken sollte. Aber ich bin jetzt einundzwanzig und bestimme selbst. Man kann sie doch nicht alles entscheiden lassen. Mein Gott, da würde ich nur zu Hause hocken und Monogramme sticken und hoffen, dass irgendwann ein passender Mann um meine Hand anhält. Stillsitzen und warten ist aber nicht mein Ding. Also, willst du mal probieren, oder nicht?«

Signe starrte die hübsche Flasche mit der bernsteinfarbenen Flüssigkeit an und nickte entschlossen.

»Doch, ich glaube schon.«

Elisabeth lächelte und goss den Sherry in die Kristallgläser.

»Zum Wohl, Signe, und wenn du dich nachher ein bisschen entspannt hast und wir was im Magen haben, habe ich noch eine Überraschung für dich.«

Signe verschluckte sich an dem starken Getränk und wedelte mit der Hand.

»Nachdem du mich jetzt schon auf den Pfad der Sünde gebracht hast, bin ich auf alles vorbereitet. Aber das hier war gar nicht so übel. Schmeckt ein bisschen wie starker Hustensaft.«

Elisabeth lachte und erhob ihr Glas.

»Das werde ich bei Gelegenheit meinem Vater sagen, dass sein Jahrgangssherry wie Hustensaft schmeckt.«

Signe überflog den Inhalt der Speisekammer.

»Oh, was für Leckereien ihr habt! Was wollen wir denn kochen?«

Elisabeth hob die Schultern.

»Keine Ahnung, ich kann gerade einmal Butterbrote belegen und Eier kochen. Nimm, was du willst, dann helfe ich dir beim Zubereiten. Und Abwaschen kann ich auch.«

Signe runzelte die Stirn und betrachtete erneut das Angebot. Dann klatschte sie in die Hände.

»Wir machen Omelette mit Pilzfüllung. Als Vorspeise kann ich Schnittchen mit Krabbensalat machen, die gab es neulich erst beim Professor, nach dem Rezept meiner Vorgängerin. Ist dir das recht? Und wenn ich noch einen Vorschlag machen darf, wären zum Nachtisch eingelegte Pfirsiche toll, auch wenn es keine Sahne dazu gibt, denn die ist ja jetzt rationiert.«

Elisabeth schüttelte lächelnd den Kopf.

»Guck mal ganz unten im Kühlschrank, da steht eine Glasflasche Sahne. Die können wir gerne verbrauchen, bevor sie sauer wird. Meine Eltern sind noch bis mindestens nächste Woche weg.«

Signe begann eifrig mit den Vorbereitungen.

»Dann brauche ich eine Schüssel, einen Schneebesen und …«

Sie zählte auf, was sie an Zutaten benötigte, und Elisabeth stellte alles auf den Tisch. Als sie gerade mit Rühren beschäftigt war, klingelte es an der Tür, und Elisabeth eilte in den Flur.

Überrascht blickte Signe auf, als nur Iris und Jan auftauchten.

»Wo habt ihr denn Josef gelassen?«

Iris wirkte ein wenig nervös.

»Der ist bei Bremer geblieben, um weiter Schach zu spielen.«

Signe lächelte.

»Das ist doch schön für ihn. Und für uns, da können wir uns ganz um Jan kümmern.«

Elisabeth legte dem Jungen einen Arm um die Schulter.

»Ja, und ich zeige dir jetzt erst mal Arnes Zimmer. Sonst schläfst du uns noch ein vor lauter Langeweile. Stell dir vor, mein Bruder hat ein ganzes Zimmer nur für seine Spielsachen. Wobei er mich vermutlich töten würde, wenn er hörte, wie ich das sage. Er behauptet, eine Modelleisenbahn sei ein *Hobby*, kein Spielzeug.«

Alle lachten, und Jan folgte Elisabeth neugierig in Arnes Zimmer.

ELISABETH

Arnes Zimmer lag am anderen Ende der Wohnung und bestand aus zwei kleineren Räumen hintereinander. Als Kinder hatten sie beide ihre Spielzimmer dort gehabt, und Elisabeths jetziges Zimmer war ihr Schlafzimmer gewesen. Als Arne zehn geworden war, wurde umgeräumt. Das kleinere Schlafzimmer hatte ein Fenster und lag näher zum Hof, das etwas größere hatte Flügeltüren und ging zur Bibliothek ihres Vaters hinaus.

Elisabeth ließ Jan eintreten, dem vor Staunen der Mund offen stehen blieb. Der ganze Raum wurde von einem riesigen Tisch mit einer Miniaturwelt eingenommen. Kleine Ortschaften neben einer bergigen Landschaft, ein See und Wohngebiete, Straßen und Badestellen.

Jede Öre, die Arne gespart hatte, war in die Eisenbahn geflossen, und Elisabeth erinnerte sich gut an die Male, wenn sie ihrem Bruder, um ihn zu ärgern, eine der kleinen Figuren geklaut und sie in ihre Puppenstube gestellt hatte. Arne war jedes Mal außer sich gewesen und hatte ihren Vater angefleht, Elisabeth endlich ins Kinderheim zu bringen.

Elisabeth zeigte Jan das Steuerpult mit den kleinen Rädchen und Knöpfen.

»Wie du dir bestimmt vorstellen kannst, ist das der allerheiligste Besitz meines Bruders. Er würde mich umbringen, wenn er wüsste, dass ich dich hier reinlasse, aber ich bin mir sicher, dass du keinen Unsinn anstellst. Also versprich mir, dass du ganz vorsichtig bist und nichts veränderst. Einverstanden?«

Iris war ihnen gefolgt und schnappte beim Anblick von Arnes Meisterwerk nach Luft. Es folgte eine lange Ermahnung auf Estnisch. Jan nickte mit gesenktem Kopf, bis seine Mutter endlich verstummte. Dann wandte er sich an Elisabeth.

»Ich verspreche es.«

Er streckte seine Hand aus, und sie lächelte.

»Ich vertraue dir, Jan. Wir sind in der Küche und rufen dich, wenn das Essen fertig ist.«

Nachdem Elisabeth Jan gezeigt hatte, wie man das Schaltpult bediente, ließen sie den Jungen allein und kehrten in die Küche zurück. Elisabeth öffnete die schweren Vorhänge, so dass die Abendsonne hereinscheinen konnte.

»Trinken Sie Sherry, Iris?«

Iris sah sich anerkennend in der Wohnung um, während Elisabeth zum Getränketisch ging. Dann lächelte sie.

»Ja, gern.«

Signe war vollauf mit der Pilzfüllung für das Omelette beschäftigt, das bereits im Ofen stand. Anschließend öffnete sie eine Dose Krabbenfleisch und gab etwas Mayonnaise sowie fein gehackte Zwiebel dazu. Sie würzte mit Salz und Pfeffer und verteilte dann den Aufstrich auf die Cracker, die Elisabeth auf dem obersten Brett in der Speisekammer gefunden hatte.

Elisabeth schenkte Iris ein Glas Sherry ein und reichte es ihr.

»Wie nett, dass der Professor Josef noch ein bisschen zum Schachspielen dabehalten hat. Er scheint ein schwieriger Mensch zu sein, aber als Josef hereinkam, ist irgendetwas mit ihm passiert. Als hätten sie sich schon mal getroffen. Vielleicht hat er eine Art Seelenverwandtschaft gespürt.«

Iris dachte kurz nach, bevor sie antwortete.

»Josef ist sehr traurig, dass wir seinen Vater zurücklassen mussten. Der Professor erinnert mich ein bisschen an ihn. Er ist ebenfalls Professor, aber für Physik. Wir haben zusammen Mathematik studiert.«

Elisabeths Gesicht leuchtete auf.

»Sie sind Mathematikprofessorin? Warum haben Sie das nie erwähnt?«

Iris schüttelte den Kopf.

»Ich bin keine Professorin, ich habe nur an der Uni studiert. Aber ich habe ungefähr dasselbe gemacht wie mein Mann, wir haben uns an der Uni kennengelernt. Mein Vater wollte mich nicht weiterstudieren lassen. Er fand, es sei nichts für Frauen. Zumindest nicht für seine Tochter.«

Elisabeth trank einen Schluck Sherry.

»Dachte ich es mir doch! Ich glaube, ich habe noch nie von einer Professorin gehört, auch nicht in Schweden.

Außer von Nanna Swartz natürlich, der Medizinerin. Obwohl, ich glaube, es gibt eine Astronomieprofessorin, mein Vater hat sie mal erwähnt. Ein Skandal jedenfalls, dass es so wenige sind, wenn Sie mich fragen. Aber dann verstehe ich, warum Sie so wichtig für das Projekt am Karlaplan sind. Wissen die dort, wer Ihr Mann ist?«

Iris wandte sich ab.

»Das ist ein bisschen heikel.«

Sie verstummte und versank in eigenen Gedanken. Signe und Elisabeth sahen einander an, ließen Iris aber in Ruhe. Nach einer Weile schien sie sich entschlossen zu haben, den beiden mehr zu verraten, denn sie blickte auf und sprach weiter.

»Es ist heikel, weil er Jude ist. Außerdem ist er ein Intellektueller und nicht sonderlich russenfreundlich eingestellt. Er ist auf der Flucht, und niemand weiß, wo er sich befindet. Ich zähle darauf, dass ich euch vertrauen kann, denn wenn …«

Iris beendete den Satz nicht. Elisabeth und Signe verstanden, dass es für sie nicht leicht war, darüber zu sprechen, und dass sie ihnen großes Vertrauen entgegenbrachte. Sie ahnten auch, dass Iris nicht einmal wusste, ob ihr Mann noch am Leben war.

Schweigen breitete sich in der Küche aus, und selbst Elisabeth begriff, dass es nicht die Zeit war, weitere Fragen zu stellen.

IRIS

Als das Omelette goldbraun war, zog Signe es aus dem Ofen und legte die Topflappen beiseite.

»Wir lassen es am besten noch einen Moment abkühlen, in der Zwischenzeit können wir die Krabbencracker essen.«

Der Teller wurde herumgereicht, und dann knabberten sie unter belanglosem Plaudern vor sich hin. Iris war dankbar, dass sie nicht weiter nachhakten und mehr darüber wissen wollten, was sie ihnen gerade erzählt hatte.

Bald drehte das Gespräch sich um das Thema Arbeit, und sie stellten Überlegungen zu möglichen Codes und Ziffern sowie zu den anderen Mitarbeitern im Büro an. Als sie bei Fräulein Andersson angelangt waren, klatschte Elisabeth in die Hände.

»Signe und ich duzen uns ja schon eine ganze Weile, was halten Sie davon, Iris, wollen wir vielleicht auch einfach Du sagen?«

Iris nickte nachdenklich.

»Ja, gern. Jetzt teilen wir sowohl Berufsgeheimnisse als auch private Geheimnisse miteinander, und wir werden auch in Zukunft eng zusammenarbeiten, da fühlt es sich nur folgerichtig an.«

»Schön, dann stoßen wir doch darauf an. Ich habe nämlich eine kleine Überraschung: eine Flasche Champagner, die ich im Februar zum Geburtstag bekommen habe. Ich glaube nicht, dass es was Besonderes ist, denn die Tante, von der ich sie habe, ist ein bisschen geizig. Immerhin hat die Flasche seitdem kalt gestanden. Also, Signe, bist du bereit, noch etwas Neues auszuprobieren?«

Signe grinste.

»Ja, warum nicht. Es kann ja wohl kaum schaden, oder?«

Iris lächelte ebenfalls und strich sich die Haare aus dem Gesicht.

»Was für eine nette Idee, du bist wirklich sehr großzügig.«

Erwartungsvoll sahen sie zu, wie Elisabeth die in Folie gewickelte Flasche hervorholte und anschließend drei Kristallgläser aus dem Glasschrank im Wohnzimmer nahm.

»Aber wir setzen uns in die Küche, oder? Da ist es doch am gemütlichsten. Finde ich.«

Die anderen hatten nichts dagegen. Signe schrie erschrocken auf, als der Korken an die Decke knallte. Elisabeth beeilte sich, das schäumende Getränk zu verteilen, dann erhob sie ihr Glas.

»Auf uns!«

Signe und Iris folgten ihrem Beispiel. Feierlich sahen sie sich an.

»Auf uns!«

Plötzlich tauchte Jan in der Tür auf.

»Trinkt ihr Limo, Mama?«, flüsterte er Iris leise zu.

»Nein, das ist Champagner. Du weißt schon, was Papa

und ich immer zu Geburtstagen und an Silvester getrunken haben.«

»Wer hat denn Geburtstag?«

»Elisabeth. Aber nicht heute. Sie hat diese Flasche zum letzten Geburtstag geschenkt bekommen.«

Elisabeth öffnete schwungvoll die Tür zur Vorratskammer und bückte sich über eine Kiste ganz hinten. Dann hielt sie erfreut eine kleine Flasche hoch.

»Trinkst du gerne Limonade, Jan? Vielleicht haben wir auch noch Himbeersoda. Was hättest du denn gerne?«

Jan wusste nicht, was er antworten sollte, und sah Iris fragend an. Die nickte.

»Die rote, bitte.«

Elisabeth machte ihm die Flasche auf und holte dann ein weiteres Kristallglas aus dem Schrank.

»Beim nächsten Toast ist Jan auch dabei. Also noch einmal: Auf uns!«

»Auf uns!«

Jan nippte vorsichtig an seinem Glas und rümpfte die Nase, als die Kohlensäure ihn am Gaumen kitzelte. Iris wurde ganz warm ums Herz, als sie sah, wie er Elisabeth anlächelte.

Signe verteilte die Champignonfüllung auf dem Omelette, streute geriebenen Käse darüber und stellte es dann noch einmal kurz in den Ofen.

Als das Essen fertig war, aßen alle mit großem Appetit, wobei Jan sich sehr beeilte, weil er wieder zurück zu der Modelleisenbahn wollte. Iris sah die beiden Frauen an, die so offen waren und sie so herzlich aufgenommen hatten. Sie verdienten es, mehr zu erfahren.

Sie räusperte sich und sagte:

»Ich muss euch vielleicht noch ein bisschen mehr erzählen, damit ihr es besser versteht. Rudolf stammt aus einer jüdischen Familie, ist aber überhaupt nicht religiös. Als es plötzlich losging, schien das jedoch keine Rolle zu spielen. Bereits im Herbst 1938 wurden wir gewarnt und beschafften uns falsche Papiere, meine Schwester half uns dabei. Ich weiß nicht, ob ich durch die neu eingeführten Kontrollen gekommen wäre, meine Söhne hätten es nicht geschafft und Rudolf erst recht nicht. Seine Familie war den Russen gegenüber nie besonders freundlich eingestellt. Kurz nach Weihnachten 1939 wussten wir, dass wir in Gefahr waren, denn ein Nachbar erzählte uns, dass Leute ihn über Rudolf ausgefragt hätten. Als wir kurz nach Neujahr nach Hause kamen, fanden wir Spuren im Schnee, mehrere Männer waren um unser Haus herumgelaufen und hatten zu den Fenstern hereingeschaut. Wir packten das Nötigste zusammen, ich nahm nur meine besten Kleider mit. Für die Jungen machte ich es genauso. Rudolf wollte sich um den Rest kümmern, aber ich weiß nicht, ob er es geschafft hat. Er sollte nachkommen, zu meinen Eltern, aber er meinte, wenn er nach anderthalb Stunden noch nicht da wäre, sollten wir einfach fahren. Meine Schwester hatte uns Plätze auf einem Schiff besorgt, das noch am selben Abend auslief. Sie hatte noch einmal neue Pässe für mich und die Jungen besorgt und wollte sich darum kümmern, dass Rudolf seinen auch noch bekam.«

Elisabeth trank vorsichtig einen Schluck aus ihrem Glas.

»Sollte dein Mann mit euch gemeinsam fliehen?«

»Ja, und ich habe immer wieder versucht, Kontakt zu meiner Schwester und zu meinen Eltern aufzunehmen, aber wir müssen sehr vorsichtig sein.«

»Du hast seitdem nichts mehr von deiner Schwester gehört?«

»Nein, von niemandem zu Hause. Irgendetwas muss passiert sein, ich wüsste nicht, warum sie sich sonst nicht meldet.«

Signe legte eine Hand auf ihren Arm.

»Dann musst du dir ja wirklich große Sorgen machen.«

Iris wischte sich eine Träne ab, ihr fiel wieder ein, wie Rudolf ihr zum Abschied die Wange gestreichelt hatte. Sie hielt nach Jan Ausschau, um sicherzugehen, dass er nicht zuhörte.

»Solange die Jungen in Sicherheit sind, ist alles gut. Das ist im Moment das Wichtigste.«

Schweigend saßen sie da. Nach einer Weile entschuldigte sich Iris und ging zu Jan hinüber. Kurz darauf waren sie zurück. Jan sah aus, als wäre er geweckt worden.

»Er ist auf dem Boden unter der Eisenbahn eingeschlafen, ich glaube, wir gehen jetzt lieber nach Hause.«

Sie verabschiedeten sich im dunklen Flur, nachdem Iris Jan die Jacke übergezogen und Elisabeth sich versichert hatte, dass sie den Rückweg fanden.

Als sie auf die Straße hinaustraten, hielt Iris Jans Hand ganz fest. Sie hoffte, dass sie nicht zu viel erzählt hatte.

SIGNE

»Aber hast du das schon mal gemacht?«

Signe saß an Elisabeths Küchentisch und starrte die Freundin erschrocken an, die mit einer großen Schere herumwedelte. Natürlich hatte sie nichts dagegen, dass ihr Haar in Form gebracht werden sollte, aber ob sie es sich von Elisabeth schneiden lassen wollte, da war sie sich nicht so sicher.

Elisabeth tätschelte ihr die Schulter.

»Ich mach das jeden Sonntag im Sommer bei meiner Mutter, wenn sie keine Zeit hat, zu ihrem Friseur in die Stadt zu fahren. Außerdem brauchen wir etwas Aufbauendes, nach Iris' schrecklicher Geschichte.«

Signe nickte. Was Iris erzählt hatte, war wirklich schlimm. Und es hatte sie bestimmt viel Mut gekostet, sich ihnen gegenüber zu öffnen. Gehorsam setzte sie sich auf den Stuhl, den Elisabeth mitten in die Küche gestellt hatte. Die kleinen Röllchen lagen ordentlich in einem Stoffbeutel neben dem Dauerwellpräparat. Daneben lag die Schere und sah bedrohlich aus. Elisabeth grinste, als sie Signes entsetzten Blick sah.

»Da du dir deine Frisur bisher immer selbst mit der Küchenschere geschnitten hast, kann es eigentlich nur besser werden. Aber stimmt es, dass du dir noch nie die Haare hast machen lassen?«

»Meine Schwester hat sie mir manchmal gemacht, aber es fehlte immer die Zeit. Und Mutter mochte es nicht, wenn man eitel war.«

»Eitel? Man muss sich doch ein bisschen pflegen und anständig aussehen. Gilt das auch für Make-up?«

Signe nickt.

»Kein Make-up und nie, *niemals* Nagellack. Einmal trafen wir im Landhandel eine Frau mit roten Fingernägeln. Meine Mutter hat vor ihr ausgespuckt.«

Elisabeth lachte.

»Entschuldige, ich sollte nicht darüber lachen. Aber wie unterschiedlich man doch so etwas sehen kann. Lass es mich einfach mal bei dir probieren. Wenn du es ganz schrecklich findest, machst du es einfach wieder weg. Bis auf das Schneiden natürlich, aber das wächst ja nach. Nichts ist für immer. Und mehr als schiefgehen kann es nicht. Bist du bereit?«

»Ja, fang an. Sonst überlege ich es mir doch noch anders.«

Elisabeth löste Signes Haar.

»Du hast richtig schöne Haare, weißt du das? Warum bindest du sie immer so zusammen? Ich wusste gar nicht, dass sie so lang sind.«

»Ich will nicht, dass sie mir bei der Arbeit im Weg sind.«

Elisabeth bürstete das kräftige Haar aus, das ganz natürlich fiel. Es war weder blond noch braun, die Farbe ging eher Richtung Mausgrau. Offen fiel es Signe bis auf die Schultern. Elisabeth maß mit den Fingern ab. Mit der plumpen Küchenschere hatte Signe Längenunterschiede in den Spitzen von bis zu drei Zentimetern verursacht, und jetzt schämte sie sich, als sie sah, wie die Strähnen in alle Richtungen zeigten. Mit der Blumenspritze feuchtete Elisabeth das Haar an, damit es geschmeidiger wurde. Dann nahm sie die kürzeste Strähne zwischen die Finger und benutzte sie zur Orientierung. Als alles ausgeglichen war, reichte Signes Haar nicht mehr ganz bis zu den Schultern. Elisabeth sah sie scharf an.

»Ich möchte gern ganz radikal sein und dir einen Pony schneiden. Keinen richtig kurzen, sondern nur bis zur Nase, so dass du die Haare eindrehen und zurückklemmen kannst. Ein bisschen wie Veronica Lake oder Rita Hayworth.«

Signe sprang vom Stuhl auf.

»Ach, du liebe Güte, ich kann doch nicht wie so eine Fömm fatal herumlaufen.«

Elisabeth lachte.

»Femme fatale. Nein, Signe, versprochen. Sosehr ich dich auch in einen Vamp zu verwandeln versuche, das wird nicht gelingen. Aber so ein Pony wäre sowohl schick als auch praktisch. So kannst du dir selbst, wenn du dir die Haare zum Arbeiten hochsteckst, eine hübsche Frisur machen. Komm, beruhige dich, das wird schon gut werden.«

Sie drückte Signe auf den Stuhl zurück und griff erneut nach der Blumenspritze. Als der Pony bis zu Signes Nasenspitze reichte, hielt sie inne und strich ihn ihr zur Seite.

Signe lächelte, als sie das Ergebnis sah. Es sah gut aus. Elisabeth nahm die Bürste und begann die Spitzen sanft zu formen. Das Dauerwellpräparat stach Signe in die Nase, aber sie hielt geduldig still, bis es im Haar verteilt war. Dann wickelte Elisabeth die Rollen auf und befestigte sie mit Haarklammern. Kurz darauf war alles fertig, und sie gab Signe ein dünnes Kopftuch.

»So musst du jetzt nach Hause gehen. Das sind meine extra Papilotten, es eilt also nicht, dass du sie mir zurückbringst.«

Signe fuhr mit der Hand zu ihrem Haar hinauf.

»Aber so kann ich doch nicht rausgehen!«

»Doch, und ob. Ich bin schon mit Papilotten in der Stadt gewesen. Und wegen Professor Svartström brauchst du dir keine Sorgen zu machen, der sieht das ja gar nicht.«

Sie kicherten beide. Dann legte Elisabeth ihr Frisierzeug beiseite.

»Komm, wir haben noch ein bisschen Champagner übrig, und in der Speisekammer findet sich bestimmt noch was Süßes. Lass uns damit ins Wohnzimmer gehen.«

Sie setzten sich mit ihren Gläsern auf jeweils ein Sofa. Elisabeth nickte zum offenen Fenster hin.

»Wie anders doch alles gekommen ist. Ich wurde dazu erzogen, eine ordentliche Frau zum Heiraten zu werden, und jetzt ist die Arbeit das Einzige, woran ich denke. Und ihr. Was für ein Glück, dass ich ausgerechnet euch als Kolleginnen bekommen habe.«

Signe tastete nach ihren Papilotten. Sie überlegte, wie

sie damit wohl schlafen sollte. Nicht, dass sie Löcher in die Kopfhaut bekam.

Elisabeth setzte ihre Gedanken fort.

»Wahrscheinlich wären wir auch mit anderen zurechtgekommen, wir sind ja alle nicht so kompliziert. Ich dachte, es würde schwieriger werden, mit Iris in Kontakt zu kommen. Dass wir uns so gut verstehen, ist schon etwas Besonderes. Wir können unterschiedliche Sachen, das ist wahrscheinlich auch der Grund, weshalb sie uns genommen haben. Ganz einfach ist es dennoch nicht. Die Menschen haben so unterschiedliche Voraussetzungen.«

»Ja, ich verstehe zwar, dass ich dabei nützlich bin, mich um den Professor zu kümmern und für andere praktische Dinge, aber was ihr bei all den anderen Aufgaben mit mir anfangen sollt, ist mir schleierhaft. Ich habe nach der fünften Klasse mit der Schule aufgehört und kann kein Wort in einer Fremdsprache. Ich kenne die Welt außerhalb von Roslagen nicht, ich finde mich ja nicht einmal in Stockholm zurecht. Was wollen die Streitkräfte mit einem Landei wie mir? Auch wenn ich schon weiß, dass ich für manche Sachen gut bin.«

Elisabeth schwieg eine Weile.

»Wenn ich ehrlich sein soll, habe ich mich das zu Anfang auch gefragt. Aber je besser ich dich kennengelernt habe, desto weniger hat es mich gewundert. Du denkst viel schneller als ich. Du bist viel logischer als Iris, und ich glaube, dein Gehirn kann viel mehr, als du glaubst. Hast du viel gelesen?«

»Ich durfte mir die Schulbücher meines Bruders leihen, wenn er damit fertig war. Aber vieles darin habe ich auch überhaupt nicht verstanden. Und ich hatte nie Kontakt mit irgendeiner Fremdsprache.«

Elisabeth stand auf und lief aus dem Zimmer. Signe hörte, wie eine Tür geöffnet und Schubladen herausgezogen wurden. Dann kehrte Elisabeth mit einem Stapel Bücher zurück.

»Das sind die Deutschbücher, die ich von meiner Gouvernante bekommen habe. Sie sind für Kleinkinder gemacht und wirklich leicht zu verstehen. Nimm sie mit und arbeite sie durch. Und jedes Mal, wenn du mit einem fertig bist, höre ich dich ab. Ich spreche fließend Deutsch, und wenn du irgendetwas nicht verstehst, fragst du einfach. Was hältst du davon?«

Signe musterte neugierig die Bücher und strich mit der Hand über das oberste.

»Sehr gerne, aber meinst du, ich kann das wirklich?«

»Natürlich, du kannst schließlich lesen. Sie sind wirklich einfach, jedes Kind kann das schaffen. Folge nur genau den Anweisungen im Buch und mach die Übungen, dann verstehst du es schon. So, und jetzt hole ich uns noch ein paar Süßigkeiten.«

Signe öffnete vorsichtig eins der Bücher und entdeckte bunte Bilder mit Kindern und Bildtexten darunter. Jedes Ding, das gezeigt wurde, wurde benannt, samt verschiedenen Deklinationen. Signe formte die Worte mit den Lippen, wagte jedoch nicht, sie laut auszusprechen, aus

Sorge, es könnte albern klingen. Natürlich hatte sie schon Menschen Deutsch sprechen hören, aber hier traute sie sich nicht. Das probierte sie lieber im stillen Kämmerchen aus.

Elisabeth kehrte mit einem kleinen Silbertablett und einem Schälchen Pralinen und Bonbons aus der Küche zurück.

»Die stammen aus dem Geheimvorrat meiner Mutter. Das Gute ist, dass sie es vergessen hat. Mach dir also keine Sorgen, sie hat sie seit Wochen nicht angerührt. Außerdem findet sie, man soll keine Süßigkeiten essen, sie hat ständig Angst, zu dick zu werden.«

Signe schluckte, die bunten Bonbons sahen allzu köstlich aus.

»Das ist bei mir leider ähnlich. Ich nehme schon zu, wenn ich Essen nur angucke. Meine Schwester war wie du, sie konnte essen wie ein Pferd, ohne dass man es ihr ansah. Aber jetzt im Krieg ist es wohl doch ein Vorteil. Ich werde nicht sofort zusammenbrechen.«

Elisabeth wedelte mit beiden Armen.

»Ach, Unsinn. Süßigkeiten sind dazu da, gegessen zu werden; um seine Taille kann man sich im Alter noch Gedanken machen. Ich finde, du siehst kräftig aus, mehr nicht. Ich bin einfach nur lang und klapprig. Anders war es in der Schweiz, da haben wir großartiges Essen bekommen, und selbst mittags gab es Nachtisch. Als ich nach Schweden zurückkam, flippte meine Mutter beinahe aus und wollte mich auf Diät setzen. Sie fand, ich wäre viel zu fett geworden. Aber da hatte ich Kurven, die der Rede wert waren, nicht einmal Rita Hayworth hatte da noch eine Chance. Jetzt ist davon nichts mehr übrig. Und dein Busen ist gigantisch, dafür solltest du dich auf keinen Fall schämen!«

Signe wurde ganz verlegen. Sie beeilte sich, eine Praline zu nehmen und dann lang und breit davon zu schwärmen, wie gut sie schmeckte. Mit ihrem Körper war sie noch nie zufrieden gewesen, und ganz bestimmt nicht mit ihrem großen Busen, den sie mit aller Macht zu verbergen versuchte.

Elisabeth nahm kein Blatt vor den Mund. Daran musste Signe sich erst mal gewöhnen. Es war aufregend und sehr erfrischend. Wenn ihre Eltern sie so sehen könnten!

Während des gesamten Rückwegs schwärmte Jan ununterbrochen von dem tollen Zug, den er hatte fahren dürfen. Iris versuchte, sich auf ihn zu konzentrieren, doch immer wieder glitten ihre Gedanken ab. Es war ein sehr schöner Abend gewesen, und sie bereute eigentlich nicht, dass sie Signe und Elisabeth so viel erzählt hatte. Sie glaubte durchaus, dass sie ihnen vertrauen konnte. Dennoch war die Welt um sie herum alles andere als sicher, das war ihr sehr bewusst. Jan merkte, dass sie ihm nicht zuhörte und zog an ihrem Ärmel. Sofort wandte sie ihm wieder ihre Aufmerksamkeit zu. Er erzählte detailliert von den Welten, die er besucht hatte und welche Menschen an welchem Bahnhof wohnten.

Als Josef und Professor Bremer ihnen am Hauseingang entgegenkamen, lächelte Josef sein geheimnisvolles Lächeln, wie er es immer tat, wenn ihm etwas gelungen war. Nur ein Mundwinkel verzog sich dabei nach oben.

Arvid Bremer verdrehte die Augen.

»Josef hat mich mit zwei Zügen überlistet, die ich niemals vorausgeahnt hätte. Sehr ärgerlich, gegen ein Kind zu verlieren, aber Josef hatte zumindest den Anstand, mir eine Revanche anzubieten. Und jetzt entschuldigen Sie mich bitte, ich muss weiterarbeiten.«

Iris streckte die Hand aus.

»Vielen Dank, dass Sie mit ihm Schach gespielt haben.«

Bremer ergriff sie und verbeugte sich anschließend kurz vor Josef, dann verschwand er im Treppenhaus. Iris ahnte, dass er einiges an Arbeit nachzuholen hatte.

Durch die kühle Frühsommernacht gingen sie nach Hause, und die Jungen erzählten einander aufgeregt von ihren Erlebnissen. Iris wusste, dass Jan die Termini, die Josef benutzte, kaum verstand, während Josef wahrscheinlich nicht den blassesten Schimmer von Jans Phantasiewelt rund um die Modelleisenbahn hatte. Aber sie hörten einander zu und waren beide fröhlich und ausgelassen.

Vorsichtig deckte Iris Josef zu, der im Schlaf seine Decke weggestrampelt hatte. Jan schlief ruhig, während sein Bruder sich viel bewegte. Seit sie klein waren, teilten sie sich ein Bett. Sie schliefen besser so, fühlten sich sicher, einer in der Gegenwart des anderen. Früher hatte Rudolf ihnen abends immer noch ein Märchen erzählt, wenn er von der Arbeit an der Uni nach Hause kam. Zum gemeinsamen Abendessen schaffte er es meist nicht, denn er kam frühestens um sieben, wenn die Jungen bereits gegessen und gebadet hatten. In seinen Geschichten ging es immer um dieselben Figuren, zwei kleine Waldmäuse und ihre Abenteuer. Josef und Jan durften sich abwechselnd wünschen, was sie als Nächstes erleben sollten. Josef hörte am liebsten immer wieder dieselben Geschichten, während Jan sich neue Abenteuer wünschte.

Nie würde Iris so erzählen können, wie Rudolf es vermocht hatte.

Iris strich Josef eine Strähne aus dem Gesicht und streichelte Jan die Wange. In den letzten Tagen hatten sie weniger ängstlich gewirkt, und so fröhlich wie an diesem Abend hatte sie sie schon lange nicht mehr erlebt. Vielleicht in ihrem letzten gemeinsamen Sommer in Pärnu.

Iris ließ die Tür zu ihrem Zimmer einen Spalt offen stehen, sie wollte, dass die beiden Jungen schnell bei ihr sein konnten, wenn sie aufwachten und sich fürchteten. Sie selbst ging in die Küche und setzte sich auf einen der Klappstühle, die sie mit Signe zusammen aus dem Keller geholt hatte. Was für ein Unterschied es doch war, wieder ein Zimmer für sich zu haben, während die Jungen nebenan schliefen. Während der sechs Monate vor ihrem Einzug hier hatten sie sich fast permanent im selben Raum aufgehalten.

Iris öffnete den Kühlschrank, und Tränen traten ihr in die Augen. Signe hatte ihnen eine Kanne Milch, einen Teller mit Butter und ein Stück Käse hineingestellt. In eine Dose mit Deckel hatte sie ein paar Kekse gelegt. Iris nahm sich einen heraus und versuchte, die Tränen der Dankbarkeit zu unterdrücken, die ihr immer schneller über die Wangen liefen. Sie hoffte, sich eines Tages für all das Gute revanchieren zu können, das ihr hier widerfuhr.

SIGNE

Signe und Elisabeth wurden vom Klingeln des Telefons geweckt. Anscheinend waren sie auf dem Sofa eingenickt. Jetzt fuhren sie hoch. Elisabeth griff nach dem Hörer.

»604161. Was ist passiert?«

Eine monotone Stimme informierte sie über etwas, das Signe nur bruchstückhaft erfasste. Klar wurde ihr nur, dass es sich um eine spontane Einberufung handelte. Sie sollten sich sofort am Karlaplan einfinden.

Elisabeth warf den Hörer auf die Gabel.

»Wir müssen ins Büro, sofort.«

»Was ist denn passiert?«

»Das haben sie nicht gesagt, nur dass wir vor Ort gebraucht werden.«

Signe sprang auf und zupfte ihr Kleid zurecht.

»Hoffentlich ist es nichts Ernstes. Stell dir vor, wenn jetzt bei uns Krieg ausbricht.«

Elisabeth lief in ihr Zimmer, zog sich unterwegs das zerknitterte Kleid über den Kopf und nahm sich ein neues aus dem Schrank.

»Ich glaube nicht, sonst hätte es wahrscheinlich Fliegeralarm gegeben. Ist das aufregend! Ich bin so gespannt, worum es geht. Es muss etwas ganz Entscheidendes sein. Du setzt dich gleich hinten auf meinen Gepäckträger, dann fahren wir mit dem Fahrrad, das geht am schnellsten.«

Signe schüttelte den Kopf.

»Nein, setz du dich lieber hinten drauf. Wenn ich etwas gut kann, dann jemanden auf dem Fahrrad mitnehmen. Keiner hat so starke Beine wie ich, das können alle auf dem Hof bezeugen. Manchmal habe ich sogar den Pflug gezogen, wenn die Pferde nicht mehr konnten.«

Elisabeth lachte.

»Also gut, dann tritt du in die Pedale.«

Wenige Minuten später saß Signe auf dem Fahrrad, mit Elisabeth auf dem Gepäckträger. Die Reifen hätten aufgepumpt werden müssen, dafür reichte die Zeit jedoch nicht. Signe strampelte los, Elisabeths Anweisungen folgend. Auf dem Stureplan wimmelte es von Jugendlichen in Feierlaune, und einige junge Männer sahen über die Maßen betrunken aus. Der lange Anstieg auf der Sturegatan machte sich in ihren Beinen bemerkbar, aber Signe hielt tapfer das Tempo.

Elisabeth hielt sich an ihrer Taille fest.

»Signe, mach langsam! Wir wollen schließlich lebendig ankommen. Vorsicht, hier geht es nach rechts. Ich gebe Handzeichen, du behältst beide Hände am Lenker.«

Signe vermied geschickt die Straßenbahnschienen und fiel bald wieder ins frühere Tempo.

Nur gefühlte Sekunden später bogen sie in die Styrmansgatan ein und lehnten das Fahrrad an die Hauswand neben dem Eingang zum Karlaplan 4.

Elisabeth seufzte.

»Dass du Rad fahren kannst, war weiß Gott nicht übertrieben. Du bist ja schneller als ein Auto!«

Signe griff sich plötzlich an den Kopf.

»Ach, du Schreck! Was soll ich denn jetzt machen? So kann ich doch nicht da reingehen. Noch dazu sind meine Haare immer noch feucht.«

Elisabeths Blick fiel auf Signes ordentlich geknüpftes Kopftuch, unter dem die Papilotten hervorlugten. Sie schlug die Hand vor den Mund und kicherte.

»Entschuldige, ich bin gemein. Aber weißt du was, wir tun einfach so, als wäre nichts. Das sind alles Kerle da oben, die haben keine Ahnung, wie die Dinge funktionieren. Sie werden gar nicht begreifen, was du da auf dem Kopf hast.«

»Aber das ist doch peinlich, wenn ich da reingehe und aussehe wie eine Idiotin.«

Elisabeth hakte sich resolut bei ihr unter.

»Wenn wir Glück haben, ist erst mal nur Svartström am Platz. Professor Bremer wird früher oder später dazustoßen, aber der hat gar keine Augen für so etwas Triviales. Also mach dir keine Sorgen. Und wenn sie doch etwas sagen, überlass mir das Reden. Jetzt gehen wir hoch und tun, was sie von uns verlangen. Was auch immer das sein mag.«

Arm in Arm liefen sie die Treppe hinauf. Signe wurde ganz warm ums Herz. So nah war sie niemandem mehr gewesen, seit ihre Schwester gestorben war. Sie war nicht mehr allein.

Ein wenig atemlos stolperten sie ins Büro, wo außer der Arbeitslampe im Büro des Professors kein Licht brannte. Svartström hob den Kopf, als er ihre Schritte hörte, und erhob sich.

»Wie schön, dass Sie so schnell kommen konnten. Es tut mir leid, Signe, dass ich Sie an Ihrem einzigen freien Abend herausklingeln musste. Ich verspreche Ihnen, es bei einer anderen Gelegenheit wiedergutzumachen.«

Elisabeth schrie plötzlich auf.

»Wer hat unsere Papierbögen durcheinandergebracht? Wir hatten sie nach Datum in verschiedene Stapel sortiert. Das stimmt doch, Signe, oder?«

Signe runzelte die Stirn und betrachtete den einzelnen großen Stapel, der mitten auf dem Tisch lag.

»Ja, es war das Letzte, was wir am Abend gemacht haben. Könnte Iris das gewesen sein? Sie ist als Letzte gegangen.«

Elisabeth sah den Stapel durch und schüttelte den Kopf.

»Auf keinen Fall. Hier ist gar nichts mehr sortiert!«

Signe schaute ihr über die Schulter.

»Die einzige Erklärung wäre, dass sie jemandem heruntergefallen sind und er sie anschließend schnell zusammengerafft hat.«

Elisabeth knurrte.

»Ich könnte schwören, dass es Fräulein Andersson war.«

Signe machte ein nachdenkliches Gesicht. Die Sache gefiel ihr nicht.

Svartström räusperte sich zum Zeichen, dass ihn Fräulein Anderssons Ungeschick nicht interessierte. Sie hatten Wichtigeres zu tun.

»Die erste Nachricht, die wir hereinbekommen haben, ist auf null Uhr zweiundzwanzig datiert. Wie wir bereits festgestellt haben, wird um diese Zeit meistens der Schlüssel für die jeweils erste Nachricht des Tages geändert. Vielleicht haben die Deutschen eine feuchtfröhliche Nacht gehabt, oder irgendein Neuling hat die Chiffriermaschine bedient. Wir haben jedenfalls den Eindruck, dass der Schlüssel noch nicht geändert worden ist. Das ist noch nie zuvor passiert und eröffnet uns jetzt die Chance, die Nachrichten zu knacken, da wir uns an das Material von gestern halten können und nicht noch mal von vorne beginnen müssen.«

Professor Svartström wandte sich ihnen zu, und einen Moment lang glaubte Signe, er könne ihre peinlichen Papilotten doch sehen. Doch dann drehte er sich wieder um und fuhr fort: »Bisher ist es uns gelungen, fünf Nachrichten abzufangen. Sie sind im Abstand von nur wenigen Minuten eingetroffen. Wir müssen sie mit den Ergebnissen von gestern vergleichen und schauen, ob wir gemeinsame Abweichungen, Wiederholungen oder, wie Sie das ja kennen, häufig wiederkehrende Wörter finden. Professor Bremer ist auf dem Weg, er war bei seiner Mutter in Djurgården. Er war gerade erst dort angekommen und konnte quasi auf dem Absatz wieder kehrtmachen. Folglich müsste er jeden Moment hier eintreffen. Iris habe ich nicht kontaktiert, sie hat noch kein Telefon. Außerdem ist es nicht nötig, sie und die Jungen zu wecken. Sie soll stattdessen lieber morgen früh mit ausgeruhtem Kopf hierherkommen. Wir müssen unsere Kräfte jetzt gut einteilen. Aber um uns selbst ein bisschen auf Trab zu bringen und der nächtlichen Aufgabe gewachsen zu sein, wäre ich sehr dankbar, wenn Sie uns noch mal einen guten Kaffee kochen könnten, Signe. Die Herren Leutnant Petrén und Dahlén sind ebenfalls auf dem Weg.«

Signe antwortete nicht, sondern begab sich direkt in die Küche. Sie wollte möglichst unsichtbar sein, wenn nun auch noch die anderen kamen. Etwas sagte ihr, dass die Papilotten nicht ganz unbemerkt bleiben würden.

Signe wollte gerade mit dem fertigen Kaffee zu den anderen stoßen, als Leutnant Dahlén hereinplatzte, dicht gefolgt von Petrén und Fräulein Andersson.

»Herr Professor, bitte entschuldigen Sie, wir sind so schnell wie möglich hergekommen. Fräulein Andersson war so nett, uns in einem Auto vom Militärstab mitzunehmen.«

Svartström nahm seinen Kaffee entgegen.

»Gut, dann sind wir ja jetzt alle versammelt. Bevor ich Sie auf den neuesten Stand bringe, kann Fräulein Andersson vielleicht noch kurz sagen, was mit den Unterlagen unserer drei Damen passiert ist, sie scheinen recht plötzlich in Unordnung geraten zu sein.«

Fräulein Andersson wurde hochrot im Gesicht und starrte Elisabeth böse an.

»Tja, so schwer kann ja nicht auszurechnen sein, wie das passiert ist, wenn Fräulein Herrman trotz unserer strengen Auflagen leichtsinnigerweise ständig lüften muss.«

Elisabeth trat empört auf sie zu.

»Wenn hier drinnen auch nur der geringste Luftzug herrschen würde oder ein anderes Fenster zur selben Zeit offen stünde, würde es möglicherweise ziehen. Aber hier ist es windstill wie in einer Gruft. Und falls Sie andeuten wollen, jemand sei hereingeklettert und habe spioniert, dann sind Sie noch beschränkter, als ich bisher dachte. Wir sind immer dabei, wenn das Fenster geöffnet ist.«

Svartström hob beschwichtigend die Hand.

»Moment, jetzt beruhigen wir uns erst einmal.«

»Verzeihung, Herr Professor, aber ich glaube, ich bin der Sündenbock.«

Leutnant Dahlén verbeugte sich unterwürfig.

»Als Petrén und ich heute Abend gegangen sind, habe ich versehentlich mit dem Mantel alles heruntergerissen. Wir hatten es sehr eilig, deshalb habe ich die Papiere lediglich auf einen Haufen gelegt. Es war nicht meine Absicht, irgendwelchen Schaden anzurichten, und ich bitte vielmals um Entschuldigung. Es war mein Fehler.«

Svartström nickte.

»Danke. Wie schön, dass wir das klären konnten. Und jetzt müssen wir uns auf wichtigere Dinge konzentrieren. Fräulein Herrman, seien Sie doch bitte so freundlich, die Herren Leutnant über die jüngsten Entwicklungen zu informieren und dann mit Ihrer Arbeit weiterzumachen. Ich muss derweil kurz telefonieren. Und Sie, Signe, setzen bitte noch eine zweite Runde Kaffee auf, den werden wir brauchen, wenn wir wach und munter bleiben wollen. Auf geht's!«

Elisabeth streckte sich und stöhnte.

»Ich glaube, ich werde langsam irre. Geht es nur mir so, oder fließen die Buchstaben tatsächlich ineinander? Ich kann überhaupt nicht mehr klar sehen.«

Signe starrte auf die Zeilen der Nachrichten, die sie in den letzten vier Stunden verglichen hatten. Es waren ungewöhnlich viele gewesen, außerdem waren durch die Unachtsamkeit der Herren Leutnant die Uhrzeiten nach wie vor durcheinander, so dass sie und Elisabeth die Hälfte der Arbeit des vergangenen Tages noch einmal hatten machen müssen. Signe nahm den letzten Streifen und klebte ihn auf.

»Guck mal hier, *Zustand*. Das sehe ich jetzt schon zum vierten Mal.«

Elisabeth starrte das Wort an, das Signe ihr zeigte, und nickte.

»Ja, es könnte ein wichtiges Wort sein, das in ihrem System für etwas anderes steht. Ich hole Svartström.«

Sie klopfte an seine Tür.

»Professor Svartström, Signe hat etwas entdeckt.«

Sogleich erschienen sowohl Svartström als auch Bremer und beugten sich über den Tisch mit den aufgeklebten Nachrichten. Bremer schrieb so hastig, dass die Bleistiftspitze abbrach, und Signe ihm schnell einen neuen Stift besorgen musste. Er nickte.

»Gut gemacht, Mädels. Svartström und ich werden mal sehen, was wir daraus machen können.«

Elisabeth räusperte sich.

»Sollen wir Ihnen helfen? Können wir Sie noch irgendwie unterstützen?«

Bremer lachte.

»Sie können uns noch ein bisschen Kaffee kochen und brav warten, ob noch weitere Nachrichten zum Aufkleben eintreffen. Darüber hinaus sollten Sie sich Ihre kleinen Köpfchen nicht über etwas so Kompliziertes zerbrechen. Der Professor und ich kümmern uns um die mathematischen Prozesse, darüber brauchen Sie sich keine Gedanken zu machen.«

Er lächelte, als hätte er ihnen etwas sehr Freundliches gesagt, dann verschwand er in seinem Arbeitszimmer.

Nils Svartström räusperte sich verlegen.

»Ja, Sie wissen ja inzwischen, dass Professor Bremer manchmal etwas direkt sein kann. Aber ich halte noch etwas Kaffee ebenfalls für eine gute Idee. Und dann, finde ich, können Sie sich ein bisschen ausruhen, wenn Sie wollen. Sie haben ja wirklich nicht auf der faulen Haut gelegen. Falls wir noch etwas Wichtiges reinbekommen sollten, werden die Männer von oben sich bestimmt melden.«

Signe ging in die Küche, dicht gefolgt von Elisabeth, die wütend knurrte.

»Was ist das für dummes Zeug? Wir sollen uns unsere

kleinen Köpfchen nicht über Mathematik zerbrechen … Dabei haben wir bei der Prüfung besser abgeschnitten als die Männer. Das ist ja wohl das Unverschämteste, was …«

»Elisabeth, er ist Professor. Du kannst vielleicht noch mit dem Wissen glänzen, das du auf den feinen Schulen erworben hast, aber es wäre doch albern, zu behaupten, ich mit meinen fünf Jahren Volksschule könnte etwas Wesentliches zum Gelingen beitragen. Darüber muss man sich doch nicht aufregen. Außerdem habe ich gar nichts dagegen, mich einen Moment lang hinzusetzen, mir tun wirklich die Füße weh. Ich kann zudem gar nicht sagen, wie lächerlich ich mich mit diesen Papilotten fühle. Du hättest sehen sollen, wie Professor Bremer geguckt hat, als er hereinkam.«

Elisabeth schien gar nicht zu hören, was Signe sagte. Sie stand da und kaute gereizt auf einem eingerissenen Nagel herum. Während das Wasser langsam kochte und Signe den Kaffee mahlte, starrte Elisabeth durchs Küchenfenster, das auf die Ziegelwand hinausging. Sobald der Kaffee fertig war, riss sie die Kanne und zwei Tassen an sich.

»Danke, ich bringe ihn rein.«

Signe spürte die heraufziehende Gefahr, ahnte jedoch, dass sie gegen die Entschlossenheit ihrer Freundin nichts ausrichten konnte. Ihr langes rotes Haar wallte bis weit auf den Rücken hinunter. Mit dem Ellbogen klopfte sie kurz an, dann ging sie hinein, ohne die Antwort abzuwarten.

»Ihr Kaffee ist fertig.«

Ein leises Murmeln, dann das Klappern von Elisabeths Absätzen und das Klirren der Kaffeetassen. Signe saß wie auf Kohlen und wartete nur auf eine Schimpftirade oder ein wütendes Gebrüll von Arvid Bremer, doch es blieb still im Büro der Professoren. Als allerdings mehr als zwei Minuten vergangen waren, ahnte Signe Unheil. Es konnte unmöglich so lange dauern, zwei Tassen Kaffee einzuschenken. Vorsichtig schlich sie sich zur Tür. Dort wäre sie beinahe von Elisabeth umgerannt worden, die plötzlich herausgestürzt kam. Aufgeregt wedelte sie mit der Hand, lief zu Fräulein Anderssons Schreibtisch und griff nach Stift und Papier. Dann kritzelte sie eine Menge seltsamer Symbole und Zeichen vermischt mit Gleichungen auf das Blatt.

Signe sah ihr besorgt zu und flüsterte:

»Was hast du vor? Hast du sie ausspioniert?«

Elisabeth runzelte die Stirn.

»Natürlich nicht. Aber ich will, verdammt nochmal, herausfinden, ob ich nicht selber auch etwas kann. Warum soll ich nur stillsitzen und darauf warten, dass sie mit der Lösung herauskommen? Vielleicht kann ich ihnen ja helfen.«

Signe schloss die Augen und wollte etwas einwenden, sah jedoch ein, dass es nichts brächte. Außerdem war es nicht ihre Aufgabe, ihre Kollegin zurechtzuweisen. Stattdessen atmete sie tief durch und kehrte in die Küche zurück, wo sie sich selbst eine große Tasse Kaffee einschenkte und in das große Zimmer mit hinausnahm.

Sie starrte auf die aufgeklebten Streifen, während sie von dem guten Kaffee trank. Svartström hatte recht, man sollte niemals eine Frau unterschätzen, die guten Kaffee kochen konnte. Ihr Blick blieb an einer Zeile ganz oben links hängen. Eine Ziffernfolge, die ihr bekannt vorkam. Signe stellte ihre Kaffeetasse ab und blätterte zurück zu den vorhergegangenen Tagen. Sie fand exakt dieselbe Ziffernfolge, und dann tauchte sie noch einmal auf, nur eine Stunde später. Signe überlegte. Wie konnte dieselbe Ziffernfolge in Nachrichten auftauchen, die an unterschiedlichen Tagen geschickt worden waren? Es schien unlogisch, in Anbetracht der Tatsache, dass die Deutschen jeden Tag den Schlüssel änderten. Sie blätterte noch weiter zurück und fand in mehreren Nachrichten genau dieselben Ziffern, in unterschiedlich großen Abständen. Aufgeregt lief sie zum Arbeitszimmer der Professoren und klopfte so leise wie möglich an.

»Entschuldigung, Herr Professor Svartström, ich glaube, ich habe da etwas Merkwürdiges entdeckt. Natürlich kann ich mich täuschen, aber …«

Nils Svartström rieb sich die Stirn, stand auf und kam zu ihr, gefolgt von Bremer. Sie stellten sich neben Signe, die erklärte, was sie herausgefunden hatte. Plötzlich stieß Bremer ein wütendes Gebrüll aus. Signe zuckte erschrocken zusammen.

»Oh, verdammt, geben Sie mir die Blätter, das muss ich mir genauer ansehen.«

Arvid Bremer rauschte ins Büro zurück und kramte in

den Notizen und Unterlagen auf seinem Schreibtisch. Elisabeth trat ein, ein Blatt Papier in der Hand.

»Entschuldigen Sie, Herr Professor, aber wenn sie jede Nacht um Mitternacht den Schlüssel ändern, dann müsste das doch bedeuten, dass die jeweils erste Meldung auch den neuen Code enthält, oder nicht? Wie soll sonst der Empfänger wissen, wie er beim Entschlüsseln vorgehen soll? Ich halte es für unwahrscheinlich, dass es ein weltweit einheitliches System gibt, sondern glaube, wie gesagt, vielmehr, dass sie den Schlüssel jeweils mit der ersten Nachricht mitschicken.«

Nils Svartström nickte höflich.

»Ja, da haben Sie schön zusammengefasst, worauf wir gerade gekommen sind.«

Elisabeth blinzelte, und einen Moment lang fürchtete Signe, sie könnte etwas Unpassendes sagen, stattdessen schwieg sie. Dann rief sie aus: »Aber dann müsste sich der Schlüssel doch aus den Wörtern ablesen lassen! Es taucht schließlich jeden Tag dasselbe Wort auf.«

Svartström zog die Augenbrauen hoch.

»Ich bin mir nicht sicher, ob ich Sie richtig verstehe, Fräulein Herrman.«

»Dass sie immer nur Varianten desselben Worts benutzen. Was passiert, wenn wir alle denkbaren Kombinationen davon ausprobieren?«

Svartström lächelte.

»Wenn das so einfach wäre. Wir haben Hinweise aus verschiedenen Quellen, dass die Deutschen mit speziellen

Maschinen arbeiten, um uns die Arbeit zu erschweren. Ich kann mir nicht vorstellen, dass wir weiterkommen, indem wir uns auf ein einzelnes Wort konzentrieren.«

»Aber einen Versuch ist es doch wert, oder? Wir wissen nicht sicher, dass es ihnen gelungen ist, diese Maschine zu bauen. Oder es sitzt ein deutscher Zwerg davor und weiß nicht, wie die neue Maschine funktioniert, und bedient sich einer viel einfacheren Methode. So wie mein Bruder und ich uns im Wald Morsesignale zugeschickt haben. Immerhin sind das auf der anderen Seite auch nur Menschen. Und nicht alle sind Ingenieure.«

»Ich weiß Ihre Bemühungen wirklich zu schätzen, Fräulein Herrman, aber ich halte Ihre Theorie für nicht sehr wahrscheinlich. Und jetzt muss ich leider wieder rein zu Professor Bremer. Aber geben Sie nicht auf. Und Signe, wenn wir noch ein klein wenig Kaffee bekommen könnten, wäre ich sehr, sehr dankbar.«

Svartström lächelte und verschwand. Signe legte Elisabeth eine Hand auf den Arm und sagte leise: »Dann nehmen wir uns doch einfach die verschiedenen Kombinationen vor, es kann ja nicht schaden. Aber erzähl denen da drinnen nichts davon.«

Elisabeth zischte wütend: »Die Deutschen sind auch nur Menschen, genau wie wir, es könnte tatsächlich hinterwäldlerische Döspaddel unter ihnen geben, die sich weigern, Maschinen zu benutzen, die sie nicht verstehen. Sowohl meinem eigenen Vater als auch meinem Bruder würde ich so etwas zutrauen. Jedes Mal, wenn wir neue

Geräte bekommen, weigern sie sich, sie zu benutzen. Es hat Jahre gedauert, bis Papa den Kühlschrank akzeptiert hat. Warum sollte es bei diesen Deutschen anders sein? Es ist wirklich einen Versuch wert!«

Elisabeth setzte sich erneut auf Fräulein Anderssons Platz und beugte sich über ihre Zettel. Signe lächelte und ging hinaus, um Svartströms Wunsch nach mehr Kaffee nachzukommen. Es würde sie wundern, wenn diese rothaarige Verrückte nicht tatsächlich als Erste den Code entzifferte.

Plötzlich klingelte das Telefon im Professorenzimmer. Signe und Elisabeth sahen sich an. Wer mochte Samstagnacht um kurz nach vier anrufen? Es musste etwas Ernstes passiert sein.

»Ja, natürlich, verstanden«, hörten sie Professor Svartström sagen. »Das hat absolute Priorität. Ich verspreche Ihnen, mich sofort zu melden, wenn wir etwas herausgefunden haben.«

Er trat aus dem Büro.

»Das war der Staatsminister. Wir haben von dritter Seite Informationen über militärische Bewegungen. Eine unserer Quellen vor Ort in Berlin. Dort scheint hektische Betriebsamkeit zu herrschen. Sie haben beide einen großartigen Einsatz geleistet, aber jetzt wäre es vielleicht gut, einen ausgeruhten Kopf hierherzubekommen. Signe, könnten Sie bitte Iris ablösen, damit die Kinder nicht alleine sind?«

Signe schluckte und sah Professor Svartström ängstlich an.

»Stehen wir kurz vor einer Invasion?«

»Nein, wir glauben nicht, dass es sich gegen uns richtet. Wir sind nicht einmal sicher, ob die Aktivität tatsächlich von Berlin ausgeht. Aber man kann nie wissen, und wir sollten nicht spekulieren. Sorgen Sie bitte dafür, dass Iris so schnell wie möglich hier ist.«

»Jawohl, Herr Professor.«

Signe lächelte Elisabeth zu, die angespannt zugehört hatte. Trotz ihrer Neugier und Energie sah auch sie jetzt ein wenig müde aus. Und Signe musste zugeben, dass ihr ein paar Stunden Schlaf sehr willkommen waren.

IRIS

Im frühen Licht des Sommermorgens eilte Iris die Linnégatan entlang. Signe hatte sie geweckt, und gemeinsam hatten sie die beiden Jungen in Svartströms Wohnung hinaufgetragen, wo sie im Gästezimmer weiterschlafen durften. Signe sah ziemlich mitgenommen aus und schien es peinlich gefunden zu haben, mit Papilotten im Haar durch die Gegend zu laufen. Es war Iris jedoch gelungen, sie zu überzeugen, dass man als Arbeitgeber mit so etwas rechnen musste, wenn man mitten in der Nacht eine Frau anrief. Es war nichts, wofür man sich schämen musste.

Iris hatte nach dem geselligen Abend bei Elisabeth nur schwer in den Schlaf gefunden, zu viel ging ihr durch den Kopf. Die Angst, was mit Rudolf passiert sein könnte, wurde immer größer. Sie begriff nicht, warum Kati sich nicht bei ihr meldete. Dass die Eltern sich zurückhielten, damit niemand den Verdacht schöpfte, sie hätten Iris und den Jungen bei der Flucht geholfen, konnte sie gut verstehen. Kati dagegen, die sich bei Freunden aufhielt und dieser Gefahr nicht ausgesetzt war, hätte sich ruhig bei ihr melden können.

Iris bog in die Styrmansgatan ein und verlangsamte ihren Schritt. Ein Zeitungsausträger kam ihr entgegen, der sein Fahrrad neben sich herschob und die neuesten Nachrichten ausrief.

»Neueste Nachrichten aus den Nachbarländern!«

Iris nickte ihm höflich zu, eilte jedoch weiter. Zu Hause hatte sie die Nachrichten immer genau verfolgt, und sie gab sich alle Mühe, dasselbe auch hier zu tun. Es war wichtig zu wissen, was passierte. Innerhalb von Sekunden konnte sich alles ändern.

Iris lief weiter bis zum Karlaplan 4 und blickte sich sorgfältig um, ob niemand ihr gefolgt war, genau wie man sie angewiesen hatte. Diese Adresse war ein für die Öffentlichkeit anonymer und geheimer Ort und sollte es auch bleiben.

Im Büro mischten sich die unterschiedlichsten Gerüche. Elisabeths Haar wellte sich in der Wärme noch stärker als sonst. Korkenzieherlocken umrahmten ihr Gesicht und ließen sie deutlich jünger aussehen. Die Herren Leutnant Dahlén und Petrén hatten ihre Ärmel hochgekrempelt, die Hosenträger baumelten um ihre Taillen. Professor Svartström saß mit geschlossenen Augen auf seinem Stuhl, auf seinem Schreibtisch stapelte sich das Papier.

Arvid Bremer schien der Einzige zu sein, der noch fit war. Eilig lief er auf Iris zu und schwenkte einen Stapel Papier durch die Luft.

»Ausgezeichnet, dass Sie endlich hier sind, Iris. Sind Sie bereit?«

Iris zog sich den Mantel aus und hängte ihn über die Stuhllehne.

»Natürlich. Könnte ich nur vorher vielleicht eine Tasse Kaffee bekommen?«

»Selbstverständlich, wir nehmen ihn mit rüber.«

Zu ihrer Verwunderung ging Arvid Bremer selbst in die Küche, schenkte Kaffee ein und reichte ihr die Tasse.

»Nehmen Sie Milch?«

»Nein danke, ich trinke ihn schwarz. Ich habe bis eben noch geschlafen.«

»Schlafen? Was für ein Unsinn, wir haben wichtigere Dinge zu tun!«

Iris nahm ihre Tasse und folgte Bremer. Als sie im Arbeitszimmer waren, schloss er die Tür und drehte sich eifrig zu ihr um.

»Mein Schachmatt gegen Josef hat alles verändert. Ohne seinen merkwürdigen Zug wäre ich nicht halb so weit, wie ich jetzt gekommen bin. Wir müssen sein Talent unbedingt fördern. Setzen Sie sich, Iris. Ist Josefs Vater ein kluger Mann?«

Iris setzte sich vorsichtig auf den Stuhl. Sie schluckte und hörte sich zu ihrer Verwunderung sagen: »Der Vater von Josef und Jan ist Rudolf Nauen. Lepik ist mein Mädchenname.«

Arvid Bremer sah sie mit einem so seltsamen Blick aus seinen dunklen Augen an, dass sie es sofort bereute, den Namen ihres Mannes genannt zu haben.

Er schnappte nach Luft.

»Sie meinen, Ihr Mann ist Physikprofessor Nauen? Entschuldigen Sie, Iris, ich bin sprachlos!«

Iris senkte die Stimme und beeilte sich zu sagen: »Bitte erzählen Sie es niemandem, es war dumm von mir, es zu verraten. Ich hätte …«

Arvid Bremer blickte sie fest an.

»Ich verspreche Ihnen, mit höchstem Respekt zu schweigen.«

Dann drehte er sich abrupt um.

»Und jetzt müssen wir das hier durcharbeiten. Es eilt nämlich sehr.«

Iris war verwirrt. Sie wusste nicht, warum sie plötzlich beschlossen hatte, Bremer zu vertrauen, und sie vermochte seine Reaktion nicht zu deuten. Jetzt konnte sie jedoch nichts mehr tun, als sich darauf zu verlassen, dass er Wort hielt. Sonst hatte sie sich und die Kinder in Lebensgefahr gebracht. Und damit vielleicht auch ihren Mann, Rudolf.

SIGNE

Signe öffnete die Augen und blickte sich um. Ein Paar freundliche Augen musterten sie neugierig.

»Guten Morgen, Jan, du bist ja schon wach!«

Er setzte sich neben ihrem Bett auf den Boden. Es war Viertel nach sechs.

»Konntest du nicht mehr schlafen, weil deine Mutter nicht da ist?«

Jan schüttelte den Kopf und fingerte an den Teppichfransen herum. Signe setzte sich auf und strich ihm über die Wange.

»Mach dir keine Sorgen, sie kommt bald zurück. Sie musste nur die Frühschicht übernehmen. Jetzt frühstücken wir beide erst mal gemütlich, und dann nehme ich dich mit auf ein Abenteuer.«

Auf das Wort Abenteuer schien Jan zu reagieren. Gehorsam folgte er ihr in die Küche.

»Schläft Josef noch?«

Jan schüttelte den Kopf und machte eine Geste, als lese er.

»Frag ihn mal, ob er auch etwas essen möchte.«

Jan lief ins Gästezimmer und kehrte gleich darauf zurück.

»Nein. Kein Hunger.«

»Dann mache ich für ihn ein Tablett fertig, damit er essen kann, wenn ihm danach ist. Ich habe morgens auch oft keinen Hunger. Aber du, oder?«

Jan nickte und Signe lächelte.

»Du bist wie mein Neffe, Erik, er liebt frühstücken.«

Signe wärmte Milch in einem Topf und suchte in der Speisekammer nach dem Päckchen Kakao, das sie neulich hinter dem Mehl entdeckt hatte. Es war noch halb voll, und Signe schüttelte es, bis das Pulver nicht mehr klumpte. Dann gab sie es zusammen mit dem Zucker in die Tasse. Jan folgte jeder ihrer Bewegungen mit den Augen. Bald war die Milch heiß, und sie goss einen ersten Schluck auf die Kakaomischung, damit diese sich auflöste. Anschließend füllte sie die Tasse weiter auf und schob sie Jan hinüber.

»Mach vorsichtig, es ist vielleicht noch ein bisschen heiß.«

Jan nippte an dem dampfenden Kakao und lächelte dann so, dass man seine Zahnlücke sah.

»Gut! Danke.«

Signe kämpfte mit den Tränen. Erik hatte sonntags auch immer Kakao zum Frühstück bekommen. Sie schluckte und drehte sich um, um Brot zu schneiden. Die Butter war genau richtig weich und der Käse noch nicht vertrocknet. Sie bereitete ein Tablett für Josef vor und ging zu dem Jungen hinein, der mit dem Gesicht zur Wand im Bett lag. Es dauerte, bis sie ihn zum Essen überreden konnte, und es gelang ihr nicht, ihn dazu zu bringen, sie auf den Ausflug zu begleiten. Aber nachdem sie ihn mit Stiften und

Papier versorgt hatte, schien es für ihn in Ordnung zu sein, allein zu Hause zu bleiben. Sie würden ja nicht lange fort sein.

Die Tür zum Innenhof quietschte, als sie versuchten, sie zu öffnen. Signe und Jan zuckten beide zusammen.

»Das klingt ja schlimm, die müssen wir dringend mal ölen. Du und ich, wir müssen wohl die neuen Hausmeister hier werden, immer mal nachsehen, was alles repariert werden muss.«

Sie hatte keine Ahnung, wie viel Jan von dem verstand, was sie sagte, aber ihre Plauderei schien ihn zu beruhigen. Und vielleicht war es für ihn auch die einzige Möglichkeit, die Sprache zu lernen. Es konnte jedenfalls nicht schaden, dachte Signe und ging zu den Fahrrädern. Da stand das grüne Damenrad mit dem braunen Sattel, das Svartström ihr beschrieben hatte, vorn hatte es einen Fahrradkorb. Es war von einer dicken Staub-und-Schmutz-Schicht bedeckt, so dass sie den feuchten Lappen, den sie mitgebracht hatte, gut gebrauchen konnte. Ein stabiler Gepäckträger hinten, und die Reifen waren natürlich platt. Signe bückte sich und kniff hinein. Wenn sie Glück hatte, war nur die Luft raus. Sie versuchte, sie aufzupumpen, doch leider schienen beide Schläuche Löcher zu haben. Also packte Signe das Werkzeug aus, das sie vorsorglich mitgebracht hatte. Ihr Bruder hatte es ihr in einer kleinen Blechdose zum Abschied geschenkt. Nun müsse sie ja allein zurechtkommen, hatte er gesagt, und ein erster Schritt dabei wäre, dazu in der Lage zu sein, einen Fahrradreifen zu flicken. Ihr Bruder war der Einzige in der Familie, der die höhere Schule hatte besuchen dürfen. Nur um dann doch auf dem Hof zu bleiben und den Heuwagen zu fahren. Ihre Eltern fanden, es sei Aufgabe des ältesten Sohnes, den Hof weiter zu bewirtschaften. Henning und sie hatten sich beide für ein Studium interessiert, auch wenn es in Signes Fall nie ernsthaft zur Debatte stand. Immerhin hatte sie mitgelesen und bei Prüfungen mitgefiebert. Henning hatte ihr einmal anvertraut, dass er Arzt werden und schwerkranken Menschen helfen wolle. Schon als kleiner Junge hatte er großes Geschick mit den Tieren auf dem Hof gezeigt und immer dabeigestanden, wenn der Tierarzt kam. Signe hätte sich nichts sehnlicher gewünscht, als dass sein Wunsch in Erfüllung gegangen wäre, inzwischen aber war es dazu längst zu spät. Mit zwei kleinen Kindern und einem dritten unterwegs würden die akademischen Träume ihres Bruders sich nicht mehr realisieren lassen.

Jan verfolgte interessiert jeden Arbeitsschritt, und Signe zeigte ihm, wie man den Mantel abnahm, das Loch im Schlauch fand, indem man ihn aufpumpte und unter Wasser drückte, und wie man ihn anschließend mit einem Gummiflicken versah. Nach einer Dreiviertelstunde waren beide Reifen prall gefüllt und das Fahrrad abfahrbereit. Der Rahmen leuchtete grün in der Sonne, und nach seiner Aufrüstung sah das Rad wieder fast aus wie neu. Signe schob es auf die Straße, während Jan ihr die Tür aufhielt.

»Kannst du Fahrrad fahren?«

Jan schüttelte den Kopf.

»Das hier ist ein bisschen groß für dich, aber vielleicht finden wir eins, das besser passt, dann kannst du es lernen. Ich werde mal schauen, was sich da machen lässt. Und jetzt setz dich auf den Gepäckträger und halt dich gut fest. Wir wollen nach Gamla Stan, der Marktplatz heißt Kornhamnstorg. Ich bin selbst noch nie da gewesen, du musst mir also helfen, es zu finden.«

Sie zog einen kleinen Stadtplan heraus und zeigte Jan, wie sie fahren mussten.

»Ich weiß den Weg nicht genau, aber wir müssen Richtung Schloss und dann auf die andere Seite des Wassers. Da.«

Jan folgte ihrem Finger, mit dem sie die Strecke abfuhr, bevor sie die Karte wieder zusammenfaltete.

»Also, bist du bereit?«

»Bereit!«

Jan hielt sich an ihrer Taille fest, und Signe fuhr los Richtung Fredrikhovsgatan. Das Wasser glitzerte, als sie den Strandvägen entlangfuhren, dem sie anscheinend nur zu folgen brauchten. Sie fuhr in gemächlichem Tempo und genoss die Sonne auf der Haut. Es war lange her, seit sie eine ordentliche Portion Tageslicht bekommen hatte, in den letzten Wochen war kaum Zeit dafür gewesen. Jan saß ganz still hinter ihr, und sie hoffte, er hatte keine Angst. Sie tat ihr Bestes, um möglichst sanft über Bordsteinkanten und Unebenheiten zu fahren.

Bald tauchte das stattliche Gebäude des Königlichen Dramatischen Theaters auf. Der Nybroplan war eben erst zum Leben erwacht. Arbeiter mit Schubkarren liefen zum Wasser und wieder zurück, und ein paar Fahrradkuriere zischten an ihnen vorbei. Signe spürte die weiche Morgenluft im Gesicht, und dachte: Das könnte der erste richtige Sommertag werden. Bisher hatte der Juni sich eher von der kalten Seite gezeigt, eher wie sein launischer Bruder, der April. Sie bogen ab, den Barzelii-Park auf der einen Seite, zwischen die Häuser der Arsenalsgatan hinein. Linker Hand glitzerte es erneut, dort türmten sich die Häuser des Strömkajen auf. Signe sah eine Kirche in einem hübschen Park mit Skulpturen, von dem sie annahm, dass es der Kungsträdgården war. Und dann lag es vor ihnen. Das Stockholmer Schloss. Grauer und ein bisschen trister, als sie es sich vorgestellt hatte, aber dennoch ein Schloss. Die Brücke, die sie überquerten, wurde von steinernen Löwen bewacht, und weiter hinten sah man das Riksdagshuset. Signe wurde ganz feierlich zumute. Da fuhr sie, Signe Jansson, mit einem kleinen Jungen auf dem Gepäckträger mitten zwischen diesen beiden wichtigen Gebäuden hindurch, die von Macht und Tradition geprägt waren. Am Kai trieben sich Jungen in Jans Alter herum, die früh aufgestanden waren, um zu angeln. Bäuchlings ließen sie ihre Angelschnüre ins Wasser baumeln. Signe strampelte weiter und hoffte, dass sie den richtigen Weg über die Skepps-Brücke und am Schloss vorbei nahm. Jan saß schweigend hinter ihr, und sie strich vorsichtig über seine Hände, die um ihre Taille lagen.

»Schau mal, Jan, da drüben liegt Slussen. Der hohe Turm, das ist ein Aufzug. Kannst du dir vorstellen, mit einem Aufzug so hoch zu fahren? Ich weiß gar nicht, ob ich mich das trauen würde.«

Sie blickte zu dem Metallgerüst hinauf. An der Fassade daneben hing ein neonfarbenes Reklameschild. Signe hatte gelesen, dass es sich um das erste bewegliche Reklameschild Schwedens handelte, es warb für die Zahncreme Stomatol und hing am Katarina-Aufzug. Als der Aufzug ein paar Jahre zuvor ausgewechselt werden musste, brachte man das Schild stattdessen an der Fassade nebendran an. Sie überlegte, wie es wohl sein mochte, neben so einem Schild zu wohnen. Wurde es da überhaupt jemals dunkel? Derzeit war es bestimmt außer Betrieb, wie so vieles in der Stadt. Es war ein bisschen unheimlich, die vielen verbarrikadierten Schaufenster, die bedeckt sein mussten, damit kein Licht herausdrang. Vielleicht wirkten sie auch gerade jetzt im Frühsommer so abschreckend, wenn sich eigentlich alles luftig und hell anfühlen sollte.

»Da drüben muss es sein. Ein großer Marktplatz, wo die Fischer aus dem Schärengarten ihren Fang an die Stadtbewohner verkaufen. In der Zeitung habe ich gelesen, dass es sowohl Aal als auch Saiblinge geben soll. Vielleicht genügen uns aber auch ein paar Strömlinge, oder was meinst du, Jan?«

Auch wenn Jan wahrscheinlich nicht viel von dem verstand, was sie sagte, war es doch schön, so drauflos plaudern zu können.

Der Kornhamnstorg lag an einer der Längsseiten von Gamla Stan und ging auf den Riddarfjärden hinaus. Hinter ein paar Häusern meinte Signe das Stadhuset mit den drei vergoldeten Kronen auf der Spitze zu erkennen. Auf dem Markt war das Leben alles andere als vergoldet. Hier drängten sich Bewohner des Schärengartens und Stockholmer. Herrschaften und Hausangestellte standen Schlange, um zu einem vernünftigen Preis Fisch zu bekommen. Viele hätten gerne Heringe für das bevorstehende Mittsommerwochenende eingelegt, einigen ging es aber sicherlich auch nur darum, die kargen Mahlzeiten der Woche mit ein wenig Fisch aufzuwerten. Signe hoffte, einen Saibling und möglichst auch etwas Aal zu bekommen, denn der gehörte offenbar zu den Lieblingsgerichten des Professors. Hätte sie nur für sich einkaufen müssen, hätten ihr Strömlinge vollauf genügt.

Sie stellte das Fahrrad an einem Laternenpfahl ab und drängte sich durch die Menschenmenge, Jan fest an der Hand. Plötzlich stieß sie jemand kräftig in die Seite, und sie blickte empört auf.

»Oh, Verzeihung, junges Fräulein!«

Ein großer schlanker Mann in ihrem Alter lächelte sie an, mit einer ordentlichen Lücke zwischen den Vorderzähnen. Es war unmöglich, nicht zurückzulächeln. Er breitete die Arme aus.

»Womit kann ich dienen? Strömlinge, Saiblinge, Lachs oder Aal?«

»Ja, vielleicht von jedem etwas. Außer Lachs, den können wir uns nicht leisten.«

»Darf ich mich vorstellen? Lasse Lustig, und genau das bin ich auch.«

Signe lachte.

»Das klingt beruhigend. Aber wer garantiert mir, dass ausgerechnet der Fisch, den Herr Lustig verkauft, so viel besser ist als anderer?«

Lasse Lustig grinste über das ganze Gesicht.

»Das sehen Sie doch, schauen Sie mich an, ich bin die Aufrichtigkeit in Person.«

Jan warf dem großen Mann einen kritischen Blick zu und zog Signe vorsichtig am Arm. Signe drückte seine Hand.

»Alles gut, Jan, wir gehen gleich weiter. Aber danke für Ihren Versuch, Herr Lustig. Ich glaube dennoch, ich schau mich erst mal um, bevor ich mich entscheide.«

Es stellte sich heraus, dass es nur eine einzige Schlange gab, und die führte zu dem Stand, hinter dem unter anderem Lasse Lustig stand. Sie blickte ihm nach und überlegte, was er wohl eigentlich verkaufte. Wahrscheinlich Fisch vom Schwarzmarkt. Gott sei Dank war sie nicht so leichtgläubig gewesen. Es wäre ihr vor dem Professor sehr unangenehm gewesen, mit so etwas von ihrem ersten Markteinkauf nach Hause zu kommen. Sie griff nach ihrem Portemonnaie, doch die Tasche war leer.

Signe machte auf dem Absatz kehrt und zog Jan hinter sich her.

»Na, warte«, zischte sie leise.

Sie erinnerte sich, wie er sie angerempelt hatte.

Lasse Lustig war vollauf damit beschäftigt, seine Ware all jenen anzupreisen, die gerade auf den Markt kamen. Doch er schien sich genau zu überlegen, wen er ansprach. Signe stellte sich dicht hinter ihn und räusperte sich.

»Darf ich um mein Portemonnaie bitten? Es scheint sich in Ihre Tasche verirrt zu haben.«

Lasse Lustig drehte sich um und sah sie erstaunt an. Er wirkte gar nicht mehr lustig, sondern schnitt eine böse Grimasse.

»Ach, hat das Fräulein vom Lande sein Portemonnaie verloren? Das ist aber ärgerlich.«

Signe reagierte sofort. Sie kniff Lasse Lustig fest in die Hüfte und drehte dabei die Hand, während sie gleichzeitig mit der anderen in seine rechte Hosentasche griff und ihr Portemonnaie herauszog. Wütend hielt sie es ihm vor die Nase und sagte barsch:»Sollte mein Portemonnaie noch einmal verschwinden oder das von irgendjemand anderem, dann habe ich kein Problem damit, den Mann in Uniform zu rufen, der dahinten Streife geht. Oder soll ich es lieber gleich tun?«

»Oh, Verzeihung, ich verstehe gar nicht, wie es bei mir gelandet ist. Entschuldigen Sie bitte, gnädiges Fräulein!«

Lasse Lustig zog sich blitzschnell in die Menschenmenge zurück, die sich um sie gebildet hatte, eine Hand auf der wahrscheinlich immer noch schmerzenden Hüfte, und verschwand Richtung Slussen.

Wenn Signe etwas von ihren Geschwistern gelernt hatte, dann blitzschnell zuzukneifen. Lasse Lustig würde einen ordentlichen blauen Fleck davontragen. Resolut steckte Signe ihr Portemonnaie wieder ein und nahm Jan an die Hand, um auf ihren Platz in der Schlange zurückzukehren.

Eine Frau beugte sich lächelnd zu ihr.

»Das haben Sie gut gemacht, er ist überhaupt nicht lustig, dieser Lustig.«

Signe nickte und merkte jetzt erst, wie ihr Herz klopfte. Sie atmete ein paarmal tief durch und beugte sich zu Jan hinunter.

»Manchmal ist es gut, die jüngere Schwester zu sein. Da weiß man, wie man mit solchen Dummheiten umgehen muss.«

Jan nickte und drückte ihre Hand. Er schien zumindest ein bisschen beeindruckt von ihr. Und er hatte keine Angst, das war das Wichtigste.

Eine gute Stunde standen sie in der langen Schlange, bis sie endlich ihren Fisch bekamen. Die Leute plauderten miteinander, und Signe genoss den ruhigen Moment in der Morgensonne. Jan war zu ein paar gleichaltrigen Jungen hinübergelaufen, die ihre Mütter zum Markt begleitet hatten und jetzt Murmeln spielten.

Als Signe endlich fertig war, trieb sie Jan zur Eile an, es war besser, wenn sie bald nach Hause fuhren, bevor Josef sich Sorgen machte.

Bei Sonnenschein und Möwengeschrei radelten sie über die Skepps-Brücke zurück. Die Schärgartenfähren lagen schon am Kai bereit, um die Stadtbewohner zu ihren Wochenendvergnügungen zu fahren. Signe überlegte, wie es zu Hause auf dem Hof wohl zugehen mochte. Sie war sich nicht sicher, ob sie das Leben dort vermisste, es war nicht immer angenehm gewesen. Doch die Gedanken an Erik und dass sie ihn hatte zurücklassen müssen, nagten an ihr. Sie vermutete, dass Stig nicht einmal duldete, dass ihr Name genannt wurde. So wie er nicht erlaubt hatte, dass sie nach ihrem Tod über Signes Schwester sprachen. Weil er es in seiner Trauer nicht ausgehalten hatte, ihren Namen zu hören.

ELISABETH

Elisabeth war früher aufgewacht als gehofft. Wahrscheinlich war sie immer noch zu aufgewühlt von den Ereignissen der Nacht. Allerdings schlief sie auch sonst nicht gern bis weit in den Vormittag, nicht einmal, wenn sie krank war und Fieber hatte. Es war erst zehn Uhr, als sie in die Küche schlenderte, um sich eine Tasse Kaffee zu machen. Ihre Eltern hatten sie gebeten, sie auf Resarö anzurufen und ihnen ihre Wochenendpläne mitzuteilen, aber Elisabeth beschloss, damit noch ein bisschen zu warten. Als hätte jemand ihre Gedanken gelesen, klingelte plötzlich das Telefon. Elisabeth seufzte.

Mit morgenheiserer Stimme meldete sie sich.

»604161.«

Kurzes Schweigen, dann eine Männerstimme.

»Entschuldigung, bin ich da bei Familie Herrman?«

»Ja, das ist richtig. Wen möchten Sie sprechen?«

Etwas an der dunklen Stimme kam ihr bekannt vor. Dann fiel es ihr wie Schuppen von den Augen. Sie lächelte.

»Könnte das der Herr General Munch sein, der so früh am Morgen anruft?«

»Wenn das Fräulein Herrman findet, zehn Uhr sei früh, dann muss ich annehmen, dass Sie ein ziemlich dekadentes Leben führen.«

Elisabeth lachte.

»So, so. Aber es ist doch erstaunlich, dass der Herr General sich die Zeit nimmt, eine so dekadente Frau anzurufen.«

»Ja, Fräulein Herrman, da gebe ich Ihnen recht. Das ist in der Tat erstaunlich.«

Er räusperte sich.

»Ich gebe heute Abend eine kleine Party draußen in Djurgården und möchte Sie gerne zusammen mit Ihrem Freund Dinty dazu einladen.«

»Hat Dinty Ihnen gesagt, dass Sie mich anrufen sollen?«

»Leider kann ich es ihm nicht in die Schuhe schieben, es war ganz allein meine Idee. Ich glaube, es wird ein Abend nach Ihrem Geschmack, Fräulein Herrman.«

»Wie schön, dann komme ich gern. Vorausgesetzt, Sie bleiben auf dem Teppich. Keine verrückten Einfälle ...«

Elisabeth lächelte, auch wenn Munch eher gemischte Gefühle in ihr hervorrief. »Ich freue mich auf heute Abend.«

»Bestimmt nicht so sehr wie ich.«

IRIS

Svartström hatte ihr mitgeteilt, sie könne sich ein paar Stunden freinehmen, um ein wenig Schlaf nachzuholen, was Iris sehr willkommen war. Sie konnte immer noch nicht richtig fassen, dass die Wohnung, in der sie jetzt wohnten, wirklich ihr Zuhause war. Etwas widerstrebend hatten ihre Söhne sich bereiterklärt, sie zum Einkaufen zu begleiten.

Iris blickte sich in dem Feinkostladen um und schaute noch einmal auf ihre Liste. Jan und Josef warteten geduldig. Sie hatten ihre Idee, Fleischbällchen zu machen, begrüßt, nun hoffte Iris, dass es ihr auch tatsächlich gelänge. Dass sie in ihrem bisherigen Leben nie kochen und überhaupt nur wenig im Haushalt hatte arbeiten müssen, war nichts, worauf sie stolz war. In ihrer Kindheit hatte es stets eine Reihe Hausangestellte gegeben. Als sie an der Uni Rudolf kennengelernt hatte, hatte sie zunächst angenommen, er komme aus einer normalen, nicht besonders wohlhabenden Familie, doch dann hatte sich herausgestellt, dass er in ähnlichen Verhältnissen aufgewachsen war wie sie. Nach der Hochzeit engagierten sie sowohl eine Haushälterin als auch einen Gärtner. Nachdem Jan und Josef auf der Welt waren, kam noch ein Kindermädchen hinzu. Kati hatte ihr immer wieder in den Ohren gelegen, sie sollten auch noch eine deutsche Köchin einstellen, weil alle in ihrem Freundeskreis es so machten. Eine, die auch mal moderne und internationale Gerichte zubereiten konnte statt immer nur estnischer Kost. Iris hatte sich diese Ratschläge höflich angehört, sie aber nicht weiterverfolgt, da sie zunehmend misstrauischer gegenüber allem wurde, was das Deutsche Reich betraf.

Nach Karl-Fredriks Tod hatte es umfassende Spekulationen darüber gegeben, was er mit den Deutschen zu tun gehabt haben könnte, und Iris wusste nicht mehr, was sie glauben sollte. Der Karl-Fredrik, den sie gekannt hatte, hatte niemals irgendwelche Sympathien gegenüber antisemitischen Ansichten geäußert und Rudolf und seine Arbeit sehr geachtet. Kati hatte etwas anderes angedeutet, aber wie immer war es wahrscheinlich das Beste, nicht ganz so genau hinzuhören, wenn ihre jüngere Schwester etwas behauptete. Sie liebte das Drama und befand sich gern im Mittelpunkt des Geschehens. Ihr Verlobter schien vom selben Schlag zu sein, weshalb Iris fand, dass sie gut zusammenpassten.

»Semmelbrösel, Mama, vergiss nicht die Semmelbrösel«, sagte Josef, und Iris wandte sich der Kassiererin hinter der Theke zu.

»Stimmt, wir brauchen bitte auch noch Semmelbrösel.«

Sie hielt ihr ihre Essensmarken hin und öffnete das Portemonnaie. Da ihr der Lohn im Voraus bezahlt worden war, war sie jetzt ruhiger. Sie wusste, dass sie für sich und ihre Söhne aufkommen konnte. Alles Weitere würde sich finden.

Draußen schien die Sonne, und Iris blinzelte in den Himmel.

»Vielleicht sollten wir nach dem Essen versuchen, eine Badestelle zu finden?«

Josef starrte auf das Pflaster, und Jan schüttelte den Kopf.

»Nein, nicht ans Meer. Ich will nie wieder ans Meer.«

Iris strich ihm sanft über die Schulter.

»Im Büro haben sie gesagt, es gebe einen Park hier in der Nähe, wo es ein kleines Becken gibt, da wollte ich gerne hin.«

Die Jungen strahlten, der Schatten verschwand aus ihren Gesichtern.

Als sie die Einkaufstasche zu Hause auf die Küchenarbeitsfläche hob und feststellte, dass sie Zwiebeln vergessen hatte, seufzte Iris. An Kartoffeln hatte sie auch nicht gedacht. Sie war wirklich schlecht in diesen Dingen. Rasch wandte sie sich ab, damit die Jungen ihre Tränen nicht sahen. Plötzlich klingelte es an der Tür. Draußen stand Signe und strahlte über das ganze Gesicht.

»Ich habe gesehen, dass ihr vom Einkaufen zurück seid, und wollte fragen, ob ich helfen kann.«

Iris blickte sie lange an. Dann fiel der Groschen.

»Jan, hast du mit Signe gesprochen?«

Mit gesenktem Kopf trat Jan zu ihnen in den Flur. Iris strich ihm über den Kopf. »Du hattest wohl Angst um die Fleischbällchen, was?«

Signe hob die Hände.

»Du kannst eine Menge Dinge, von denen ich nichts verstehe, aber hierbei kann ich dir helfen. Svartström ist den ganzen Tag unterwegs, ich sitze also ohnehin ganz allein in meinem Zimmer.«

Iris lächelte dankbar, und Signe lief gleich los, um Zwiebeln und Kartoffeln zu holen.

Als das Essen fertig war und sich alle um den Tisch versammelt hatten, starrte Jan mit großen Augen die Töpfe an.

»Das hat Mama gekocht? Echt wahr?«

Alle lachten und schlugen ordentlich zu.

Nach dem Essen ging Signe wieder in die Wohnung des Professors hinauf, für den sie noch ein paar Hemden bügeln musste. Iris hatte gerade einen Topf auf den Herd gestellt, um Wasser für den Abwasch heiß zu machen, als es erneut an der Tür klingelte. Wahrscheinlich hatte Signe etwas vergessen. Iris trocknete sich die Hände an der Schürze ab und ging zur Tür.

»Meine Lieblingsschwester! Was habe ich mir für Sorgen um euch gemacht.«

Im Treppenaufgang stand Kati in einem neuen blauen Kleid und mit einer schimmernden Perlenbrosche, die Iris sofort wiedererkannte.

»Kati!«

Iris spürte, wie ihr die Tränen in die Augen schossen. Sie umarmten sich lange, ohne ein Wort zu sagen.

Dann räusperte sich jemand hinter ihnen.

»Mama, wer ist das? Ist das Tante Kati?«

Iris ließ ihre Schwester los und lächelte Josef an.

»Ja, Tante Kati ist zu Besuch.«

Die Jungen waren im Hof. Josef hatte widerwillig gehorcht und war mit Jan nach draußen gegangen. Iris und Kati saßen auf dem Sofa. Katis Nägel waren so sorgfältig lackiert wie immer.

Iris schüttelte den Kopf.

»Wie hast du es geschafft hierherzukommen? Du siehst nicht aus, als wärst du mit einem Fischerboot gefahren.«

Kati strich sich das glänzende schwarze Haar zurück, das sie sich zu einem losen Knoten gebunden hatte.

»Nein, ich bin mit einem Freund von Karl-Fredrik geflogen.«

»Von Karl-Fredrik? Mit wem?«

»Ein Cousin oder Bruder von ihm, ich weiß es nicht genau. Aber es ist so traurig, alle bedauern Karl-Fredriks Tod. Und noch immer versteht keiner, warum er es getan hat. Er war so beliebt und erfolgreich – wie konnte er so etwas machen? Sich einfach in die Luft sprengen. Wer tut so etwas?«

Kati wedelte mit der rechten Hand, während sie gleichzeitig ein Zigarettenetui aus ihrer Tasche zog.

Iris sah ihr zu.

»Hast du wirklich keine Ahnung, was mit Rudolf passiert sein könnte?«

Kati riss ein Streichholz an und hielt es an die Zigarette.

»Nein, es ist furchtbar, aber wie ich schon sagte, ist er nie am vereinbarten Treffpunkt aufgetaucht. Niemand hat etwas gesehen oder gehört. Und tot kann er auch nicht sein, sonst stünde er ja auf einer der Listen mit den Namen der Verstorbenen.«

Iris fragte sich, ob Kati wohl merkte, wie gefühlskalt sie klang, aber sie wollte sich nicht mit ihr streiten. Sie seufzte, trotz allem erleichtert darüber, dass Rudolf wahrscheinlich noch am Leben war.

»Ich hoffe so sehr, dass er fliehen konnte, dass er sich im Wald versteckt hat, bevor sie kamen. Jemand muss von unseren Papieren Wind bekommen haben. Aber wer? Niemand wusste, dass wir unseren Namen geändert hatten.«

»In Estland scheint es im Moment nur ein Thema zu geben: die Juden. Vorher haben wir doch kaum gewusst, was ein Jude ist.«

Iris seufzte.

»Rudolf weiß es ja selbst kaum, er hat nie Interesse an religiösen Dingen gezeigt, und seine Eltern genauso wenig.«

»Trotzdem waren sie irritiert, als er mit dir, einer Nichtjüdin, ankam.«

»Ich glaube, dabei ging es um etwas anderes. Sie mochten Papa und seine russischen Freunde nicht.«

»Wie auch immer, sie sind sehr darauf herumgeritten, gläubige Juden oder nicht. Unsere Eltern dagegen haben überhaupt nichts gesagt, als du dich für Rudolf entschieden hast.«

»Schon seltsam, wenn man bedenkt, dass er Physikprofessor ist.«

Kati kicherte und stieß den Rauch aus. Iris rümpfte die Nase.

»Und du hast dich also einfach in ein Flugzeug gesetzt und bist hierher geflogen? Ohne irgendwelche Papiere oder Genehmigungen zu benötigen?«, fragte sie ungläubig.

»Sieht so aus. Wahrscheinlich ist das einfach so, wenn man von einer wichtigen Familie eingeladen worden ist. Sie geben am Wochenende eine große Party, Henry fliegt extra aus Berlin hierher. Ich wünschte wirklich, du könntest auch kommen, aber ich fürchte, es ist besser, wenn du dich noch eine Weile im Hintergrund hältst. Wie bist du eigentlich an die Wohnung hier gekommen?«

Iris hielt sich an die Version, die Svartström ihr vorgegeben hatte.

»Es ist eine Hausmeisterwohnung. Der Besitzer wollte gerne, dass jemand mit Kindern einzieht, damit sie ab und zu Botengänge übernehmen können.«

»Du bist *Hausmeisterin?* Musst du auch putzen und wischen?«

»Ich bin einfach dankbar, dass ich eine Wohnung habe, deshalb habe ich kein Problem damit.«

Kati schnitt eine Grimasse.

»Na ja, vielleicht ist es ganz gut, dass du etwas hast, bis du wieder auf die Beine kommst. Wenn Rudolf wieder da ist, könnt ihr es ja wieder so haben wie vorher.«

Iris nickte langsam.

»Ja, das hoffe ich. Ich glaube, es würde ihm hier gefallen, auch wenn er die Sprache nicht beherrscht. Hauptsache, es ist sicher. Wer weiß, wie lange Schweden noch neutral bleiben kann. Was hat denn Familie Ritter noch zu Karl-Fredrik gesagt?«

»Sie nehmen an, dass er eine Depression hatte, ohne dass es jemand wusste. Sie fanden auch, er habe im letzten Jahr deutlich mehr getrunken als sonst, er hatte zwei Autounfälle, weil er unter Alkoholeinfluss gefahren ist. Außerdem glauben sie, dass er nach wie vor unglücklich war, weil Karin die Verlobung aufgelöst hat.«

»Das ist aber doch schon lange her, über fünf Jahre.«

»Anscheinend ist er anschließend nie wieder der Alte gewesen. Aber bevor ich es vergesse, ich habe dir ein paar extra Kleider mitgebracht. Ich habe so viel wie möglich eingepackt von dem, was du damals zurücklassen musstest. Der Koffer steht vor der Tür. Leider konnte ich dir nur einen mitbringen, mein Kleid für die Party füllt allein schon einen Koffer.«

»Und was ist mit dem, den ich auf der Flucht für dich mitgenommen habe? Nimmst du den jetzt an dich?«

Kati inhalierte den Rauch und schüttelte den Kopf.

»Nein, nicht jetzt, ich kann nicht mit so viel Gepäck bei den Ritters aufkreuzen, das käme mir seltsam vor.«

»Was ist denn überhaupt in dem Koffer?«

»Nichts Wichtiges, hauptsächlich Sachen von Henry, auf die ich aufpassen sollte. Papiere von seinen Eltern und so weiter. Er hatte Angst, dass sie verlorengehen könnten, wenn Berlin bombardiert wird. Ich habe versucht, ihm klarzumachen, dass es viel wahrscheinlicher ist, dass Tallinn bombardiert wird, und da kamen wir darauf, dass es das Beste wäre, wenn du die Sachen nach Schweden mitnimmst. Stell den Koffer einfach in den Keller, dann nimmt er keinen Platz in der Wohnung weg. Oh, jetzt muss ich mich aber beeilen. Ich habe versprochen, Ritters zum Essen im *Operakällaren* zu treffen. Ich muss ein Taxi rufen.«

»Ich habe kein Telefon. Aber ich glaube, es geht ohnehin schneller, wenn du am Strandvägen in die Straßenbahn steigst, es sei denn, du findest unterwegs ein Taxi, das du anhalten kannst. Wann sehen wir uns wieder?«

Kati zog sich den dünnen Mantel über und rückte vor dem Flurspiegel ihren koketten kleinen Hut zurecht.

»Morgen gibt es Drinks auf dem Anwesen der Ritters, und übermorgen ist die große Party. Ich hoffe, ich kann Anfang nächster Woche noch mal vorbeikommen, wenn ich nicht vorher nach Hause muss. Am liebsten wäre es den Ritters, wenn ich in den rechten Flügel ihres Hauses ziehen würde, aber ich weiß nicht, was unsere Eltern dazu sagen würden. Andererseits sind es immerhin meine Pateneltern.«

»Würdest du alleine dort einziehen oder zusammen mit Heinrich?«

Kati zog sich die Lippen mit einem dunkelroten Stift nach und fuhr sich anschließend mit der Zunge über die Schneidezähne.

»Ich weiß, was du sagen willst: dass alle mich hassen werden, weil wir zusammenwohnen, ohne verheiratet zu sein. Aber wir können unmöglich mitten im Krieg eine rauschende Hochzeit feiern.«

»Hauptsache, es passiert kein Unglück.«

»Ich kann dir garantieren, dass ich diese Dinge unter Kontrolle habe. Ich habe überhaupt keine Lust, dick und müde zu werden. Jedenfalls nicht, bevor ich verheiratet bin.«

Iris legte ihrer Schwester eine Hand auf den Arm.

»Versprich mir, dass du auf dich aufpasst.«

»Das sagst ausgerechnet du, die du mit zwei kleinen Kindern im Fischerboot über die Ostsee gefahren bist. Um mich brauchst du dir wirklich keine Sorgen zu machen.«

Sie drückte Iris zwei schnelle Küsse auf jede Wange, dann warf sie die Tür hinter sich ins Schloss. Ebenso schnell, wie sie gekommen war, verschwand sie wieder. Iris war sich nicht einmal sicher, ob sie überhaupt da gewesen war. Noch immer schien ihr unbegreiflich, wie es Kati gelungen war, hierherzukommen, ohne irgendwelche Kontrollen über sich ergehen zu lassen. Doch ihrer Schwester war wahrscheinlich alles zuzutrauen.

Eigentlich hätte Iris sich jetzt beeilen müssen, um rechtzeitig zu ihrer Schicht am Karlaplan zurück zu sein. Vorher aber musste sie noch rasch nachsehen, was Kati ihr mitgebracht hatte.

Dankbar packte sie mehrere Lieblingskleider und reichlich Unterwäsche aus. Sie freute sich, dass Kati auch daran gedacht hatte. Noch zwei weitere Kleider landeten auf Bügeln im Schrank, ebenso die lange Hose, die sie so liebte.

Sie musste wieder an den Koffer denken, den Kati bei ihr stehen lassen wollte. Wieso war sie so überzeugt davon gewesen, dass es sicherer war, wenn Iris ihn mit übers Meer nahm? Sie trat in den Flur und öffnete den Schrank, in dem sie den Koffer mit Müh und Not verstaut hatte. Er fiel ihr förmlich entgegen, erst in letzter Sekunde gelang es ihr, ihn aufzufangen. Außer mit der Schnalle unter dem Handgriff hatte Kati ihn mit einem kräftigen Gurt verschlossen. Iris vermutete, dass er etwas ganz anderes enthielt als das, was Kati behauptet hatte.

Mit den Fingerspitzen strich sie über das abgewetzte Leder. Sie beschloss Kati dennoch zu glauben, immerhin war sie ihre Schwester. Wenn sie ihr vertraute, wollte Iris sie im Gegenzug nicht enttäuschen. Es war im Grunde ja auch unwichtig, was der Koffer enthielt. Es hatte keine Bedeutung für sie, zumindest jetzt nicht. Sie hatte wirklich genügend andere Sorgen. Es gelang ihr, den Koffer in den Schrank zurückzuwuchten. Dann schloss sie die Tür.

ELISABETH

Dinty wartete im Auto, als Elisabeth aus dem Hauseingang trat. Galant stieg er aus und öffnete ihr die Beifahrertür.

»Da hast du dir ja wirklich die passenden Schuhe ausgesucht.«

Sie winkte abwehrend mit der Hand, dann knotete sie sich das Kopftuch unterm Kinn fest zu.

»Ist mir egal, wie das Gelände da draußen ist, ich habe keine Lust, mir hässliche Botten anzuziehen, bloß weil wir ein bisschen schießen wollen.«

»Und seidene Abendschuhe schienen dir da eine gute Alternative? Hätte Arne mir nicht erzählt, dass du ein Naturtalent im Scharfschießen bist, würde ich dich zwingen hineinzugehen und dir andere anzuziehen.«

»Und du glaubst, das würde funktionieren? Hat mich je einer zu irgendetwas zwingen können?«

»Nein, zum Leidwesen deiner Eltern. Halt dich fest, ich werde jetzt einen persönlichen Rekord für die Strecke Stureplan–Hundudden aufstellen.«

Er deutete auf die Häuser auf der anderen Seite des Svampen.

»Wusstest du übrigens, dass Arvid Nordqvist eine Froschfarm aufgemacht hat?«

Elisabeth schlug sich die Hand vor den Mund.

»Der Kaffeehändler? Woher weißt du das denn schon wieder?«

»Es ist die Nachricht des Tages. Da jeglicher Import knackiger Froschschenkel aus Frankreich eingestellt worden ist und Nordqvist obendrein nicht so viel Kaffee verkaufen kann, wie er möchte, ist er auf diese brillante Idee gekommen. Anscheinend quaken die Frösche nachts aber so laut, dass sich sämtliche Nachbarn gestört fühlen. Zum Glück wohnt ihr weit genug weg. Außerdem ging das Gerücht, den armen Viechern würden bei lebendigem Leib die Beine ausgerissen, um sie dann wieder nachwachsen zu lassen. Doch das hat wohl nur ein feindseliger Nachbar in die Welt gesetzt, der den nächtlichen Lärm leid war und einen Grund brauchte, um den Tierschutzbund auf den Plan zu rufen. Der konnte jedoch nur feststellen, dass die Frösche trotz allem gut behandelt werden.«

»Das ist das Verrückteste, was ich seit Langem gehört habe. Und woher weißt ausgerechnet du, was in meiner Gegend passiert, obwohl du mehrere Monate im Ausland warst? Eigentlich müsste ich ja wohl dir solches Zeug erzählen und nicht umgekehrt.«

Dinty grinste und beschleunigte unerwartet, so dass sie sich am Türgriff festhalten musste.

Der Stockholmer Abend verwöhnte sie mit einer sanften Brise, und Elisabeth schloss die Augen. Die Luft war plötzlich voller Blütenduft. Am Djurgårdsviken türmten sich die protzigen Villen der Diplomaten auf, und vor der Britischen Botschaft stand eine festlich gekleidete Menschentraube und trank Cocktails. Ein Stück weiter lag der Stadtteil Ladugårdsgärdet mit seinen endlosen grünen Wiesen. Ein paar Reiter spornten ihre Pferde zum Galopp an.

Auf Höhe des kürzlich eröffneten Seehistorischen Museums drückte Dinty das Gaspedal durch. Elisabeth war mit ihren Eltern bei der Einweihung gewesen und hatte überrascht festgestellt, dass es viel zu entdecken gab. Dabei hatte sie sich immer für eine Landratte gehalten, die sich nicht weiter für das maritime Leben interessierte. Jetzt aber erschienen das Meer und die Schicksale der verschiedenen Schiffe ihr durchaus faszinierend.

Sie musterte Dinty von der Seite.

»Wie geht es deinen Eltern?«

»Sie überlegen, nach New York zu ziehen, bis sich die Situation hier in Europa wieder beruhigt hat. Die meisten ihrer Freunde sind bereits drüben, deshalb gibt es hier auch nicht mehr so viele Partys, die sie besuchen könnten. Die Tante meiner Mutter hat ihr ein großes Ferienhaus außerhalb von Boston hinterlassen, und sie haben wohl Lust, sich darum zu kümmern. Ich glaube, für sie wäre es gut, sie brauchen eine Veränderung. Dieser Krieg hat sie ganz schön altern lassen. Stell dir vor, meine Mutter wird im Herbst fünfundvierzig.«

Geschickt bog er in die Kurve zum Djurgårdsbrunn ein und auf den Kiesweg Richtung Schießbahn. Elisabeth musste an ihre eigene Mutter denken, die ebenfalls vor Kurzem fünfundvierzig geworden war. Im Vergleich zu

Dintys attraktiver Mutter kam sie ihr jedoch unfassbar alt vor. Ihr Kleidungsstil war inzwischen viel zurückhaltender als in jungen Jahren. Elisabeth hatte das Gefühl, dass sie ebenfalls seit Ausbruch des Krieges gealtert war. Es war, als hätte sich ein Trauerflor über sie gelegt, obwohl sich privat in den letzten Jahren eigentlich nichts Gravierendes ereignet hatte. Während der Krieg in Europa tobte, war ihre Familie von keinem größeren Unglück betroffen worden, als dass ihr Dackel vor vier Jahren gestorben war. Und der war immerhin schon stattliche sechzehn Jahre alt gewesen.

Dinty deutete auf ein kleines Wäldchen.

»Siehst du da drinnen irgendwas zwischen den Bäumen?«

Elisabeth kniff die Augen zusammen, dann schüttelte sie den Kopf.

»Was denn, zum Beispiel? Ein Reh auf der Flucht?«

»Vielleicht, aber ab und zu kann man in diesem Gesträuch auch noch ganz anderes Großwild beobachten.«

Elisabeth hob fragend eine Augenbraue.

»Es heißt, hier draußen in Djurgården findet reger Informationsaustausch statt.«

Elisabeth war sich nicht sicher, ob Dinty scherzte oder ob er sich einfach nur interessant machen wollte. Er peppte die Wahrheit gern ein wenig auf, zumindest behauptete Arne das von seinem Freund, wenn dieser nicht dabei war. Elisabeth kümmerte das nicht weiter, es gehörte in ihren Augen dazu, alltägliche Geschichten hier und da etwas unterhaltsamer zu gestalten. Sie beschloss nicht weiter nachzufragen, wahrscheinlich würde sie ohnehin keine vernünftige Antwort bekommen.

Die Straße teilte sich, und Dinty bog nach rechts ab. Nach ein paar Hundert Metern tauchte eine Reihe glänzender Autos auf, und Dinty parkte elegant neben einem ochsenblutfarbenen Bentley. Der schlafende Chauffeur zuckte erschrocken zusammen, als Dinty die Autotür zuschlug.

Dinty lachte und hob beschwichtigend die Hand.

»Guten Abend!«

Der Chauffeur knurrte verärgert und ließ sich noch tiefer in die Polster sinken, wohl in der Absicht weiterzuschlafen. Dinty öffnete Elisabeth die Beifahrertür, und sie nahm seinen Arm.

»Ach, das wird bestimmt spannend heute Abend! Schade, dass Arne keine Lust hatte mitzukommen.«

Dinty nickte zu dem roten Gebäude hinauf.

»Vielleicht ganz gut so. Die Gesellschaft da drinnen spielt auf einem ganz anderen Niveau als dein lieber Bruder. Wir wollen ja sein Selbstvertrauen nicht vollkommen untergraben.«

»Ich liebe es, wie du das sagst.«

Schon von Weitem sahen sie elegant gekleidete Leute, die ihre Zielfernrohre justierten. Elisabeth stellte verwundert fest, dass außer ihr keine weitere Frau anwesend war. Dinty schien das nicht weiter zu kümmern.

Ein livrierter Kellner empfing sie und deutete zur Rückseite des Gebäudeflügels hinüber, wo die anderen versammelt waren.

»Sie treffen sich zunächst alle auf der Veranda. Kann ich Ihnen irgendetwas abnehmen, den Mantel vielleicht, die Dame?«

»Ich glaube, ich behalte ihn lieber an.«

Dinty lächelte.

»Dürften wir stattdessen um Champagner bitten? Um die Nerven zu beruhigen, bevor wir scharf schießen.«

Der Kellner erwiderte seinen Blick, und Elisabeth registrierte genau, was passierte. Anschließend nickte er und schlug die Hacken zusammen.

»Selbstverständlich!«

Elisabeth stieß Dinty vorsichtig in die Seite.

»Und *das* ist offensichtlich jemand ganz nach deinem Geschmack.«

Dinty verzog amüsiert das Gesicht und sah dem schlanken Kellner mit den haselnussbraunen Augen hinterher.

Mit ihrem Champagner begaben sie sich auf die Terrasse, wo die streng uniformierten Männer verstummten, als Dinty und Elisabeth zu ihnen traten. Obwohl General Munch sie eingeladen hatte, schluckte Elisabeth, als er jetzt vortrat, um sie zu begrüßen.

»Fräulein Herrman, endlich! Ich habe gehört, Sie sollen ein Naturtalent sein.«

»Ach, da hat Dinty mal wieder heillos übertrieben. Ich habe kaum jemals eine Pistole in der Hand gehabt.«

Carl Munch musterte sie einen Moment, dann lächelte er.

»Wer sagt denn, dass ich vom Schießen rede? Aber wenn es dem gnädigen Fräulein bisher an Gelegenheit mangelte, lässt sich das natürlich rasch ändern. Erlauben Sie mir, Ihnen die Schießbahn zu zeigen und die einfachsten Grundregeln mit Ihnen durchzugehen. Wenn Herr Lagerman uns so lange entschuldigen würde?«

Dinty hob die Hände.

»Selbstverständlich, General. Ich beschäftige mich derweil mit den anderen Herren. Da haben wir ja sowohl Botschafter Stenström als auch Oberst Dolk. Versprich mir nur, dass du nicht den General erschießt, Elisabeth. Das wäre doch zu schade.«

Alle lachten, und Elisabeth folgte dem großen schlanken Mann, der sie auf irritierende Weise verunsicherte. Es war, als löse sich ihre übliche freche Art in seiner Gegenwart einfach auf. Er musste sie für eine einfältige dumme Gans halten, die ihm stumm hinterherwatschelte.

General Munch führte sie zu einem Tisch, auf dem verschiedene Pistolen aufgereiht lagen. Dann machte er eine einladende Geste mit der Hand.

»Fräulein Herrman, Sie dürfen sich eine aussuchen.«

»Danke, das überlasse ich lieber Ihnen. Ich glaube, Sie sind geeigneter, eine solche Entscheidung zu treffen.«

Erneut musterte er sie und sagte dann leise auf Deutsch, ohne sie aus dem Blick zu lassen: »Ich möchte Sie Deutsch sprechen hören.«

Elisabeth überlegte fieberhaft, welche Optionen sie hatte. Es war Dinty gewesen, der sie Munch vorgestellt hatte, und bestimmt hatte er ein gutes Wort für sie eingelegt, damit er sie zu dieser Veranstaltung einlud, deshalb wusste Munch wahrscheinlich ziemlich gut über sie Bescheid. Andererseits hatte Dinty keine Ahnung von ihrer derzeitigen Anstellung am Karlaplan 4, und sie würde sich hüten, ihm dieses Geheimnis anzuvertrauen. Sich vor einem General von Munchs Rang zu erkennen zu geben, konnte mindestens ebenso gefährlich sein. Dass er sie bat, Deutsch zu sprechen, bedeutete, dass er etwas aus ihr herauskriegen wollte.

Sie holte tief Luft, schaute zu Boden und sagte auf Deutsch: »Warum möchten Sie das? Sie machen mich verlegen.«

Sie hatte sich für ein einfaches Schuldeutsch entschieden, wie sie es in der Grundschule gelernt hatte. Zwar mit perfekter Aussprache, aber ohne dabei zu verraten, welches Niveau sie tatsächlich beherrschte. General Munch jedoch strahlte und nickte beeindruckt.

»Ich wusste doch, dass Sie Talent haben. Ich selbst habe leider erst in der Realschule mit Deutsch angefangen, hätte mir jedoch gewünscht, bereits im Kleinkindalter Fremdsprachen gelernt zu haben.«

Elisabeth zeigte auf die mittelgroße Pistole, die ihr am nächsten lag.

»Ich glaube, ich würde gern diese nehmen.«

Munch hob die Augenbrauen.

»Eine interessante Wahl. Sind Sie sicher, dass Sie noch nie geschossen haben?«

Elisabeth zuckte die Achseln, nahm die Waffe vorsichtig in die Hand und untersuchte sie gründlich.

»Mein Bruder Arne und ich haben im Sommer gelegentlich auf Konservendosen geschossen. In unserem Landhaus draußen auf Resarö kann es unglaublich langweilig sein.«

Munch schloss seine Hände um die ihren, in denen sie die Pistole hielt.

»Dann kennen Sie ja bereits die wichtigste Regel: Die Waffe muss immer gesichert sein.«

»Was der Fall ist, der Hahn liegt an.«

Sie errötete und regte sich allmählich ernsthaft darüber auf, wie kindisch sie sich in Munchs Gesellschaft verhielt. Rasch beeilte sie sich zu fragen: »Wie weit ist die Zielscheibe entfernt?«

»Dreißig Meter. Jede Serie besteht aus sechs Schuss, innerhalb von maximal fünf Minuten.«

Elisabeth lachte.

»Ups, ich wusste nicht, dass es ernst gemeint ist. Wir machen also jetzt ein Wettschießen?«

Munch nahm sich ebenfalls eine Pistole, kontrollierte sie und nahm dann die Scheiben ins Visier.

»Natürlich, deshalb sind wir ja hier. Habe ich Ihnen nicht gesagt, worum es heute Abend geht?«

»Nein, dieses Detail haben Sie jedenfalls ausgelassen. Mir wurden lediglich Champagner und nette Gesellschaft in Djurgården versprochen.«

»Ich überlege mir noch, ob ich Ihnen das glaube. Ihr

Freund Dinty hat es Ihnen sicher verraten. Er überlässt selten etwas dem Zufall und hat sich bestimmt vorher rückversichert.«

»Interessant, ich wusste gar nicht, dass Sie sich so gut kennen. Aber wenn dem so ist, dürfte Ihnen auch bekannt sein, dass Dinty es oft sehr eilig und dass er mehrere Eisen im Feuer hat. Ich glaube, mich über Gesellschaftsspiele zu informieren, gehört nicht zu seinen Prioritäten.«

Munch schnaubte, ohne die Zielscheibe aus den Augen zu lassen.

»Ruhe jetzt, konzentrieren Sie sich lieber auf die Aufgabe, Fräulein Herrman.«

Er war wirklich unvorhersehbar. Am liebsten hätte Elisabeth ihm mit dem Pistolenkolben eins übergezogen. Was nahm er sich da heraus? Es gelang ihr jedoch, ihre Wut in Konzentration umzumünzen. Arne hatte sich sein ganzes Leben lang bemüht, sich mit ihr zu messen und sie dabei zu verunsichern, und sie kannte sich auf diesem Gebiet aus. Sie hob die Waffe und hielt sie genau so, wie ihr Vater es ihr beigebracht hatte. Obwohl sie vor Wut zitterte, gelang es ihr schließlich, die Hand ruhig zu halten. Ehe Carl Munch reagieren konnte, feuerte sie zwei schnelle Schüsse ab. Dann ließ sie den Arm kurz sinken und feuerte mit genau zehn Sekunden Abstand die übrigen vier ab. Im Kopf hörte sie die Stimme ihres Vaters: »Zögere nie lang, sonst fängt deine Hand an zu zittern. Schieß schnell und effektiv.«

Sie senkte die Waffe und sicherte sie, bevor sie sie an ihren Platz zurücklegte. Munch starrte sie an.

»Konservendosen? Von wegen!«

Anschließend gab er mit ruhiger Hand seine sechs Schüsse ab und drehte sich zu ihr um.

»Und? Wollen wir uns das Ergebnis ansehen?«

Elisabeth richtete ihr Haar.

»Nein danke, ich verzichte. Meine Schuhe sind nicht für dieses Terrain geeignet. Außerdem möchte ich gerne zurück zu meinem Champagner.«

»Sie sind sich Ihrer Sache so sicher, dass Sie gar nicht nachschauen wollen, wie Sie geschossen haben?«

Elisabeth lächelte zuckersüß und hob die Schultern.

»Vielleicht habe ich ja so scharfe Augen, dass ich das Ergebnis schon kenne, ebenso wie Ihres. Es sind schließlich nur dreißig Meter.«

Carl Munch schnaubte und starrte sie verärgert an.

»Das glaube ich keine Sekunde. Aber gut, sagen Sie mir Ihr Ergebnis, dann gehe ich hin und kontrolliere es. Das gehört bei einem Wettschießen schließlich dazu.«

»Wie gesagt, ich schieße nicht um die Wette. Im Wald haben wir die Konservendosen auch nie kontrolliert. Aber bitte, schauen Sie nach. Meine Punkte sind sieben, sieben, acht, sieben, acht, neun. In dieser Reihenfolge. Ich kann Ihnen auch Ihre Punkte nennen, aber ich glaube, Sie vergewissern sich lieber selbst.«

Zu Elisabeths Verwunderung schien er ernsthaft gekränkt.

»Fräulein Herrman, Sie sind ganz schön arrogant. Vergessen Sie nicht, dass ich als General beim Luftwaffenstab indirekt Ihr Vorgesetzter bin.«

»Das mag ja sein, dennoch schießen Sie schlechter als eine ungezogene Göre, die bisher nur auf Büchsen geschossen hat. Wir sehen uns drinnen.«

Elisabeth spürte seinen brennenden Blick im Rücken. Sie wusste, dass sie zu weit gegangen war. Aber irgendetwas machte dieser Carl Munch mit ihr. Erst brachte er sie vor Verlegenheit zum Verstummen, dann reizte er sie bis aufs Blut. Sie verstand ja selbst kaum, was da vor sich ging. Jedenfalls schien er sehr launisch zu sein.

Elisabeth atmete ein paarmal tief durch, dann lief sie die Stufen zur Terrasse hinauf und trat zu Dinty.

»Ich brauche dringend ein Glas Champagner«, flüsterte sie. »Sofort. Du kannst dir nicht vorstellen, in was für einer verzwickten Situation ich gelandet bin.«

Dinty reichte ihr ein Glas. Dann zündete er sich eine Zigarette an.

»Liebe Elisabeth, ich glaube, du hast genau das bekommen, was du verdienst. Endlich einen Mann, der dir Paroli bieten kann.«

Elisabeth hickste nach drei schnellen Schlucken und musste ein unliebsames Aufstoßen unterdrücken.

»Wenn es nur das wäre! Ich war richtiggehend unverschämt zu ihm, nachdem er mich wahnsinnig geniert hat. Er ist verheiratet, warum muss er dann mit mir herumstreiten? Mir Schießen beibringen wollen – lächerlich!«

Dinty lachte.

»Und das ehrgeizige Fräulein Herrman musste natürlich zeigen, was es kann.«

Elisabeth stöhnte und verdrehte die Augen.

»Dinty, du weißt, dass ich mit Wettkämpfen und anderen Herausforderungen ganz schlecht umgehen kann. Es ist dann so, als würde es in meinem Kopf brennen.«

»Hast du gewonnen?«

»Natürlich, was dachtest du denn?«

Sie lachten beide, verstummten aber sofort, als Munch auf sie zu kam. Seine Augen schienen sie durchbohren zu wollen, und Elisabeth hatte plötzlich ein ungutes Gefühl im Bauch. Doch dann verschwand das Düstere aus seinem Blick, und er lächelte strahlend.

Laut klatschte er in die Hände, um die Aufmerksamkeit aller auf sich zu ziehen.

»Liebe Freunde, Fräulein Herrman hier hat steif und fest behauptet, nur im Wald auf Konservendosen geschossen zu haben. Aber lassen Sie sich bloß nicht täuschen! Sie hat mich eben um einen Punkt geschlagen. Vielleicht kein Erdrutschsieg, aber immerhin, sie hat gewonnen. Lassen Sie uns also auf Fräulein Herrman anstoßen, die soeben einen General besiegt hat.«

Die Versammelten erhoben ihre Gläser und sahen Elisabeth bewundernd an. Elisabeth schürzte die Lippen.

Dinty beugte sich zu ihr und flüsterte: »Wundere dich nicht, dass er es so schwernimmt. Einen ehrgeizigeren und mehr auf Wettkampf ausgerichteten Menschen wirst du so leicht nicht finden.«

Es folgten noch ein paar kurze Wettschieß-Duelle, dann war es Zeit für das Essen. Im Seitenflügel war eine lange

Tafel aufgebaut worden, und Elisabeth ahnte bereits, dass sie Munch als Tischherrn hatte. Er lächelte kühl und zog ihren Stuhl heraus.

»Sagen Sie bitte, wenn es Ihnen zu sehr zieht, Fräulein Herrman, dann schließen wir das Fenster.«

»Danke, machen Sie sich meinetwegen keine Umstände. Ich habe immer noch meinen Mantel, wenn es mir zu kalt wird.«

Sie wollten sich gerade setzen, als ein Signal ertönte. Das lange und beunruhigende Signal, das sämtliche Mitbürger dazu aufforderte, Unterschlupf zu suchen.

Fliegeralarm.

Elisabeth begegnete Dintys Blick. Sie nickten einander zu. Das hier war ernst, bislang hatte es nach sieben Uhr nur einen Fliegeralarm gegeben, und zwar in Zusammenhang mit dem Überfall Deutschlands auf Norwegen und Dänemark. Fieberhaft überlegte Elisabeth, wie sie Kontakt zu ihren Eltern auf Resarö aufnehmen könnte. Wenn bei ihnen ebenfalls Alarm war, machten sie sich jetzt bestimmt Sorgen. Und wo befanden sich Signe, Iris, Svartström und all die anderen?

Eine warme Hand legte sich auf ihren Rücken.

»Seien Sie ganz beruhigt, Fräulein Herrman, Sie sind bei uns sicher. Erlauben Sie mir, Sie in den Luftschutzraum zu führen.«

Ganz plötzlich zeigte Munch sich wieder von einer ganz anderen Seite, resolut und freundlich. Zusammen mit dem Rest der Gesellschaft eilten sie aus dem Haus und in den hinteren Teil des Gartens, wo der Wald begann. Zwei Uniformierte zeigten ihnen, in welche Richtung sie mussten.

»Bitte beeilen Sie sich. Wir haben dreißig Sekunden, um uns in Sicherheit zu bringen. Bitte beeilen Sie sich.«

Hinter einem grasbewachsenen Hügel, den Elisabeth für einen Aussichtspunkt für die Zielscheiben gehalten hatte, befand sich eine niedrige Holztür, die jetzt weit geöffnet war. Einer nach dem anderen bückte sich und ging eine schmale Steintreppe hinunter. Beinahe wäre Elisabeth in ihren hochhackigen Schuhen gestolpert, Munch fing sie jedoch rechtzeitig auf.

Am Fuß der Treppe empfing sie feuchte Dunkelheit, und Elisabeth zog schaudernd den Mantel um sich. Einer der Männer führte sie weiter in den Schutzraum hinein, wo eine schwache Petroleumlampe leuchtete. Der Raum war groß, praktisch möbliert und bot Platz für etwa fünfzig Menschen. Dankbar ließ Elisabeth sich auf einen Sessel sinken und hielt nach Dinty Ausschau. Als die meisten anderen Gäste bereits eingetroffen waren, begann sie sich ernsthaft Sorgen zu machen. Noch immer war er nirgends zu sehen.

Sie warf General Munch einen Blick zu.

»Haben Sie Dinty oben noch gesehen?«

Munch runzelte die Stirn.

»Nein, und hier scheint er auch nicht zu sein.«

Er stand auf und trat zu einem der Offiziere, die sie hierher begleitet hatten. Der Offizier hörte aufmerksam zu, aber Elisabeth sah, wie er den Kopf schüttelte, ehe er zur Treppe zurückeilte. Zwei lange Minuten vergingen, und Elisabeth beugte sich vor und stützte die Ellenbogen auf die Knie. Ihr wurde oft schwindlig, wenn sie zu sehr unter Stress geriet. Der Offizier kam zurück, und sie sah ihm an, dass Dinty nicht aufgetaucht war. Dann heulte erneut die Sirene, und alle verstummten. Munch nickte dem Offizier kurz zu, der seinem Kollegen ein Zeichen gab, die Tür zum Bunker zu schließen. Falls wirklich ein Luftangriff drohte, war Dinty allein oben, ohne eine Chance, in den Schutzraum zu gelangen. Elisabeth spürte erneut die warme Hand, die ihr über den Rücken strich.

»Machen Sie sich keine Sorgen, Fräulein Herrman. Wenn jemand in so einer Situation zurechtkommt, dann Dinty. Er weiß, was er zu tun hat.«

Elisabeth schluckte und nickte schweigend. Vielleicht hatte Munch recht, dennoch war es unheimlich, dass Dinty plötzlich einfach verschwunden war. Natürlich würde er zurechtkommen, aber dass er einfach verschwand, ohne ein Wort zu sagen, war schon seltsam.

SIGNE

Der Fliegeralarm dröhnte durch die Wohnung, dass die Fensterscheiben zitterten. Auf dem Boden im Flur lag ein Brief für sie. Signe nahm ihn an sich und stopfte ihn in ihre Tasche, während sie gleichzeitig das Wichtigste zusammenraffte. Anschließend lief sie zur Wohnungstür, das Sirenengeheul immer noch in den Ohren. Sie rannte die Treppe hinunter zur Wohnung im Erdgeschoss, wo die Jungen schliefen. Rasch öffnete sie die Tür, und wie sie befürchtet hatte, standen Josef und Jan völlig verängstigt im Flur. Josef war weiß im Gesicht und atmete stoßweise. Jan schien vergeblich versucht zu haben, seinen Bruder zu beruhigen. Signe eilte zu ihnen und nahm sie in die Arme.

»Kommt, wir müssen in den Keller.«

Jan schüttelte den Kopf.

»Und Mama?«

»Eure Mutter ist auf der Arbeit, da gibt es ebenfalls einen sehr guten Schutzraum. Wir schaffen es jetzt nicht dorthin, deshalb müssen wir uns hier in Sicherheit bringen.« Signe lächelte und fuhr fort: »Aber ich habe mit eurer Mutter telefoniert, sie weiß, dass ihr bei mir seid.«

Josef weigerte sich zunächst, mitzukommen, dann aber konnte Jan ihn doch überreden. Signe zog sie hinter sich her zur Kellertür. Mehrere Nachbarn waren bereits unten versammelt, und bald wurde die Tür geschlossen. Signe setzte sich auf eine niedrige Holzbank und zog die Jungen neben sich. Josef zitterte, und sie streichelte ihm langsam und behutsam über den Arm. Dann zog sie eine Marabou-Milchschokolade aus der Tasche. Svartström hatte sie einmal gebeten, sie für die Essensmarken zu kaufen.

Signe senkte die Stimme.

»Die gehört eigentlich Professor Svartström, aber wir dürfen sie haben.«

Jan und Josef schluckten und betrachteten die Verpackung, auf der zwei Kühe auf einer Weide grasten.

»Eine Tafel Schokolade enthält immerhin ein ganzes Glas Milch, man könnte also fast behaupten, ihr esst etwas Gesundes.«

Die beiden Jungen folgten jeder ihrer Bewegungen, als sie vorsichtig die Verpackung öffnete, und sie war erleichtert, dass sie geistesgegenwärtig genug gewesen war, sie mitzunehmen. Dass ein Fliegeralarm diese beiden kriegstraumatisierten Jungen in Angst und Schrecken versetzen würde, war nicht schwer auszurechnen gewesen. Zumal ihre Mutter nicht zu Hause war. Vielleicht war Signes eigentliche Lebensaufgabe, sich um verlassene kleine Jungen zu kümmern.

Jan und Josef lutschten langsam jedes einzelne Stück, das sie ihnen gab, und als zum dritten Mal die Sirene schrillte, waren sie ganz ruhig. Vielleicht hatte auch die behagliche Stimmung im Keller dazu beigetragen. Ein paar Nachbarn hatten Butterbrote und eine Flasche Milch mit heruntergebracht und boten den anderen großzügig davon an. Ein Paar las die Zeitung von gestern beziehungsweise strickte. Signe, die bisher noch nicht viele Hausbewohner getroffen hatte, stellte fest, dass die meisten sehr freundlich waren und sich leutselig verhielten, obwohl einige von ihnen, wie sie wusste, echte Grafen und Barone waren. Jetzt saßen sie in Bademantel und Nachthemd und mit Haarnetzen auf dem Kopf da. Nach einer Weile merkte Signe, dass Jan sich schwer an ihre rechte Seite lehnte, er war offenbar eingeschlafen.

Josef sah erst seinen Bruder und dann Signe an und sagte: »Danke für die Schokolade.«

Signe lächelte und drückte ihn mit dem linken Arm an sich. Er saß immer noch ein bisschen steif da, rückte aber immerhin nicht von ihr ab. Nach einer Weile entspannte auch er sich und lehnte sich immer schwerer an sie. Signe schloss die Augen und spürte von beiden Seiten die Wärme der beiden Jungen. Iris hatte es gut, dass sie die beiden hatte. Sie selbst war einfach nur dankbar, ein klein wenig an ihrem Leben teilhaben zu dürfen.

Vorsichtig, um sie nicht zu wecken, zog sie das Buch heraus, das sie ebenfalls eingesteckt hatte. *Jane Eyre* würde sie vergessen lassen, wo sie sich befand. Sie hatte abends heimlich in ihrem Zimmer weitergelesen und blätterte nun zu der Seite, wo sie stehengeblieben war.

IRIS

Iris stützte die Ellbogen auf die Knie und vergrub den Kopf in den Händen. Als der Fliegeralarm zum ersten Mal heulte, hatte sie zur Toilette laufen und sich übergeben müssen. Obwohl sie wusste, dass ihre Söhne bei Signe in Sicherheit waren, war sie von Panik ergriffen worden.

Auch die Gedanken an Rudolf quälten sie, aber sie zwang sich, an etwas anderes zu denken. Sie musste darauf vertrauen, dass er in Sicherheit war, wo auch immer er sich befand. Alles andere durfte einfach nicht sein.

Professor Bremer klopfte vorsichtig an die Tür.

»Entschuldigung, ich will mich nicht aufdrängen, aber wir müssen runter in den Schutzraum. Fräulein Andersson hat Svartström schon dorthin begleitet, und ich muss jetzt zusehen, dass ich Sie in Sicherheit bringe.«

Iris hätte beinahe verächtlich geschnaubt, riss sich aber zusammen. Sie, die mitten im Sturm über die Ostsee gefahren war, um sich und ihre beiden Söhne zu retten! Warum dachte dieser hagere, störrische Tölpel, er müsse sich um sie kümmern? Sie richtete sich auf, öffnete die Toilettentür und lächelte kühl.

Bremer nickte.

»Bitte entschuldigen Sie, dass ich so dumm bin zu glauben, Sie retten zu müssen. Wahrscheinlich kämen Sie ausgezeichnet allein zurecht. Erlauben Sie mir dennoch, meine Pflicht zu tun, wie lächerlich es Ihnen auch erscheinen mag.«

Iris war verblüfft, ihn so selbstkritisch zu sehen, und konnte ein Lächeln nicht unterdrücken.

»Ist es weit bis zum Bunker?«

»Der Zugang soll unten im Hof sein. Anscheinend ist er extra eingerichtet worden, als das Hauptquartier hierher verlegt wurde. Bitte!«

Er bot ihr seinen Arm, und Iris hakte sich zögernd unter. Lieber hätte sie auf diese Nähe verzichtet, doch sie sah ein, dass es nicht angebracht wäre, sich deswegen anzustellen.

Rasch liefen sie die Treppe hinunter. Die späte Abendluft war deutlich lauer als an den vorherigen Abenden, und Iris wurde plötzlich bewusst, dass sie in den letzten Tagen beinahe komplett mit ihrer Arbeit eingesperrt gewesen war. Sie hatte gar nicht mitbekommen, dass die frühsommerliche Kühle wärmeren Temperaturen gewichen war. Bremer deutete auf eine Stahltür, die in der hinteren Ecke des Hofes einen Spalt offen stand, und zog sie mit sich. Eine schmale staubige Treppe führte auf einen unebenen Boden hinunter, es schien fast, als verliefen Wurzeln darunter. Iris musste an Svartström denken, wie er mit diesem Untergrund zurechtgekommen war, und hoffte, Fräulein Andersson hatte ihn gut gestützt. Es wäre fatal, in einer so kritischen Lage wie der jetzigen zu stürzen. Sie benötigten jede Minute, um der Lösung auf die Spur zu kommen und durften keine Zeit verlieren.

Nach ein paar Metern gelangten sie an eine weitere Stahltür, und Bremer zog einen Schlüssel heraus. Es quietschte, als er ihn umdrehte und die Tür öffnete.

»Bitte, nach Ihnen.«

Drinnen erwartete sie ein hell erleuchteter Raum mit vier Schreibtischen. An einem davon saßen bereits Svartström und Fräulein Andersson. Svartström lächelte, als diese ihm mitteilte, dass die beiden anderen eingetroffen waren.

»Willkommen! Möchten Sie etwas essen oder trinken? Mir ist plötzlich eingefallen, dass wir noch gar nicht zu Abend gegessen haben. Fräulein Andersson hat sich bereit erklärt, etwas zuzubereiten. Was halten Sie von Fischfrikadellen in Champignonsauce, Frühkartoffeln – natürlich aus der Dose – und dazu Erbsen? Ich glaube, wir könnten auch noch ein lauwarmes Pils dazuzaubern.«

Iris ließ sich erleichtert auf einen Stuhl sinken und nickte.

»Ja, gerne, ich bin völlig ausgehungert.«

Dann runzelte sie die Stirn.

»Aber werden wir so lange hier unten bleiben müssen, dass wir eine ganze Mahlzeit zu uns nehmen können?«

Svartström und Bremer sahen einander an, dann räusperte sich Svartström.

»Wir hatten Vorabinformationen. Es ist ein geplantes Manöver.«

Als sie gegessen hatten, legten Svartström und Bremer die Unterlagen, die sie mit in den Bunker genommen hatten, auf den Tisch und gaben Fräulein Andersson und Iris ein Zeichen, sie sich mit anzusehen. Arvid Bremer starrte auf den Papierstapel, der zwischen ihm und Iris lag.

»Hier haben wir eins der wenigen Klartexttelegramme, die wir abfangen konnten. Es ist ganz frisch. Auch wenn es uns nicht gelingt, diese verdammte Chiffriermaschine zu knacken, ist es doch absolut notwendig, dass wir verstehen, welche Bedeutung diese Nachricht hat. Dann könnten wir sie nämlich mit den verschlüsselten Texten vergleichen und versuchen, Muster zu finden.«

Iris deutete auf den letzten Satz.

»Warum berichten sie ihren norwegischen Freunden über Kleidungsstücke, um die sie sich jetzt kümmern sollen?«

Bremer schnaubte.

»Ist doch klar, dass das ein Code für etwas Anspruchsvolleres als so ein Weiberkram ist. Niemand verschickt mitten im Krieg irgendwelche sinnlosen Nachrichten über Klamotten.«

Iris lehnte sich zurück und atmete tief durch, um keine patzige Antwort zu geben. Zum Glück ertönte im selben Moment der Heisere Fredrik, wie der Alarm auch genannt wurde, um den Stockholmern mittels eines langen, eintönigen Signals mitzuteilen, dass die Gefahr für diesmal vorüber war. Fräulein Andersson beeilte sich, die Reste der provisorischen Mahlzeit abzuräumen, und anschließend versammelten sich alle, um wieder in die Wirklichkeit und in das Büro über Tage zurückzukehren. Arvid Bremer schien sich kein bisschen bewusst zu sein, dass er Iris über den Mund gefahren war. Sie beschloss deshalb, sich seine dumme Bemerkung nicht zu Herzen zu nehmen. Es schien, als habe er einfach keinen Sinn für Feingefühl. In dieser Hinsicht war er wie ein unerzogenes Kind.

ELISABETH

Das Signal »Gefahr vorbei« hallte zwischen den kühlen Wänden des muffigen Bunkers wider. Elisabeth hatte enge Räume noch nie gemocht, und auch wenn dieser hier einigermaßen möbliert und zivilisiert war, war es nicht besonders angenehm. Munchs herablassende Art immerhin war wie weggeblasen gewesen, nachdem sie in den Bunker hinabgestiegen waren, und er war keinen Moment von ihrer Seite gewichen. Elisabeth war sich ziemlich sicher, dass es daran lag, dass sie sich plötzlich ängstlich und besorgt gezeigt hatte, wodurch er sich als Beschützer fühlen konnte. Normalerweise hätte sie sich darüber geärgert, doch in ihrer Situation war sie nur dankbar gewesen. Es hatte sich seltsam angefühlt, während eines Fliegeralarms ohne ihre Eltern oder ihren Bruder Schutz suchen zu müssen. Wahrscheinlich war sie trotz allem nicht besonders gut für einen Krieg gerüstet, so verwundbar, wie sie sich in der letzten Stunde gefühlt hatte.

Munch bot ihr seinen Arm, um sie zu stützen.

»Darf ich Ihnen anbieten, Sie nach Hause zu fahren, Fräulein Herrman?«

Elisabeth hakte sich bei ihm unter.

»Danke, das wäre sehr nett von Ihnen, General.«

Er nickte kurz und geleitete sie dann zu der kleinen

Steintreppe, die ins Freie führte. Noch nie war Elisabeth so dankbar für frische Luft gewesen, und sie atmete ein paarmal tief durch, während sie gleichzeitig eine Zigarette herauskramte. Munch zündete sie mit seinem gravierten Feuerzeug an, und Elisabeth bedachte es mit einem vielsagenden Blick.

»Ein Geschenk von Ihrer Frau?«

»Oh nein, meine Frau schenkt mir selten etwas, das Wert hat.«

»Das klingt nicht besonders zugewandt.«

»Es ist gegenseitig, wir haben aufgehört mit solchen Dummheiten. Irgendwann war uns klar, dass wir ohnehin nicht wussten, worüber der andere sich freut. Und dann sind solche Gesten sinnlos.«

Sie waren bei Munchs Auto angelangt, bei dem es sich, wie bei Dintys, um einen offenen Sportwagen handelte. Einen Mercedes Benz Special Roadster. Elisabeth war froh, ein Kopftuch dabeizuhaben, das sie jetzt unter dem Kinn zuknoten konnte. Dann schloss sie den obersten Mantelknopf. Es war deutlich kühler geworden.

»Darf ich fragen, zu welcher Adresse ich Sie bringen darf?«

»Seien Sie nicht albern, das wissen Sie doch längst.«

Munch grinste und ließ den Motor aufheulen.

»Birger Jarlsgatan 18 also.«

Munch bugsierte seinen Wagen zwischen den anderen hindurch und fuhr los Richtung Stadt.

Elisabeth warf einen Blick zur Schießbahn zurück. Munch nickte ihr zu.

»Was glauben Sie, wo Dinty abgeblieben ist? Ich habe sein Auto nicht mehr gesehen.«

Sie zuckte die Schultern. Jetzt, da die Gefahr vorüber war, war sie sich ziemlich sicher, dass Dinty zusammen mit dem Kellner mit den haselnussbraunen Augen Schutz gesucht hatte.

»Ich vermute, dass es zu einem spontanen Treffen gekommen ist, das er unmöglich absagen konnte.«

»Ach, so spät am Abend?«

»In Dintys Welt ist das nicht spät. Und eine vielversprechende Begegnung würde er sich niemals entgehen lassen.«

Sie hoffte, vage genug geantwortet zu haben, um nicht zitiert werden zu können, wenn Dinty in Ungnade fiel, hatte jedoch den Eindruck, General Munch wüsste sehr wohl über Dintys Vorlieben Bescheid. Man brauchte kein Professor zu sein, um darauf zu kommen.

Sie wandte ihm ihr Gesicht zu.

»Darf ich Ihnen eine indiskrete Frage stellen?«

Munch nahm einen tiefen Zug von seiner Zigarette, den Blick auf die Fahrbahn gerichtet.

»Nur zu.«

»Wie können Sie sich so offen mit mir zeigen? Wenn ich Ihre Frau wäre, würde es mich wahnsinnig machen, wenn mein Mann um diese Uhrzeit andere Frauen durch die Gegend kutschiert.«

Munch nahm einen weiteren Zug, dann ging er plötzlich vom Gas und hielt am Straßenrand. Er schaltete den

Motor aus und warf den Rest seiner Zigarette fort. Sie verglühte im Sommerabend.

»Ich treffe nur sehr selten Menschen, die mich wirklich interessieren. In meiner Arbeit bin ich oft gezwungen, mich mit Leuten abzugeben, die unglaublich engstirnig und intellektuell träge sind. Als ich meiner Frau zum ersten Mal begegnet bin, spielte sie die Rolle einer anderen, das war schließlich ihr Beruf. Bestimmt hat sie sich so auch damals diesen Professor geangelt. Mich faszinierten ihre schlagfertigen Antworten, aber ziemlich schnell stellte sich heraus, dass es nicht ihre eigenen waren. Da war es leider schon zu spät. Wir haben daher beschlossen, ein Leben mit demselben Namen, aber auf getrennten Bühnen zu führen.«

»Dann nehmen Sie sich also auch das Recht, Affären zu haben, weil Ihre Frau Ihnen intellektuell nicht das Wasser reichen kann?«

Munch lachte.

»Ganz so einfach ist es nicht. Für sie allerdings wahrscheinlich schon, sie hat bereits einige Affären hinter sich. Ich habe mich für einen anderen Weg entschieden.«

Elisabeth sah ihn verständnislos an, und er fuhr fort: »Ich habe mein Leben komplett meinem Beruf und dem Dienst an unserem Land gewidmet.«

»Können Sie sich bitte verständlich ausdrücken?«

»Ich habe mir nicht herausgenommen, mir eine Geliebte zu nehmen. Bis jetzt«, sagte er plötzlich ernst und beugte sich zu ihr herüber.

Als seine Lippen ihre sanft berührten, seufzte sie. Seine

Hand legte sich um ihren Nacken und zog sie näher zu sich heran. Elisabeth war keine ungeküsste Jungfrau mehr, dennoch fühlte sie sich in diesem Moment genau so.

Als der General sie nach einer Ewigkeit wieder losließ, war es um sie herum dunkel geworden.

Munch holte Luft und schaute geradeaus.

»Wir müssen nach Hause.«

Elisabeth antwortete heiser: »Ja, das wäre wohl das Beste.«

Schweigend startete Munch den Motor, und erst als die Diplomatenvillen sich vor ihnen auftürmten, räusperte er sich.

»Ich habe meinen Kindern versprochen, morgen mit ihnen zu frühstücken. Sie haben französische Lieder geübt, die sie mir vorsingen wollen. Ihr französisches Kindermädchen hat sie ihnen beigebracht.«

Elisabeth lächelte und begann zu summen:

»*Frère Jacques, Frère Jacques, dormez-vous? Dormez-vous? Sonnez les matines. Sonnez les matines. Ding, ding, dong. Ding, ding, dong.* Wie oft habe ich das als Kind gesungen. Mein Bruder ist fast wahnsinnig geworden.«

»Sprechen Sie Französisch?«

»*Mais oui.*«

Sie schwiegen erneut, aber Munch nahm eine Hand vom Lenkrad und legte sie vorsichtig auf ihre. Elisabeth zwang sich, ganz still zu sitzen. Worauf hatte sie sich da eingelassen? Gleichzeitig wünschte sie sich, diese Autofahrt möge niemals enden.

Fräulein Andersson eilte zur Tür.

»Ich gehe schon mal hoch ins Büro und mache Licht«, rief sie über ihre Schulter. »Wenn Sie Professor Svartström bitte behilflich sein könnten …«

Sie wartete die Antwort nicht ab, sondern lief die enge Steintreppe zum Innenhof hinauf. Vielleicht hatte sie Platzangst bekommen, dachte Iris.

Bremer runzelte die Stirn.

»Sie macht einen sehr nervösen Eindruck auf mich.«

Iris nahm Svartströms Arm und geleitete ihn Richtung Treppe.

»Die Verwaltungsfachangestellte Andersson ist wahrscheinlich noch nie in einem Schutzraum gewesen. Zumindest nicht in einem so kleinen wie diesem.«

Oben empfing sie die laue Sommerluft, Iris roch den Duft des Flieders, der an einer der Hauswände wuchs.

Svartström atmete tief durch und hob das Gesicht zum Himmel.

»Das ist gut gegangen. Ich hoffe, sie haben geschafft, was sie erreichen wollten.«

Iris überlegte, was das zu bedeuten hatte, fragte aber nicht nach. Wahrscheinlich war es nur eine einfache Übung gewesen.

Im Treppenhaus war es dunkel, und sie zuckten alle drei zusammen, als Elisabeth mit viel Lärm und außer Atem zum Hauseingang hereinstürzte. Nachdem Munch sie etwas später als geplant zu Hause abgesetzt hatte, war sie gleich hierher geeilt.

»Entschuldigung, ich bin gekommen, so schnell ich konnte. Wo ist Signe?«

»Zu Hause mit den Jungen, aber wir versuchen, sie gleich anzurufen. Wir brauchen jetzt alle Beteiligten vor Ort.«

Zum Erstaunen aller war die Tür ihres Büros verschlossen und Fräulein Andersson nirgends zu sehen. Es brannte Licht, aber alles war still. Svartström hob fragend die Augenbrauen.

»Wo ist Fräulein Andersson?«

Bremer zuckte die Achseln.

»Vielleicht musste sie mal für Damen. Kommen Sie, wir müssen weitermachen.«

Svartström setzte sich mit besorgter Miene an seinen Schreibtisch. Bremer eilte ebenfalls an seinen Platz. Fast hätte Iris seinen unverschämten Kommentar im Bunker wieder vergessen. Sie fragte sich jedoch, ob er sich wohl bewusst war, dass er alle um sich herum mit seinen Launen terrorisierte. Wahrscheinlich hatte er nicht den blassesten Schimmer.

Plötzlich waren im Treppenhaus Schritte und eifrige Stimmen zu hören. Signe kam herein, dicht gefolgt von Jan und Josef. Jan warf sich seiner Mutter in die Arme, während Josef schnurstracks in das große Arbeitszimmer ging und Bremer gegenüber Platz nahm. Iris eilte ihm nach, um ihn davon abzuhalten, doch auch Bremer schien es für das Selbstverständlichste der Welt zu halten, dass er jetzt seine Revanche bekam.

»Entschuldigen Sie. Vielleicht passt es Ihnen gar nicht, wenn Josef Sie jetzt stört.«

Bremer blickte sie empört an.

»Unsinn. Mit Josef Schach zu spielen, ist das Einzige, was mich überhaupt dazu bringt, klar zu denken, und genau das brauche ich jetzt.«

Iris ließ die Schachspieler unter sich und ging in die Küche.

Signe trat zu ihr und zog sich den Mantel aus.

»Wie lief es mit den Jungs?«

»Gut. Erst hatten sie Angst, aber dann haben sie sich schnell beruhigt und sind sogar eingeschlafen. Sie sind wirklich phantastisch, deine beiden.«

Iris lächelte dankbar.

Signe deutete mit dem Kopf zum Hinterhof hinunter.

»Ich habe Fräulein Andersson auf der Straße getroffen, sie schien auf ein Taxi zu warten. Dahlén und Petrén sind mit uns zusammen hier eingetroffen, aber gleich nach oben in den dritten Stock gegangen. Hast du eine Idee, wohin Fräulein Andersson wollte? Sie sah ziemlich blass aus.«

»Sie ist gegangen?«, fragte Iris überrascht. »Wir dachten, sie wäre noch im Haus. Vielleicht hat sie wirklich Platzangst bekommen, unten im Bunker.«

Iris schaute auf die Unterlagen, die Bremer auf den großen Tisch gelegt hatte.

»Warte mal ... Da ist schon wieder jemand an unseren Papieren gewesen. Ich bin mir ganz sicher, dass ich sie in die richtige Reihenfolge gelegt hatte, bevor wir runtergegangen sind. Jetzt liegt der Donnerstagsbericht vor dem von Dienstag.«

Signe setzte sich und blätterte.

Plötzlich schrie sie auf und rief nach Elisabeth.

»Guck mal schnell, was könnte das heißen?«, fragte sie und zeigte auf ein Wort mitten im Text.

»Das ist Französisch«, sagte Elisabeth. *»Abri?«*

Iris nickte.

»Ja, und schau mal hier, da ist noch etwas. *Sous-vêtements,* das bedeutet Unterwäsche.«

»Und hier steht etwas mit Waschen und Unterhosen. Aber warum auf Französisch?«

Signe überlegte eine Weile, dann schlug sie sich an die Stirn.

»Hier wird ein großer Waschtag geplant! Ich erinnere mich, wie ich in einer Kaserne in Ljusterö ausgeholfen habe, es mussten Unmengen Kleidung an die Einberufenen in Haparanda geschickt werden. Eine Woche lang habe ich bei minus zwanzig Grad Männerunterhosen gewaschen. Sieht fast so aus, als würde da ein weiterer Angriff geplant.«

Im Flur wurde es laut, dann fiel Fräulein Andersson förmlich zur Tür herein. Atemlos versuchte sie, ihre sonst so straffe Frisur zu richten, die völlig durcheinandergeraten war. Sie hatte rote Flecken am Hals und schien außer sich zu sein.

»Entschuldigung, aber es war ein Notfall, ich musste nach Hause.«

Svartström steckte den Kopf aus der Tür des Professorenzimmers.

»Fräulein Andersson, Ihnen ist sicherlich klar, dass Sie nicht mitten in einer Krisensituation einfach so verschwinden können?«

Fräulein Andersson blickte zu Boden und presste beide Hände aneinander.

»Jawohl, Herr Professor, ich bitte vielmals um Entschuldigung.«

Sie schluchzte auf und lief dann rasch zur Toilette, wo sie die Tür so fest hinter sich zuschlug, dass die Wände wackelten. Die anderen sahen sich schweigend an. Elisabeth verzog das Gesicht. Irgendetwas stimmte nicht mit Fräulein Andersson, das war eindeutig. Signe entschuldigte sich und folgte ihr. Vorsichtig klopfte sie an die Toilettentür, kurz darauf war ein unterdrücktes Stöhnen zu hören.

»Was ist mit Ihnen? Geht es Ihnen nicht gut?«

Ein weiteres Stöhnen, dann flüsterte Fräulein Andersson: »Mein Magen ... es läuft und läuft. Ich muss im Bunker etwas Verdorbenes gegessen haben.«

Signe musste sich anstrengen, um nicht das Gesicht zu verziehen.

»Machen Sie sich keine Sorgen, das wird schon wieder. Ich sage den anderen, dass Sie einen Moment Ruhe brauchen. Und wenn es schlimmer wird, fahren Sie am besten gleich wieder nach Hause.«

Weitere Geräusche hinter der Tür. Signe eilte zu den anderen zurück und überließ Fräulein Andersson ihren Sorgen.

Wieder im Büro warf sie Elisabeth einen Blick zu, dann sagte sie leise zu Svartström: »Fräulein Andersson ist leider unpässlich, es ist wahrscheinlich besser, wenn sie erst mal alleine ist.«

Es dauerte einen Moment, ehe Svartström die Information verdaut hatte. Dann nickte er.

»Das kann jedem mal passieren. Und jetzt machen wir uns an die Arbeit.«

Bremer, der im Nachbarraum anscheinend alles mitbekommen hatte, kam ebenfalls heraus.

»Können Sie bitte noch mal wiederholen, was Sie vorhin gesagt haben, Fräulein Signe?«

»Ja, also, sie scheinen eine Menge neuer Kleidung zu benötigen …«

Sie hatte den Satz noch nicht beendet, da brach es aus Bremer heraus: »Ich bin ein Idiot, und Sie Signe, Sie sind ein Genie! Verzeihen Sie mir meine Überheblichkeit. Das hier ist natürlich eine einfache Klartextnachricht, ohne irgendwelche Verschlüsselungen. Es ist verdammt nochmal genau so, wie Sie sagen – es muss Wäsche für mehrere tausend Mann beschafft werden. Die Frage ist, wohin die frisch Ausgerüsteten geschickt werden sollen. Laufen Sie schnell rauf und holen Sie weitere Nachrichten, wir haben keine Zeit zu verlieren.«

SIGNE

Svartström und Bremer rafften alle Papiere an sich und verbarrikadierten sich in ihrem Büro. Es folgten lange Gespräche hinter verschlossenen Türen. Die ruhige Stimme des Professors, die etwas aufgeregtere von Bremer. Telefonate wurden geführt. Josef war zunächst aufgebracht, dass ihre Schachpartie unterbrochen worden war, beruhigte sich aber schnell wieder. Bruchstücke der Gespräche drangen durch die Tür. Eine gute Stunde später kam Fräulein Andersson aus der Toilette und flüsterte Signe zu, sie müsse nach Hause. Sie war kreidebleich, und Signe wusste es zu schätzen, dass die Kollegin erstmals eine Art Gefühlsregung zeigte.

Signe, Elisabeth und Iris rührten die Kaffeetassen, die neben ihnen standen, nicht an. Signe räumte die Papierbögen beiseite, die sie bereits durchgesehen hatten, und Elisabeth breitete vorsichtig die neuen Nachrichtenstreifen aus.

Iris strich sie mit dem Leimpinsel ein und klebte sie anschließend auf die neuen Bögen. Bald war alles fertig, und sie stellten sich zu dritt mit verschränkten Armen in einem Meter Abstand davor. Elisabeth kniff die Augen zusammen und musterte die erste Zeile.

»Ich glaube, da haben wir das Wort, das sie ständig

wiederholen. Guckt mal, da steht schon wieder *Zustand.* Und da noch ein französisches Wort: *avion.*«

Signe kam sich dumm und nutzlos vor, weil sie kaum einen Unterschied zwischen den verschlüsselten Nachrichten und den französischen Wörtern erkennen konnte. Elisabeth lächelte ihr zu.

»Das bedeutet Flugzeug.«

Iris starrte hochkonzentriert auf das Blatt und schien gar nicht zuzuhören. Plötzlich zeigte sie auf ein Wort ganz oben rechts.

»Und da haben wir dieses *abri* wieder.«

Signe sah ihre Kolleginnen bewundernd an. Dann überflog sie erneut die Buchstabenreihen, in der Hoffnung, ebenfalls etwas zu entdecken. Plötzlich blieb ihr Blick an etwas Bekanntem hängen. Sie lachte auf.

»Guckt mal, da steht Vichy! Sind das nicht diese Mineralquellen? Darüber habe ich neulich in einer Frauenzeitschrift gelesen. Aber was hat das mit den deutschen Soldaten zu tun?«

Elisabeth und Iris sahen erst sie an, dann das Wort, das sie gefunden hatte.

»Um das Wasser geht es wahrscheinlich nicht«, meinte Elisabeth. »Aber Vichy ist ein Ort in Frankreich. Vielleicht befinden sie sich dort oder planen irgendetwas? Lasst uns Svartström rufen!«

Svartström und Bremer kamen sofort. Der Professor schüttelte den Kopf und sagte: »Sie haben recht, meine Damen. Die Deutschen scheinen sich in Frankreich zu befinden. Deshalb werfen sie wahrscheinlich auch mit französischen Wörtern um sich. Es sieht aus, als würden sie planen, in Paris einzumarschieren. Vichy läge dafür jedenfalls günstig.«

Er lief in sein Büro und tätigte ein paar rasche Anrufe, dann kehrte er zu ihnen zurück.

»Wir haben jetzt Kontakt zu den Leuten, die Frage ist nur, ob wir schnell genug waren.«

Die drei Frauen machten erschrockene Gesichter.

»Schon gut, so ernst muss es gar nicht sein. Wir haben sie gewarnt, die Menschen können gerettet werden. Es mag sich erst einmal wie eine Niederlage anhören, auf lange Sicht aber könnte es zum Sieg führen. Dank Ihnen.«

Er wandte sich Iris zu und fragte streng: »Können Sie bitte einen Moment zu mir hereinkommen, Frau Lepik?«

Bremer lief mit zerzaustem Haar und Papier in der Hand auf und ab. Aus dem Büro waren lauter werdende Stimmen zu hören. Namen wurden genannt, aber Signe verstand nicht, worum es ging, und als Svartström plötzlich brüllte, stand sie auf. Alles drehte sich, sie musste hier raus, ihr wurde plötzlich alles zu viel. Sie ertrug es nicht, von so vielen hektischen Menschen umgeben zu sein.

Rasch lief sie zur Toilette und ließ sich auf die Klobrille sinken. Sie schloss die Augen. Die letzten Stunden waren wie im Flug an ihr vorbeigerauscht, und jetzt, da sie einen Durchbruch erreicht hatten, ließ die Spannung allmählich nach. Zum Glück hatte sie in weiser Voraussicht ein Tütchen von dem bitteren Pulver eingesteckt. Sie zwang sich, es in einem Rutsch hinunterzuschlucken. Dann zog sie ihr Kleid zurecht. Etwas raschelte in der Tasche.

Sie hatte ganz vergessen, dass sie heute früh einen Brief bekommen hatte, so viel anderes war dazwischengekommen. Vorsichtig öffnete sie den Umschlag und entfaltete mit zitternden Händen das Papier. Sie erkannte die Handschrift ihrer Mutter.

Liebe Signe. Was ich Dir schreiben muss, ist bedauerlich, aber es ist besser, Du erfährst es von mir. Immerhin bin ich Deine Mutter. Stig hat mich gebeten, Dir auszurichten, dass Du Erik nicht mehr schreiben sollst. Deine bisherigen Briefe hat er alle weggeworfen, er möchte nicht weiter von Dir belästigt werden. Stig hat ein Mädchen aus der Gemeinde kennengelernt, darüber freuen wir uns alle für ihn. Wir bitten Dich deshalb, Erik und ihn in Frieden zu lassen. Ich hoffe, es geht Dir gut, was auch immer Du jetzt tust. Deine Mutter

Eine Welle von Übelkeit übermannte sie, aber sie durfte sich nicht übergeben, bis das Pulver seine Wirkung tat. Mehrere Minuten saß sie da und unterdrückte den immer wieder aufsteigenden Brechreiz, während Bilder von Erik vor ihrem geistigen Auge vorüberzogen.

Die Tür öffnete sich, und Elisabeth kam herein.

»Entschuldige, ich habe mir Sorgen um dich gemacht, und du hast mich wohl nicht klopfen gehört, da habe ich das Schloss einfach mit der Schere geöffnet. Was ist los?«

Signe schüttelte den Kopf, unfähig etwas zu sagen, und reichte ihr den Brief.

Elisabeth las ihn halblaut und hielt ihn dann demonstrativ weit von sich.

»Das ist das Gemeinste, was ich je gelesen habe. Wie können sie dir das antun? Komm, zieh dich erst mal wieder richtig an, und dann reden wir. Ich warte draußen.«

Signe betätigte die Spülung und wusch sich anschließend die Hände. Als sie herauskam, legte Elisabeth ihr den Arm um die Schultern.

»Jetzt machen wir es dir hier erst richtig schön. Vergiss dein Leben in der Pampa. Komm, ich habe eine Idee, ich glaube, das würde dir guttun. Lass uns nur erst zu den anderen gehen.«

Svartström öffnete seine Bürotür, und Iris schlüpfte mit verzerrtem Gesicht an ihm vorbei nach draußen.

Der Professor räusperte sich verlegen.

»Darf ich Sie ebenfalls einen Augenblick hereinbitten, Signe?«

Signe musterte Iris beunruhigt, doch die wich ihrem Blick aus. Dann folgte sie Svartström in sein Büro, tief besorgt, er könnte ihre Dienste als Haushälterin nicht mehr gebrauchen und wolle auch bei den Aufgaben hier am Karlaplan künftig auf ihre Kompetenz verzichten.

Svartström nahm wieder an seinem Schreibtisch Platz.

»Würden Sie die Tür bitte hinter sich schließen?«

Mit zitternden Händen gehorchte sie. Das Letzte, was sie wahrnahm, war Elisabeths fragender Blick. Also war sie nicht die Einzige, der es seltsam vorkam, was hier passierte.

»Setzen Sie sich, Fräulein Signe.«

Signe zog sich den Stuhl mit den Armlehnen heran und setzte sich, so aufrecht sie konnte. Sie hatte alle Mühe, ihre Tränen zurückzuhalten, und wenn die erst einmal flossen, das wusste sie, waren sie nicht mehr aufzuhalten.

»Zuallererst möchte ich Ihnen für Ihren großartigen Einsatz in den letzten hektischen Stunden danken. Hoffen wir, dass die Warnung rechtzeitig rausgegangen ist. Ich muss gleich wieder telefonieren, aber vorher möchte ich Sie etwas fragen: Sie sind jetzt schon eine Weile bei mir. Ist Ihrer Meinung nach alles so, wie es sein soll?«

Signe schluckte und faltete ihre Hände.

»Ja, danke, ich glaube schon. Ich tue mein Bestes, aber mir ist bewusst, dass es sicher noch steigerungsfähig ist.«

Svartström schien sie direkt anzuschauen. Signe wurde immer nervöser. Es dauerte einen Moment, dann sagte er mit gedämpfter Stimme: »Ich habe neulich etwas aus Ihrem Zimmer gehört, es klang, als wären sie sehr unglücklich. Und ich meine, mitbekommen zu haben, dass Sie auch gerade eben sehr aufgebracht waren. Mag sein, dass ich blind bin, aber die Jahre haben mich gelehrt, zu erkennen, wenn eine verzweifelte Frau in meiner Nähe ist.«

Signe öffnete den Mund, schloss ihn aber gleich wieder. Svartström sprach weiter.

»Es täte mir sehr leid, wenn Sie sich nicht wohlfühlten und zu Ihrer Familie zurückkehren möchten. Vielleicht bereuen Sie es, Ihrem Schwager einen Korb gegeben zu haben?«

Signe schnappte nach Luft.

»Nein, ganz bestimmt nicht.«

»Sie bereuen es also nicht? Ich dachte, es wäre Herzschmerz, der Sie so außer sich geraten ließ.«

Signe überlegte sorgfältig, bevor sie ihm antwortete.

»Ich habe meinem Neffen Briefe geschrieben, immer und immer wieder, wie ich es ihm bei meiner Abreise versprochen habe. Ich hatte gehofft, sein Vater werde sie ihm vorlesen, weil er selbst noch nicht lesen kann. Aber jetzt hat meine Mutter mir geschrieben. Sie sollte mir ausrichten, dass ich mich fernhalten soll und dass Erik meine Briefe nie gesehen hat. Sie wollen nichts mehr mit mir zu tun haben.«

Svartström trommelte mit den Fingerspitzen auf der Tischplatte. Signe räusperte sich und fuhr fort: »Ich fühle mich sehr wohl bei Ihnen, Herr Professor, und ich habe keinerlei Sehnsucht nach meiner Familie. Auch bereue ich nicht, mich gegen die Ehe mit meinem Schwager entschieden zu haben. Aber ich muss immerzu an Erik denken. Es quält mich, dass ich ihm wehgetan habe. Ich wünschte, es wäre nicht nötig gewesen.«

Svartström lehnte sich zu ihr herüber.

»Wenn es Sie tröstet, kann ich Ihnen sagen: Es wird besser. Erik wird größer, und mit der Zeit wird er erkennen, dass Sie ein wichtiger Teil seines Lebens waren. Und auch Ihnen wird es bald weniger wehtun, so sind wir Menschen. Ich möchte Ihnen außerdem sagen, dass Sie hier im

Büro sehr geschätzt werden und für mich eine wichtige Unterstützung sind. Ich fürchte, ich würde ohne Sie gar nicht mehr zurechtkommen, Signe.«

Letzteres sagte er mit so viel Gefühl, dass sie nicht wusste, was sie erwidern sollte.

Plötzlich klopfte es ungeduldig an der Tür. Elisabeth steckte ihren Kopf herein.

»Herr Professor, sind wir hier jetzt bald fertig? Dürften wir Ihnen Signe kurz entführen? Wir wollen in die Gastwirtschaft und ein bisschen plaudern. Das haben wir uns doch sicherlich verdient?«

Svartström räusperte sich.

»Ja, natürlich, Bremer und ich haben ohnehin noch ein paar Stunden zu tun. Vielleicht gönnen Sie mir das Vergnügen, die Damen einzuladen?«

Professor Svartström zog eine große Lederbörse heraus.

»Hier haben Sie einen Fünfer, der wird doch reichen?«

Elisabeth nahm ihn strahlend entgegen.

»Auf jeden Fall, Herr Professor.«

»Danke, das ist sehr freundlich von Ihnen«, sagte auch Signe, erleichtert darüber, dass die Spannung, die zwischen ihnen entstanden war, auf diese Weise gelöst wurde.

Iris kam ebenfalls dazu.

»Professor Svartström, ich möchte Ihnen noch kurz für alles danken, was Sie für uns getan haben.«

Svartström wirkte plötzlich ganz verlegen.

»Sie werden sehen, Iris, alles wird sich für Sie zum Guten wenden. Es ist schön, Kinder im Haus zu haben.«

Josef und Jan standen mit gesenkten Köpfen im Flur.

»Und jetzt gehen Sie und amüsieren sich«, sagte Svartström und lächelte.

Im selben Augenblick klingelte das Telefon. Er schloss die Tür, und sie hörten, wie er zu seinem Schreibtisch zurückkehrte und den Hörer abnahm.

Elisabeth wedelte mit dem Fünfkronenstück und zischte: »Schnell weg, bevor er es sich anders überlegt. Kommt Jungs, jetzt machen wir zusammen einen drauf.«

Sie grinste Iris an und hakte Signe unter.

»Was wollte Svartström eigentlich von dir, Iris? Du sahst so niedergeschlagen aus, als du herauskamst.«

Iris zuckte die Achseln, ohne etwas zu erwidern.

»Und bei dir, Signe, alles gut gegangen da drinnen? War er nett zu dir?«

Signe nickte.

»Ja, sehr.«

Elisabeth blickte erst Iris, dann Signe forschend an, stellte aber keine weiteren Fragen. Stattdessen musterte sie kritisch Signes Frisur.

»Und das Erste, was ich mit meinem neuen Lohn machen werde, ist, dich zum Friseur zu schleppen. Was ich da fabriziert habe, ist wirklich nicht gelungen.«

Signe seufzte.

»Kommt gar nicht infrage, das bezahle ich selbst. Du wolltest ja bloß nett sein und mir helfen. Aber ich glaube, meine Haare sind ein hoffnungsloser Fall, es lohnt sich nicht, es noch mal zu versuchen.«

»Doch, das kriegen wir schon hin. Und jetzt beeilt euch, wir müssen dringend hier raus.«

Als sie aus dem Hinterhaus traten, schien immer noch die Sonne und wärmte jetzt mehr als in den vergangenen Junitagen. Die Fenster der Gastwirtschaft gingen auf die Styrmansgatan hinaus. Es war ein einfaches Lokal, an dessen kleinen dunklen Holztischen Arbeiter saßen, um ihren Feierabend einzuläuten. In ihren Jacken saßen sie da und plauderten, die Flaschen fest im Griff, während die Butterbrote unberührt daneben lagen.

Eine niedrige breite Theke, hinter der eine kräftige Frau mit weißer Schürze und Dutt stand, erstreckte sich über die gesamte Stirnwand. Die Frau blickte streng, doch ihr Mund wirkte großzügig und freundlich. Sie hatte die drei Frauen auch sonst schon bedient, wenn sie heruntergekommen waren, um die Butterbrotpakete abzuholen, auf die sie während der Spätschichten ein Anrecht hatten.

»Wie schön, auch mal Damengesellschaft hier zu haben. Noch dazu, wenn zwei so elegante junge Herren dabei sind. Womit kann ich denn heute dienen?«

Elisabeth sah die beiden anderen fragend an.

»Ist Pils in Ordnung? Champagner werden sie hier ja nicht haben.«

Signe wagte nicht zu widersprechen, ihr war das mit dem Alkohol jedoch nach wie vor nicht ganz geheuer.

»Entscheide du für uns, Elisabeth.«

Elisabeth grinste.

»Drei Pils bitte und zwei Gläser Milch für die beiden

Jungs. Und dann brauchen wir natürlich noch ein paar Stullen.«

Die Frau nickte.

»Wir haben noch welche mit Wurst, geht das in Ordnung?«

»Wunderbar!«

Elisabeth ließ sich an dem langen Fenstertisch mit dem Sofa in der Ecke nieder. Sogleich standen die Getränke vor ihnen und ein Teller Wurstbrote. Großzügige Scheiben Brot, dick mit Fleischwurst belegt. Auch an Butter war nicht gespart worden.

»Bedient euch, Jungs, ihr habt bestimmt riesigen Hunger. Als mein Bruder und ich so alt waren wie ihr, haben wir ununterbrochen gegessen, es war, als würden wir niemals satt.«

Sie nahm selbst einen großen Bissen und forderte auch Signe und Iris auf, sich zu bedienen.

»Kommt schon, die sind wirklich lecker.«

Sie hob ihr Glas.

»Auf uns, und auf alles, was noch kommen wird. Prost, Jungs!«

Jan hob ebenfalls sein Glas und sagte: »Prost.«

Es klang so feierlich, dass alle laut lachten. Sogar Iris, die, seit sie die Nachricht entschlüsselt hatten und Professor Svartström sie zum Gespräch gebeten hatte, schweigsam gewesen war.

Elisabeth senkte die Stimme.

»Und jetzt muss ich wissen, was ihr von Fräulein Andersson haltet. Mal davon abgesehen, dass sie überhaupt keinen Charme hat, ist da doch irgendetwas im Gange. Ist es nicht seltsam, dass sie einfach mir nichts, dir nichts verschwindet, während unsere Unterlagen schon wieder ein einziges Chaos sind? Ich glaube ja, sie hat darin herumgeschnüffelt, und zwar jedes Mal, wenn sie durcheinander waren. Keine Ahnung, warum sie das tut. Meint ihr, wir sollten das mit Svartström besprechen?«

Iris schien in ihren eigenen Gedanken versunken zu sein, während sie gleichzeitig Jan dabei half, seine Kleidung zurechtzurücken.

Signe rutschte unbehaglich auf dem Stuhl hin und her.

»Vielleicht würde er das als Zankerei unter Weibern abtun. Er weiß ja, dass wir uns von vorneherein mit ihr angelegt haben. Vielleicht sollten wir noch ein wenig warten, bevor wir mit irgendwelchen Beschuldigungen kommen. Dafür muss ich übrigens die Herren Leutnant umso mehr loben, die sind in letzter Zeit richtig nett gewesen. Neulich haben sie gefragt, ob ich Kaffee möchte, und dann hat Petrén persönlich welchen gekocht.«

Elisabeth stimmte ihr zu.

»Ja, sie haben sich wirklich gemausert, seit sie nicht mehr beim Luftwaffenstab sitzen.«

Sie wandte sich Iris zu.

»Weißt du eigentlich, wo Bremer abgeblieben ist? Ich habe ihn gar nicht mehr gesehen, als wir los sind.«

»Er ist früher gegangen, und er sah auch wirklich nicht gut aus. Ich glaube, er hatte Kopfschmerzen.«

Signe nickte.

»Ja, er hat mich gefragt, ob ich Kopfschmerzpulver dabeihätte. Er scheint dasselbe Leiden zu haben wie ich.«

Iris trank einen kleinen Schluck. Dann sagte sie leise: »Ich hoffe, wir konnten die Franzosen rechtzeitig warnen.«

»Ja, das hoffe ich auch. Aber war das nicht toll, wie wir zusammen eine Gedankenkette gebildet und so am Ende die Lösung gefunden haben? Stellt euch vor, wir konnten damit tatsächlich etwas erreichen!«

Schweigend dachten sie über die Tatsache nach, dass der Kontinent so nahe gerückt und sie selbst ein Teil des Weltkriegs geworden waren, der um sie herum im Gange war.

EPILOG

Signe hatte vom Tanz um den Mittsommerbaum ganz rote Wangen. Sie rückte ihren Hut zurecht, der verrutscht war, und hoffte, dass niemand merkte, wie verschwitzt sie war. Elisabeth wirkte dagegen kühl und unberührt, obwohl mehrere junge Männer sie umhergeschwenkt hatten und mit ihr über die Tanzfläche gefegt waren. Iris hatte mit jeweils einem Sohn an jeder Hand mit Signe um den Mittsommerbaum getanzt. Auch in Estland hatten sie dieses Fest nach schwedischer Tradition gefeiert, ihre Mutter hatte es so bei ihnen eingeführt. »Små grodorna« und auch die anderen schwedischen Lieder konnten ihre Söhne deshalb problemlos mitsingen. Ohnehin war es leichter, in einer anderen Sprache zu singen, als diese zu sprechen.

Obwohl die Sonne schien, war es kühl, Signe vermutete, dass es im Schatten nicht mehr als fünfzehn Grad waren. Dankbar für die Abkühlung legte sie sich den Mantel über den Arm, als sie zu Fuß zu Svartströms Haus zurückgingen. Der Professor hatte darum gebeten, seine Mitarbeiter und Mitarbeiterinnen zum Mittsommeressen einladen zu dürfen und darüber hinaus darauf bestanden, dass Signe sich freinahm und vorher mit den anderen in den Freizeitpark Skansen ging. Er hatte extra eine Köchin engagiert, die sich an diesem Tag um das Essen kümmern sollte.

Signe freute sich auf die Köstlichkeiten, die es geben würde. In der Küche hatte sie heimlich zugeschaut, wie die kräftige Frau mit flinken Fingern Sahne geschlagen hatte, während gleichzeitig die Pfanne auf dem Herd unter goldbraunen Fleischbällchen glühte. Svartström hatte Extramarken bekommen, und so wurde an nichts gespart. Bremer war bereits gegen zehn eingetroffen und hatte sich mit Svartström in die Bibliothek zurückgezogen, während die anderen in den Skansen gegangen waren.

»Was ist eigentlich mit Professor Bremer?«, fragte Signe. »Hat er keine Familie, mit der er feiern kann?«

Elisabeth lachte.

»Bremer? Spinnst du? Bei dem sieht man doch schon von Weitem, dass er Junggeselle ist. Mit so einem kann man es gar nicht aushalten. Mag sein, dass er ein Genie ist, aber alles andere kannst du vergessen. Hässlich ist er zwar nicht, er sieht sogar ziemlich gut aus. Frau und Kinder hat er aber, glaube ich, nicht. Oder was meinst du, Iris?«

Iris zupfte an Jans Hemdkragen und rückte ihm die Schirmmütze zurecht.

»Ich glaube, Professor Bremer ist mit seiner Arbeit verheiratet.«

Elisabeth feixte und stieß ihr den Ellbogen in die Seite.

»Du wirst ja ganz rot.«

Iris runzelte die Stirn und schüttelte den Kopf.

»Unsinn.«

»Ich meine ja nur. Er sieht wirklich gut aus, das finden wir doch alle. Aber er ist auch furchtbar eitel. Habt ihr gesehen, wie er sich im Spiegel anschaut und jedes Mal die Haare zurückwirft, wenn er daran vorbeigeht?«

Signe überlegte, wie sie Bremer fand, auch wenn niemand sie gefragt hatte. Es stimmte, er war attraktiv mit seinem markanten Gesicht, dem dichten dunklen Haar und den intensiv blickenden Augen. Für ihren Geschmack war er jedoch zu dürr und außerdem zu launisch. Wenn sie Eigenschaften an einem Mann schätzte, dann waren es Zuverlässigkeit und Aufrichtigkeit.

Gemächlich gingen sie weiter Richtung Djurgårds-Brücke, links von ihnen lag das prachtvolle Nordische Museum. Signe hoffte, eines Tages, wenn sie freihatte, einmal hineingehen zu können. Schon von außen bot es mit seinen Zinnen und Türmen einen beeindruckenden Anblick, fast wie ein Märchenschloss.

Ein paar Möwen lärmten über dem Kai und umkreisten einen Angler. Auf der anderen Seite der Brücke fuhr eine Straßenbahn an ihnen vorbei, und sie mussten warten, bevor sie die Straße überqueren und auf den Narvavägen wechseln konnten.

Als sie die Wohnung betraten, hörten sie Professor Svartström und Bremer in der Bibliothek laut lachen. Signe schlüpfte in die Küche, um zu sehen, ob sie der Köchin behilflich sein könnte. Die reagierte regelrecht empört, und so ging Signe stattdessen in ihr Zimmer. Sie musste sich ein bisschen frischmachen, noch einmal ihr Haar kämmen. Elisabeth hatte ihr zwar geholfen, doch die Locken waren viel zu kurz, um sie richtig zu bändigen, es würde leichter werden, wenn ihr Haar wieder etwas länger war.

Der Tisch im Esszimmer war mit dem guten Geschirr gedeckt und in den Serviettenringen, die Signe am Vorabend poliert hatte, steckten die kalt gemangelten Leinenservietten. In der Mitte des Tischs standen ein Mittsommerstrauß und daneben eine Miniaturfahne. Dampfende Töpfe mit Kartoffeln waren bereits aufgetragen worden, und Signe schluckte ein paarmal verschämt, weil ihr das Wasser im Mund zusammenlief. Svartström räusperte sich.

»Willkommen zu diesem einfachen Mittsommeressen. Ich hatte eigentlich vor, Sie in den Schärgarten einzuladen, doch angesichts der herrschenden Umstände und auf Wunsch des Staatsministers, ich möge mich zu seiner ständigen Verfügung halten, habe ich mich anders entschieden. Der Schärgarten läuft uns ja hoffentlich nicht davon, es sein denn, die Deutschen legen ihn in Schutt und Asche. Bevor wir uns setzen, möchte ich die Gelegenheit ergreifen, mein Glas auf Signe, Iris und Elisabeth zu erheben. Ihnen ist es zu verdanken, dass wir einige wichtige Kontakte in Paris bekommen haben, was uns bei der weiteren Arbeit noch sehr nützlich sein wird.«

Die drei Frauen erröteten und blickten sich stolz an. Dann erhoben alle ihr Glas und setzten sich auf die ihnen zugewiesenen Plätze. Signe landete zwischen Professor Bremer und Jan. Bewundernd sah sie zu, wie natürlich

Iris, die neben Professor Svartström saß, sich bei dieser vornehmen Feier bewegte. Sie folgte ihrem Beispiel, legte sich die Serviette über den Schoß, saß kerzengerade und wartete darauf, bedient zu werden. Dabei musste sie unwillkürlich an zu Hause denken und was sie dort wohl machten. Ob sie den Kaffeetisch in der Laube gedeckt hatten oder auf Picknickdecken im Gras saßen? Sie dachte an die Nachbarn, wie alle sich versammelten und das mitbrachten, was sie an Leckerbissen auftreiben konnten. Ein ganz anderes Mittsommerfest als das, an dem sie selbst teilnahm. Dazusitzen und sich von einer echten Köchin bedienen zu lassen wie ein feines Fräulein.

Die Köchin hob gerade den Topfdeckel, als es plötzlich heftig an der Wohnungstür klopfte.

»Aufmachen, Polizei!«

Signe sprang auf und lief zu Svartström, der sich ebenfalls erhob. Zusammen traten sie in den Flur. Vorsichtig öffnete Signe die Tür.

Draußen standen drei Männer in Anzug und Mantel.

»Wir suchen eine Frau Iris Lepik.«

Svartström streckte die Hand aus.

»Nils Svartström, Professor und Mitarbeiter des Verteidigungsstabs. Worum geht es, was wollen Sie von Frau Lepik?«

»Wir sind vom Geheimdienst und haben den Auftrag, Frau Lepik mitzunehmen. Wenn Sie Fragen dazu haben, müssen Sie sich an unseren Chef wenden. Sie kennen sich ja bereits von früher.«

Svartström trat einen Schritt beiseite. Sein Gesicht war gerötet, und Signe sah, wie eine Ader an seinem Hals hervortrat. Dennoch sagte er nichts, als ihm die Männer ins Esszimmer folgten.

Sie blickten sich um und wandten sich dann an Iris, die schneeweiß im Gesicht von ihrem Stuhl aufgestanden war.

»Iris Lepik? Wir haben Hinweise, dass Sie mit Karl-Fredrik Ritter in Verbindung standen. Würden Sie uns bitte folgen?«

Jan und Josef klammerten sich erschrocken an ihre Mutter.

Iris sah die Männer bittend an.

»Ich kann meine Kinder nicht alleinlassen, bitte, darf ich sie mitnehmen?«

»Die Kinder bleiben hier«, sagte einer der Männer streng.

»Lass uns nicht allein, bitte Mama, bleib bei uns«, rief Jan.

»Können Sie mir nicht sagen, worum es geht?«

Die Männer schienen allmählich die Geduld zu verlieren. Grob packten sie Iris am Arm. Sie wendete sich verzweifelt an Jan und Josef.

»Ich muss mitgehen. Ihr bleibt hier, bei Signe und Elisabeth. Ich bin bald wieder zurück.«

Die Männer zerrten sie in den Flur. Josef versuchte, sich von Signe loszureißen, die erschrocken die Arme um die Jungen gelegt hatte.

»Mama!«, rief er. »Sie dürfen dich nicht mitnehmen, sie dürfen nicht!«

Iris ging steif mit den Männern zur Tür. Dabei flüsterte sie Elisabeth und Signe fast unhörbar etwas zu. Es klang wie: »Bitte kümmert euch um meine Kinder!«

DANKSAGUNG DER AUTORIN

Mein besonderer Dank gilt all jenen, die sich bereit erklärten, dieses Manuskript bereits in einem frühen Stadium auf Herz und Nieren zu prüfen: Thomas Roth, Chefintendant des Armee-Museums, Ulla Brück, Lars Blomquist, Carola Faulkner, Barbara Faulkner, Åke Rudberg, Margareta und Hans Karlander, Theresa Westerström sowie Annika Menckel. Für eventuelle Fehler und Missverständnisse trage einzig und allein ich die Verantwortung.

Unverzichtbar für meine Arbeit waren auch meine Verlegerin Teresa Knochenhauer, mein lieber Lektor John Häggblom, Linus Stridfelt von Patriksson Communication sowie mein Agent Philip Sane.